Paragrafen und Grafen

Über die Autorin

Brigitte Teufl-Heimhilcher, geb. 1955, ist verheiratet und arbeitet als Immobilien-Fachfrau in Wien. Darüber hinaus schreibt sie Romane, in denen sie sich auf unterhaltsame Weise mit gesellschaftspolitischen Fragen auseinandersetzt.

Brigitte Teufl-Heimhilcher

Paragrafen und Grafen

Roman

www.teufl-heimhilcher.at

Die Originalausgabe erschien 2012
bei Brigitte Teufl-Heimhilcher
www.teufl-heimhilcher.at

6. Auflage 2017
© 2012 Brigitte Teufl-Heimhilcher
Publishing Rights © 2012 Brigitte Teufl-Heimhilcher
Buchsatz & Covergestaltung: mach-mir-ein-ebook.de
Herstellung & Verlag: BoD – Books on Demand, Norderstedt
ISBN-13: 978-3-8423-4105-0

Endlich Urlaub

Als Irene frühmorgens losfuhr, war prachtvolles Frühlingswetter. Sie freute sich auf etwas Bewegung in frischer Luft und war froh, dass ihre Freundin Sandra sie zu diesem Urlaub überredet hatte. Dabei hatte sie noch gestern das Gefühl gehabt, dieser Urlaub käme zur Unzeit – aber das hatte sie schließlich immer.

Noch war es ruhig auf den Straßen und obwohl sie die Hinweise auf der Autobahn „Gleiten statt hetzen" beherzigt hatte, traf sie schon zwei Stunden später auf dem Stadler-Gut ein.

Der ehemalige Gutshof leuchtete in Kaisergelb, die Holzbalustraden waren mit Blumenkästen geschmückt, aus denen bunte Frühlingsblumen lachten, und der mächtige Kastanienbaum im Innenhof stand in voller Blüte.

In ihren Teenagertagen war sie mit Sandra und deren Eltern einige Male hier gewesen, und vor einigen Jahren hatte sie das Hotel gemeinsam mit ihrem Exmann wiederentdeckt.

Eigentlich hatte sie vorgehabt nie wiederzukommen. Aber Sandra hatte ja recht. Das Hotel und der Golfplatz waren wunderschön, warum sollte sie nicht auch ohne Jochen hier Urlaub machen?

Das Mädchen an der Rezeption teilte ihr mit, dass ihr Zimmer fertig sei, und sie war froh, bis zur Ankunft ihrer Freunde nicht untätig herumsitzen zu müssen.

Die kleine Suite war hübsch eingerichtet und hatte eine Terrasse Richtung Golfplatz. Irene konnte es plötzlich kaum erwarten, hier zu sitzen, zu lesen und zu träumen. Doch zuerst räumte sie ihre Kleidung in den Kasten und ertappte sich dabei, bei jedem Polo-Shirt zu fragen, ob sie dieses bei ihrem Urlaub mit Jochen auch schon getragen hatte.

Um sich abzulenken, beschloss sie, die Zeit bis zu Sandras Ankunft im Pro-Shop zu verbringen, doch als sie sich auf den Weg machen wollte, fuhr Günther, Sandras neuester Schwarm, seinen flotten Sportwagen schnittig in den Innenhof. Zu schnittig, wie Irene dachte.

Günther war nur ganz ausnahmsweise – und auch nur über das Wochenende – auf ihrer Mädelswoche geduldet.

Nach der Begrüßung nahmen die Drei einen leichten Imbiss, stießen mit einem Glas Prosecco auf ihre Urlaubstage an und begaben sich auf die erste Golfrunde.

Am Abend saßen sie in der gemütlichen Gaststube, aßen mit gutem Appetit, tranken ein Glas Wein und beim Zubettgehen stellte Irene erstaunt fest, dass sie seit Sandras Ankunft zu beschäftigt gewesen war, um an Jochen zu denken. Dankbar schlief sie ein.

Auch der nächste Morgen begrüßte sie mit Sonnenschein. Sie genossen das ausgiebige Frühstück, eine neue Golfrunde und danach ein paar ruhevolle Stunden.

Nach dem Abendessen kam Frau Martens, die langjährige Geschäftsführerin des Club-Restaurants, an ihren Tisch, plauderte über dies und das und fragte nach Irenes Mann. Mit knappen Worten berichtete Irene, dass sie seit zwei Jahren geschieden war.

„Sie auch?", fragte Frau Martens interessiert, schnappte sich einen Stuhl, bestellte beim vorbeieilenden Kellner ein Glas Wein und wollte Genaueres wissen.

Genau davor hatte sich Irene gefürchtet. Wenn ihre Trennung auch schon bald zwei Jahre zurücklag, mied sie dieses Thema immer noch wie der Teufel das Weihwasser. Dennoch antwortete sie sachlich und, wie sie zu ihrer Überraschung feststellte, erstmals ohne jenen bohrenden Schmerz, der seit Jochens Abgang ihr ständiger Begleiter gewesen war.

Bewegung in frischer Luft ist eben auch gut für die Seele – der spritzige Wein aus der Südsteiermark mochte ein Übriges getan haben, dachte Irene beim Zubettgehen.

Auch diesmal schlief sie gut und während sie am Morgen die Zähne putzte, ließ sie den Abend noch einmal Revue passieren. Frau Martens hatte noch eine Runde vom heimischen Apfelschnaps spendiert und dabei erzählte, dass auch Graf Nestelbach, der Besitzer des Gutes, in der Zwischenzeit geschieden war.

Seine lebenslustige Frau war mit dem Buchhalter durchgebrannt und dieser hatte, wohl um seiner neuen Gefährtin den geeigneten Rahmen zu bieten, ein paar Sparbücher mitgenommen. Strafrechtlich hatte man die Sache nicht verfolgt, denn die Ex-Ehefrau hatte in letzter Minute auf alle Ansprüche verzichtet.

Na dann, dachte Irene, wird es doch Liebe gewesen sein.

Dieser Graf musste aber auch ein komischer Kauz sein, vermutlich so eine Mischung aus altmodischem Familienoberhaupt und trockenem Geschäftsmann.

*

Da es am Sonntagmorgen regnete, machten sie nach dem Frühstück einen Spaziergang zum Wehr und sahen zu, wie die Wassermassen der Mur donnernd in die Tiefe stürzten. Dann folgten sie einem asphaltierten Weg und landeten gegen Mittag beim Jaga-Wirt. Nach einer herzhaften Jause hatte es zu regnen aufgehört, so dass sie den Heimweg bei Sonnenschein zurücklegen konnten. Als Irene es sich danach auf der Couch bequem machte, dachte sie: Ich habe Sandra schon lange nicht so gelöst und glücklich erlebt. Hoffentlich wird sie eines Tages nicht ebenso enttäuscht wie ich. Irgendwie war dieser Günther fast zu perfekt. Vielleicht sollte sie ihm einmal auf den Zahn fühlen.

Beim Abendessen brachte Irene das Gespräch auf die Kindheit. Günther erzählte, er habe seinen Vater kaum gekannt und seine Mutter hatte ihn die längste Zeit bei den Großeltern geparkt. Der Großvater sei längst verstorben, die Großmutter hätte er in einem hübschen Seniorenheim untergebracht und mit der Mutter stünde er ständig vor Gericht, einer Immobiliensache wegen. Als Anwältin hätte Irene gerne mehr gewusst, aber die Stimmung war so heiter und unbeschwert, dass sie das Thema nicht weiterverfolgte. Ihr Misstrauen gegen ihn hatte sich in den letzten Stunden ohnehin gelegt und nach seinen heutigen Erzählungen dachte sie, es sei vielleicht kein Wunder, dass er immer etwas kühl und distanziert wirkte.

*

„Schade, dass du wieder fahren musst", sagte Sandra am Montagmorgen und küsste Günther ausführlich, bevor er abfuhr.

„Ist ja schon gut", dachte Irene und wendete sich rasch ab. Dann winkten sie ihm ebenfalls nach und begab sich mit Sandra auf die nächste Golfrunde.

Nach einiger Zeit sagte Sandra: „Irgendwie scheint mir der Himmel heute weniger blau, die Narzissen weniger gelb und die Apfelblüten weniger üppig."

„So ist das eben, wenn man verliebt ist", antwortete Irene.

„Daran kannst du dich noch erinnern?"

„Flüchtig."

Doch auch Irene schien nicht so recht bei der Sache und hatte vermutlich deshalb das Mauseloch übersehen. Jedenfalls stolperte sie so ungeschickt, dass sie einen lauten Schmerzensschrei ausstieß und in einer kurzen Ohnmacht zusammensank.

Zwar war sie nach wenigen Sekunden wieder bei Bewusstsein, doch Sandras Versuch, ihr auf die Beine zu helfen, scheiterte, weil sie den linken Fuß nicht belasten konnte, ohne vor Schmerzen aufzuschreien.

„Es hilft nichts, wir müssen warten, bis jemand vorbeikommt", sagte Irene und blieb einfach im Gras sitzen.

Zum Glück dauerte es nur wenige Minuten, bis ein Arbeiter mit einem Traktor vorbeikam. Er besah sich Irenes Knöchel, kratzte sich den Kopf und versprach, den Chef zu holen.

Der nächste vorbeikommende Flight bot ebenfalls seine Hilfe an und einer der Herren konnte Irene immerhin soweit stützen, dass sie zur nächstgelegenen Bank hüpfen konnte.

Kaum saß Irene, kam ein Mann mit einem Golf-Car angefahren. Er war vielleicht Anfang vierzig, groß und stattlich, machte nicht viele Worte, öffnete ihren Schuh, zog ihr den Socken aus und besah sich den mittlerweile schon ziemlich geschwollenen Knöchel. Dann machte er damit eine kurze Bewegung, die Irene aufschreien ließ, und sagte seelenruhig: „Eine Zerrung, nichts weiter. Ich bringe Sie jetzt auf Ihr Zimmer und hole eine Salbe."

„Und Sie glauben, Sie können das beurteilen?", fragte Irene.

„Allerdings."

„Stolpern bei euch laufend Golfer? Diesfalls müsste man …"

„Das nicht, aber ich bin Arzt", unterbrach er sie.

„Oh pardon, ich dachte Sie seien Greenkeeper."

Er nickte. „Das auch."

Dann hob er sie wortlos hoch, setzte sie ins Car und brachte sie auf ihr Zimmer. Als er wenig später wiederkam und ihr die Salbe auf den geschwollenen Knöchel massierte, kam Sandra im Eilschritt angetrabt: „Sollten wir nicht doch besser ein Spital aufsuchen?"

„Das ist nicht notwendig", antwortete er und schien keinen Einwand zu erwarten. Er empfahl Irene ein wenig zu ruhen und ging.

Kaum war er weg, sagte Sandra: „Das ist ja schön und gut, aber wir rufen jetzt doch einen Arzt."

„Er ist doch Arzt."

„Welche Fachrichtung?"

„Keine Ahnung, ich habe dir bereits alles gesagt, was ich weiß. Er ist Arzt und Greenkeeper."

„Und impertinent", ergänzte Sandra.

„Aber irgendwie – ganz charmant."

„Du hast bei Männern immer schon einen seltsamen Geschmack gehabt", seufzte Sandra und Irene antwortete augenzwinkernd: „Deshalb verstehen wir uns ja so gut, weil wir uns nie in die Quere kommen."

Sie alberten noch ein wenig herum, dann ging Sandra auf ihr Zimmer und Irene versuchte ein wenig zu lesen, döste dabei jedoch ein. Sie erwachte, weil es an der Tür geklopft hatte, und sagte schlaftrunken: „Herein!"

In der Tür stand ihr Helfer. „Wie geht es Ihnen?"

„Danke, solange ich mich nicht bewege, ganz gut!"

„Beim Aufstehen werden Sie Schmerzen haben. Ich lasse Ihnen ein Golf-Car da, damit Sie zum Abendessen ins Clubhaus fahren können. Schönen Abend noch." Dann legte er den Schlüssel auf die Kommode und verschwand.

„Komischer Kauz", murmelte Irene.

Das Abendessen ließen sie sich trotzdem schmecken. Als sie anschließend bei einem Glas Wein saßen, erschien ihr Helfer abermals. Er trug nun eine hellgraue Stoffhose und ein mittelblaues Hemd, dazu einen roten Pullover lässig über die Schultern geworfen. Irene betrachtete ihn nun etwas näher. Er war groß, eher vollschlank, sein dunkelbrünettes Haar begann an den Schläfen schon grau zu werden, am Hinterkopf lichtete es sich bereits etwas. Dennoch fand Irene, dass er ausgesprochen gut aussah.

Zu ihrem Erstaunen kam er geradewegs auf sie zu.

„Ich habe Ihnen noch eine Schmerztablette mitgebracht, für den Fall, dass es in der Nacht schlimmer werden sollte. Aber bitte, nehmen Sie sie nur, wenn die Schmerzen wirklich schlimm sind. Haben Sie sich schon eine Salbe besorgt?"

„Selbstverständlich!", antwortete Sandra an ihrer Stelle.

„Gut so", war alles was er dazu sagte. Dann nickte er ihnen zu und ging.

Irenes Nachtruhe blieb weitgehend ungestört, wenn man von etwas wirren Träumen absah, aber als sie am Morgen aufstehen wollte, konnte sie den Fuß überhaupt nicht mehr belasten. Schon vermutete sie, die Diagnose ihres edlen Ritters könnte falsch gewesen sein, doch nach einigem Bewegen wurde es wieder besser.

Beim Frühstück sagte Sandra: „Heute machen wir uns einen ganz faulen Tag, das haben wir uns schließlich verdient, und am Nachmittag haben wir ohnehin Kosmetiktermine."

„Ich fürchte, ich werde noch mehr faule Tage haben."

„Auch gut. Ich spiel' das blöde Golf sowieso nur deinetwegen."

„Da ist was dran", dachte Irene schmunzelnd, denn obwohl Sandra sonst die eindeutig talentiertere Sportlerin war, war ihr Golfspiel eher bescheiden zu nennen.

Am Vormittag war es trüb, doch ihren Mittagsimbiss konnten sie wieder auf der Terrasse einnehmen, von der aus man einen schönen Blick auf den Golfplatz und die umliegenden Hügeln hatte.

Der Salat mit Scampi und gebratenen Frühlingspilzen wurde von Frau Martens persönlich serviert, die sich auch eingehend nach Irenes Befinden erkundigte.

„Danke, geht schon wieder. Ich habe immer noch das Golf-Car, das man mir gestern netterweise zur Verfügung gestellt hat. Aber ich kann das kleine Stück bis zum Zimmer auch schon wieder gehen. Ich lasse Ihnen gleich den Schlüssel da."

„Ach, das hat Zeit", meinte Frau Martens. „Der Graf ist ohnehin in Wien."

„Der Graf? Meinen Sie, dieser medizinische Gärtner, der mir gestern zu Hilfe gekommen ist, das war Graf Nestelbach?"

„Ich dachte, Sie kennen ihn."

„Da hätten wir aber auch gleich draufkommen können", rief Sandra: „Genau, wie Sie ihn uns kürzlich beschrieben haben: Aufgeblasen, eingebildet und gefühlskalt."

„Ach, so übel is' er gar nicht", meinte Frau Martens lächelnd, „und wenn er jemanden mag, kann er sogar richtig nett sein."

„Und was macht er in Wien?", wollte Irene wissen.

„Ihn Wien hat er sein Büro. Sein Vater hat ihm ja nicht nur diesen Golfplatz hier vererbt, die übrigen Immobilien sind fast alle in Wien."

„Manche haben eben mehr Glück als Manieren", konstatierte Sandra, wofür Irene ihr einen tadelnden Blick zuwarf.

„Jeder zahlt irgendwie für das, was er vom Leben bekommt", seufzte Frau Martens. „Das war beim Chef auch nicht anders. Nach dem plötzlichen Herztod seines Vaters, das ist jetzt ziemlich genau drei Jahre her, hat er nicht nur den Golfplatz und die Mietshäuser geerbt, sondern auch einen Stiefbruder und eine Stiefschwester. Die beiden könnten seine Kinder sein."

„Wie das denn?", wollte Irene wissen.

„Des hab'n wir uns damals auch g'fragt. Wissen's, der Herr Graf, also der Senior, das war so ein feiner Mann. Also wirklich, alle Achtung. Immer liebenswert, immer verantwortungsvoll, sehr distinguiert, wenn Sie verstehen, was ich meine."

Doch, das verstand Irene, und weil sie Frau Martens Erzählung nicht unterbrechen wollten, nickte sie nur.

„Also, am Anfang, da haben wir das ja alle gar nicht glauben können – und die Frau Gräfin natürlich erst recht nicht. Die Ärmste! Später hat sich herausgestellt, dass der Graf, also der Senior, ein richtiges Doppelleben geführt hat. Stellen Sie sich vor, der hatte in Wien noch eine Frau. Eine Malerin, und mit der hatte er zwei Kinder. Also der Bub, der muss jetzt so sechzehn oder siebzehn sein. Das Mäderl wird im Herbst eingeschult und die Mutter, diese Malerin, soll ja noch keine Vierzig gewesen sein, als der Senior gestorben ist. Mein Mann hat gleich g'sagt, das war die Doppelbelastung!"

Darüber musste Frau Martens jetzt selbst lachen und ging davon, um sich eine Tasse Kaffee zu holen. Dann setzte sie sich ganz einfach wieder zu ihnen und erzählte weiter: „Eines muss man dem jungen Grafen aber zugutehalten. Trotz dieser ganzen Misere, die sein Vater ihm da hinterlassen hatte, hat er sofort seine Ordination verkauft, er hatte ja eine gut gehende Zahnarztpraxis, und sich um das Erbe gekümmert."

„Ist ja wahrscheinlich auch angenehmer, als den ganzen Tag in anderer Leute Zähne herumzustochern", meinte Sandra. „Vielleicht hielt er es für seine Pflicht", überlegte Irene.

„Na sicher, und ich bin der Weihnachtsmann!", warf Sandra ein, was ihr ein Stirnrunzeln von Irene eintrug.

„Tragisch war's schon", fuhr Frau Martens fort. „Aber so wortkarg wie jetzt ist er erst, seit seine Frau, die Katrin, ihn verlassen hat. Eine fesche Person! Aber, na ja, er hat sich ja keine Zeit für sie genommen.

Immer nur Arbeit. Hier bei uns, in Wien drin, na und dann seine Mutter! Die war ja total desperat!"

*

Auch in den nächsten Tagen war an Golf nicht zu denken. Irene versuchte sich so gut es ging mit Büchern abzulenken, doch wie immer, wenn sie nicht vollbeschäftigt war, kam die Erinnerung an Jochen zurück.

Solange sie zu tun hatte und in Gesellschaft war, ging es ihr gut. Deshalb versuchte sie ihre Tage auch so vollzupacken, dass keine Zeit blieb, um an Dinge zu denken, die schmerzten. Doch in diesen Tagen kamen all die Fragen wieder hoch, die sie sich nun schon so lange stellte. Woran war ihre Beziehung gescheitert? Wie würde es weitergehen?

Sie konnte sich nicht vorstellen, noch einmal einem Mann so zu vertrauen, wie sie Jochen vertraut hatte. Warum nur hatte sie gezögert mit ihm zu gehen, als er nach London ziehen wollte? Das war doch sonst nicht ihre Art.

Er war alleine nach London gegangen und hatte eine Andere kennen gelernt. Eine Dutzend-Geschichte.

Sandra war ihr Rettungsanker gewesen. Stets heiter, manchmal vielleicht etwas oberflächlich, aber immer eifrig bemüht, Irene zu beschäftigen und auf andere Gedanken zu bringen.

*

Irene steckte gerade den letzten Bissen ihres steirischen Kürbisschnitzels in den Mund, als Theo Nestelbach das Restaurant betrat. Ein angenehmes Gefühl durchströmte sie, doch er wandte sich nur kurz an Frau Martens und ging wieder. Schade, dachte Irene und schüttelte gleichzeitig den Kopf über sich. Als sie nach dem Essen noch ein Glas Wein tranken, kam er zurück und steuerte seinen Stammtisch an. Doch dann änderte er seine Absicht und kam an ihren Tisch.

„Einen schönen Abend. Darf ich mich nach Ihrem Befinden erkundigen?"

„Sie dürfen, Graf", näselte Sandra, das Wort Graf betonend. Irene antwortete rasch: „Danke, es geht uns gut."

Er wandte sich an Sandra und sagte mit nahezu sanfter Stimme: „Adelsprädikate wurden in Österreich schon vor Jahrzehnten abgeschafft. Mein Name ist Theodor Nestelbach, notfalls auch Dr. Theodor Nestelbach, wenn Sie diese förmliche Anrede vorziehen."

„Oh, ich halte wenig von Förmlichkeiten, aber hier spricht man von Ihnen doch nur als ‚der Graf'."

„Meine Freunde nennen mich Theo", erwiderte er.

„Tun sie das?", schnappte Sandra.

„Ja, das tun sie."

Irene war Sandras Reaktion ebenso unerklärlich wie unangenehm.

„Wollen Sie sich ein wenig zu uns zu setzen", lud sie ihn ein, nur um Sandras schnippische Art gutzumachen.

„Aber gerne", entgegnete er und saß bereits, ehe Sandra den Mund auftun konnte.

„Ich hoffe, Sie hatten eine angenehme Woche."

„Oh ja. Dank Ihrer Salbe kann ich seit gestern wieder Golf spielen."

Sie sprachen ein wenig über die Schwierigkeiten und Schönheiten des Platzes, verglichen ihn mit anderen Plätzen, sprachen über Golf im Allgemeinen und ihre Golferlebnisse im Besonderen. Was Golfer eben so redeten. Nebenbei verzehrte er sein Abendessen, das er sich ganz selbstverständlich an ihren Tisch hatte bringen lassen. Irene ahnte, dass Sandra diesen Themen wenig abgewinnen konnte und nutzte eine kleine Gesprächspause zur Frage: „Und womit beschäftigen Sie sich, wenn Sie gerade nicht Golf spielen?"

„Da belästige ich unsere Gäste", entgegnete er mit einem Blick auf Sandra und fuhr weiter fort: „Darf ich die Damen noch auf ein Abschiedsglaserl einladen?". Ohne ihre Antwort abzuwarten, deutete er dem Kellner, er möge noch eine Runde bringen.

*

Am nächsten Tag klagte Irene über Kopfschmerzen und überließ Sandra das Steuer.

„Du hattest ja auch nach dem letzten noch ein allerletztes Glas Wein trinken müssen."

„Gut, dass ich wenigstens das Allerallerletzte abgelehnt habe. Hast du es schon sehr eilig, zu deinem Günther zu kommen, oder können wir noch ein bisserl bummeln?"

„Nicht allzu eilig. Ich treffe ihn erst am Abend."

„Dann lass uns noch durchs Land fahren und einen kleinen Spaziergang machen."

Sie fuhren Richtung Stubenberg-See und machten einen ordentlichen Waldspaziergang. Als sie danach bei einem ebenso ordentlichen Käsebrot saßen, sagte Irene beiläufig: „War aber sehr nett, gestern Abend, und meine Kopfschmerzen sind auch schon fast weg."

„Außerdem hat dir der Abend möglicherweise einen neuen Mandanten eingebracht."

„Ach, bis dahin ist es noch weit. Aber die Akte über diesen Kündigungsprozess würde ich wirklich gerne ansehen. Ich kann nicht verstehen, warum der Kollege …"

„Bitte, keine Details. Mir schwirrt der Kopf noch von gestern."

Irene schmunzelte. Sie hatte beim Abschiedsglaserl erzählt, dass sie Anwältin war und sich mit Wohnrechtsangelegenheiten beschäftigte. Das hatte Theo Nestelbach sehr interessiert, weil er, wie er sagte, mit seinem jetzigen Rechtsvertreter nicht ganz zufrieden war.

Wieder daheim

Als Irene am Samstagabend allein vor dem Fernseher saß, ertappte sie sich dabei, Sandra um ihre Verabredung mit Günther zu beneiden. Nach den unbeschwerten Tagen fiel ihr das Alleinsein nun umso schwerer und sie sehnte sich – einmal mehr – nach Zweisamkeit. Sie hatte bereits ihren Koffer ausgepackt und sogar die Waschmaschine gefüllt und in Betrieb gesetzt. Üblicherweise überließ sie diese Dinge lieber ihrer Haushälterin – ein Luxus, den sie nicht missen wollte.

Auch bei ihren Eltern hatte sie sich zurückgemeldet und für morgen zum Mittagessen einladen lassen. Davor würde sie noch auf ein, zwei Stunden in der Kanzlei vorbeischauen, aber im Moment gab es einfach nichts zu tun, außer noch ein wenig zu faulenzen.

Als sie Hunger verspürte, holte sie sich im Sushi-Laden ums Eck eine große Portion Sushi, nahm sich ein Glas Wein, ein Buch und machte es sich auf der Couch gemütlich. Kaum hatte sie an ihrer Lektüre Gefallen gefunden, klingelte das Telefon.

„Ich hoffe, ich störe Sie nicht. Aber ich wollte mich doch erkundigen, ob Sie gut angekommen sind", meldete sich Theo Nestelbach. „Ich hatte gehofft, Sie beim Frühstück noch einmal zu sehen, aber ich war wohl spät dran."

„Sie stören nicht. Wir sind gut angekommen und wir sind gegen zehn abgefahren, also hatten Sie vermutlich ein ziemlich spätes Frühstück."

Das gab er lachend zu.

Sie erzählte von der Heimfahrt, er von einem Gewitter mit Hagelschlag, das am späten Nachmittag über dem Stadler-Gut niedergegangen war, und die Gäste eines Promi-Turnieres über den Platz gescheucht hatte. Als er sich dann höflich verabschiedete, sagte Irene: „Ich habe mich über Ihren Anruf sehr gefreut", und legte lächelnd auf.

Sandra hätte jetzt bestimmt gesagt: „Du machst ihn nur noch eingebildeter." Aber so eingebildet fand sie ihn gar nicht. Er schien ihr auch nicht der Tyrann zu sein, den Frau Martens anfangs beschrieben hatte. Obwohl deren Erzählungen Irene nicht wirklich schlau gemacht hatten. Einmal erzählte sie von ihm als unzugänglichen Chef und Ehemann mit wenig Einfühlungsvermögen. Dann wieder beschrieb sie ihn als pflichtbewussten Sohn und umsichtigen Erben, der auch ein Auge auf seine Stiefgeschwister hatte. Sie meinte, man müsse zugeben, dass es das Schicksal – bei allen Vergünstigungen – nicht immer nur gut mit ihm gemeint hatte.

Anfangs erschien das Irene als ein Gegensatz. Aber vielleicht hatte Frau Martens ja recht. Sie wusste so wenig von ihm. Er war hilfsbereit gewesen, als ihr das Missgeschick mit dem Mauseloch passiert war, aber schließlich war er der Gastgeber. Ein wenig zugeknöpft war er ja, aber auch ein charmanter Gesellschafter. Das meiste, das sie von ihm wusste, beruhte auf der Einschätzung von Frau Martens, der sie allerdings ein gutes Urteilsvermögen zubilligte.

Der Roman, der Irene eben noch ganz gut gefallen hatte, interessierte sie nun nicht mehr. Sie nahm einen Schluck Wein, legte das Buch zur Seite und gestattete sich ausnahmsweise ein paar nette Tagträume.

*

Die neue Woche begann trüb und regnerisch. Irene war es egal, sie hatte zu arbeiten. Erst als sie sich abends eine Kleinigkeit zu essen machte und sich vor dem Fernseher niederließ, fielen ihr die vergangene Woche und Graf Nestelbach wieder ein. Mal sehen, ob er sich wirklich meldete, um den besprochenen Kündigungsfall mit ihr zu besprechen. Und wenn – würde er sie zum Essen einladen oder nur in ihre Kanzlei kommen? Sollte sie ihn vielleicht bekochen? Erst mal abwarten, ob er sich überhaupt meldete.

Am Mittwoch erhielt sie ein großes Kuvert mit seinem Absender und öffnete es erwartungsvoll. Sie entnahm ein Konvolut von Klagsaufträgen, Klagebeantwortungen und die Urteile der Instanzen. Darauf war ein Zettel geheftet:

Wie vereinbart – zur Durchsicht.

In Eile – Ihr Theo Nestelbach.

Sie nahm das Kuvert mit nach Hause und besah es sich nach dem Abendessen. Die Klagsführung des Kollegen schien ihr korrekt, das Urteil der Instanz fragwürdig – aber was sollte man machen. Einen weiteren Instanzenzug gab es in diesem Falle nicht.

Sie dachte zwei Tage darüber nach, dann schrieb sie:

Unterlagen in Nachtarbeit gesichtet.

Kein Fehler erkennbar.

In Eile – Irene Mahler.

Damit war die Sache erledigt. Schade eigentlich, aber was sollte sie machen?

*

„Was gibt's Neues aus der gräflichen Verwaltung?", fragte Sandra. Irene berichtete von ihrem knappen Briefwechsel, während sie ihren Wagen durch den samstäglichen Einkaufsverkehr lenkte.

„Und das ist alles? Also dümmer hätte man die Sache wirklich nicht mehr anstellen können."

„Warum regst du dich auf, du findest ihn doch sowieso schrecklich."

„Ja, schon, aber zu dir passt er."

„Danke vielmals."

„Verstehe mich nicht falsch", lachte Sandra, „er mag ein wenig gestelzt daherreden und er besitzt eine ordentliche Portion Arroganz, aber er ist gebildet und durchaus herzeigbar. Alles Dinge, auf die es dir doch ankommt."

Als Irene nicht gleich antwortete, weil sie gerade nach einem Parkplatz Ausschau hielt, fuhr Sandra fort: „Außerdem wird es Zeit, dass du wieder einen Mann findest. Du arbeitest zu viel, du grübelst zu viel und du lachst zu wenig."

„Ich bin ja auch nicht bei Papa angestellt", gab Irene spitz zurück.
„Jetzt sei nicht so biestig. Ich weiß ja, dass du viel tüchtiger bist als ich, sagt Papa auch immer. Deshalb bin ich ja auch so schrecklich stolz darauf, deine Freundin zu sein!"
„Dumme Pute!", gab Irene lachend zurück.

* * *

Theo Nestelbach hatte einen schwarzen Tag gehabt, einen rabenschwarzen. Nicht nur, dass sein Verwalter ihm mitgeteilt hatte, ein großer Teil der Waldbestände hätte infolge der Trockenheit des Vorjahres argen Schaden genommen und musste nun neu aufgeforstet werden, er hatte auch noch die Endabrechnung über den Umbau der Wellness-Abteilung am Stadler-Gut erhalten. Die tatsächlichen Kosten des Umbaus hatten die Kostenvoranschläge um mehr als ein Viertel überstiegen.

Wahrscheinlich hätte er nicht allen Wünschen nachkommen sollen. Aber sowohl die Ideen seiner Angestellten, als auch die seiner Freundin Pamela, schienen ihm durchaus vernünftig. Als gelernte Kosmetikerin musste Pamela es eigentlich wissen – sollte man zumindest annehmen.

Eine weitere Hiobs-Botschaft kam von Yvonne, der Mutter seiner Stiefgeschwister. Sie hatte ihm mitgeteilt, dass Max, sein Stiefbruder, ein Jahr vor der Matura, Schule total ätzend fand und beschlossen hatte, sich in Zukunft von dieser fernzuhalten. Anscheinend hatte er das in den letzten Wochen schon ausprobiert.

Theo ahnte bereits, dass die Angelegenheit für Yvonne mit diesem Telefonat erledigt sein würde. Sie hatte ihn verständigt, nun würde sie sich hinsetzen, weitermalen, ihrem Sohn eine reizende Mitbewohnerin sein und abwarten, was Theo tat.

Dumm nur, dass er auch nicht wusste, was er tun sollte.

Für heute hatte er jedenfalls genug. Es war noch nicht spät, gerade mal sechs, also wählte er Pamelas Nummer:

„Hallo meine Schönste, wie wär's mit uns zwei?"

„Meinst du heute oder generell?"

„Fürs erste einmal heute Abend."

„Und was schlägst du vor?"

„Erst eine ziemlich gediegene Vernissage, danach vielleicht ein paar Scampi und ein Glas Champagner?"

„Tja, bei Scampi und Champagner werde ich meine Spare-Ribs-Verabredung leider aufgeben müssen."

Theo bezweifelte, dass sie eine solche gehabt hatte, aber das behielt er für sich. Sie verabredeten sich für halb acht. Er fuhr heim, duschte, tauschte den grauen Anzug gegen einen hellen, wählte mit sicherem Griff ein blitzblaues Hemd und eine passende Krawatte. Im letzten Moment steckte er auch noch ein Stecktuch ein, besah sich im Spiegelbild und war zufrieden.

Pamela ließ ihn, wie üblich, ein wenig warten, was ihn mehr amüsierte, als es ihn ärgerte, weil er ahnte, dass sie es für eine äußerst raffinierte Taktik hielt.

Pamela war deutlich jünger als er und verdankte ihren Namen vermutlich einer Fernsehserie. Was soll's? Sie sah gut aus und war bei Weitem nicht so dumm, wie Frau Martens vermutete. Wenn er auch zugeben musste, dass sie nicht immer die Gesprächspartnerin war, die er sich gewünscht hätte.

Alte Freunde

Um 21 Uhr klappte Irene den Aktendeckel zu. „Also für heute reicht's. Sandra wird auch schon auf dich warten."

Irene hatte eine mehr als dreistündige Besprechung mit Günther hinter sich, der sie erstmals konsultiert hatte. Eben wählte er Sandras Nummer.

„Hallo Schatz. Wir sind jetzt fertig. Wo bist du?"

Er hörte eine Weile zu und sagte dann zu Irene: „Ich soll dich fragen, ob du Hunger hast"

„Das kann man so sagen! Sie wird doch nicht gekocht haben?"

Günther lachte. „Gott bewahre. Sandra ist noch auf einer Vernissage und schlägt vor, dass wir uns im Da capo treffen."

„Da bekommen wir jetzt weder einen Tisch noch einen Parkplatz."

„Tisch hat sie schon und das kurze Stück können wir mit dem Taxi fahren."

„Mir soll's recht sein. Dann weiß ich wenigstens, was ich essen werde. Antipasti-Teller mit einer doppelten Portion Knoblauchbrot."

„Dazu Prosecco aus dem Krug."

„Das weißt du?" wunderte sich Irene, zog den Lippenstift nach, fuhr mit der Bürste kurz durchs Haar und war schon startbereit.

„Schon fertig?", lobte Günther. „Sandra hätte mindestens eine halbe Stunde gebraucht."

„Dafür sähe sie jetzt aus wie aus dem Journal. Ich hingegen …" Irene seufzte.

„… wie aus dem Büro", ergänzte Günther „daher kommst du ja schließlich auch."

Wenige Minuten später betraten sie das Lokal. Es war wie immer ziemlich voll. Sandra war noch nicht da, doch ein Tisch für sechs Personen war unter ihrem Namen reserviert.

„Aha", meinte Günther und schien nur mäßig erstaunt. „Wen bringt sie denn jetzt wieder mit?"

Schon im nächsten Moment trat Sandra ein, hinter ihr eine junge, bestens gestylte City-Maus und Theo, Graf Nestelbach, persönlich. Irene wurde im gleichen Moment von einigen – durchaus widersprüchlichen – Gefühlen erfasst. Einerseits freute sie sich, Theo zu sehen, über die City-Maus freute sie sich allerdings etwas weniger. Gegenseitiges Bekanntmachen hob an und Sandra erzählte, dass sie Theo und Pamela auf der Vernissage getroffen hatte.

„Da musste ich die beiden doch mitbringen."

Darüber konnte sich Irene nur wundern. Nachdem der Prosecco serviert worden war, prostete man einander zu und Sandra, die heute besonders in Fahrt zu sein schien, meinte, dass es doch viel gemütlicher wäre, wenn man per Du sei.

Irene fand das etwas übertriebene Eile, sie suchte sich ihre Du-Freunde gerne selber aus. Sandra wusste das doch!

*

Als sie am darauffolgenden Samstag über den Golfplatz marschierten und Irene sie darauf ansprach, sagte Sandra:

„Du bist überheblich, meine Gute."

„Bin ich nicht. Aber mit jedermann muss ich ja wirklich nicht per Du sein."

„War doch ein netter Abend", beschwichtigte Sandra.

„Wenn du das sagst. Seit wann bist du ein Fan von Theo Nestelbach?"

„Ach, ich weiß nicht. Auf der Vernissage war's so öd, da habe ich mich wirklich gefreut, ihn zu treffen."

„Übrigens", sagte Irene zwischen zwei Schlägen „für das Stehgreif-Theater brauchen wir sechs Karten."

Sandra war es am Donnerstagabend noch gelungen, die versammelte Tischrunde zu einem Besuch beim „Tschauner" zu überreden.

Irene hatte ja für diese Art der Unterhaltung weniger übrig, aber einmal im Jahr blieb es ihr ohnehin nicht erspart, denn Sandra war nun mal ein Tschauner-Fan. Jedenfalls hatte Irene nicht vor, auch diesmal das fünfte Rad am Wagen zu sein.

„Wer soll denn noch mitkommen?", fragte Sandra.

„Markus."

„Was Besseres ist dir nicht eingefallen?"

„Was hast du gegen ihn? Er ist ein prima Freund und ein hervorragender Kinderarzt."

„Und so fesch!", stöhnte Sandra.

„Es kann ja nicht jeder groß und schlank sein. Außerdem hat er Zeit, ich habe schon mit ihm gesprochen."

„Klar hat er Zeit. Markus hat immer Zeit, wenn du anrufst. Schade, dass er keine Zeit gehabt hat, als du Jochen geheiratet hast."

„Da war er beschäftigt, als mein Trauzeuge."

„Das war übrigens eine Gemeinheit von dir! Wo er dich doch schon liebt, seit er zehn ist."

„Quatsch."

„Tu nicht so, als wüsstest du das nicht."

„Wie auch immer: Markus kommt mit!"

* * *

Sandra sah dem Tschauner-Abend mit sehr gemischten Gefühlen entgegen. Wahrscheinlich hatte ihr Vater doch recht, wenn er gelegentlich darauf hinwies, dass es manchmal vorteilhaft sein könnte, zuerst zu denken und erst dann zu reden. Jedenfalls waren ihr die Fehler dieser Inszenierung in der Zwischenzeit aufgefallen. Einerseits hätte sie bedenken sollen, dass die Einladung natürlich auch Pamela umfassen musste. Andererseits sah sie bereits Theos herablassenden Blick vor sich, Tschauner war wohl nicht ganz sein Stil. Erstaunlich, dass er überhaupt zugesagt hatte.

Wenigstens würde man Pamela mit diesem Kulturbeitrag nicht überfordern, dachte Sandra kurz, und gleich darauf: „Jetzt bin ich schon genauso überheblich wie Irene. So doof ist die Kleine gar nicht!"

Trotzdem passte sie Sandra überhaupt nicht in den Kram – und zu Theo passte sie auch nicht. Schließlich wäre der ein so passender Kandidat für Irene. Hinkünftig würde sie es geschickter anstellen müssen.

* * *

Anders als Sandra freute sich Markus auf den Tschauner-Abend. Nicht so sehr, weil er ein Freund der Alt-Wiener Stegreifbühne war, vielmehr freute er sich darauf, Irene zu treffen, wenn er auch wusste, dass sie nie so für ihn empfinden würde, wie er für sie. Dennoch, sie war seine älteste Freundin, denn ihre Freundschaft bestand seit jenen Tagen im Gymnasium, als außer Irene kein Mensch mit ihm gesprochen hatte. Dass er klein und etwas pummelig war, hätte sicher schon genügt, sein Kärntner Dialekt, den er bis heute nicht ganz abgelegt hatte, hatte ein Übriges getan. Irene und er waren Klassenbeste gewesen, doch während dies Irene noch mehr Freunde eintrug, war es bei ihm scheinbar nur ein Grund mehr, ihn zu hänseln.

Irene hänselte ihn nicht. Der Wettstreit um die Position des Klassenprimus machte ihnen Freude und verband sie mehr, als er sie trennte, das blieb so bis zur Matura.

Auf der Maturareise hatte er ihr dann seine Liebe gestanden. Das hätte er lieber bleiben lassen, denn Irene hatte ihm klar und deutlich gesagt, dass sie ihn als Freund schätze, nicht mehr, aber auch nicht weniger. So war es geblieben.

Das Studium hatte dann jeden in eine andere Richtung geführt, dennoch war der Kontakt nie abgerissen. Als er ihren Trauzeugen spielen musste, hatte er bemerkt, dass er sie immer noch liebte. Er war ganz sicher, dass sie mit ihm glücklicher geworden wäre, aber das hatte er ihr nie gesagt.

Stattdessen freute er sich, sie gelegentlich zu treffen, mit ihr zu reden und mit ihr zu lachen.

Irgendwo hatte er einmal gelesen, dass der der richtige Partner fürs Leben sei, mit dem man auch herzlich lachen kann. So gesehen, wären sie ein ideales Paar.

Probleme

A ber es sind doch nur zwei Tage", argumentierte Sandra.
„Ich weiß, Liebling, aber es geht wirklich nicht. Außerdem habe ich am Donnerstag einen Gerichtstermin. Ein andermal, bestimmt."

Als Günther das Telefongespräch beendet hatte, sah er gedankenverloren aus dem Fenster. Er wäre gerne mit Sandra nach London geflogen, aber er hatte wirklich alle Hände voll zu tun, um das Schlimmste zu verhindern. Dazu hatte er sich allzu weit aus dem Fenster gelehnt. Wer würde im Fall einer Insolvenz für ihn da sein?

Seine Mutter sicher nicht. Die traf er nur noch auf den Gängen des Gerichtes.

Begonnen hatte alles mit dem Streit um seinen Erbteil, der ihm an seinem 25. Geburtstag auszufolgen war. Die Hälfte aller Immobilienwerte hätte er bekommen sollen, so wollte es das Testament seines Vaters. Er hatte vermutet, dass die ihm überschriebenen Objekte deutlich weniger repräsentierten. Es kam zum Streit, er brachte die Klage ein.

Seither waren Jahre vergangen, teils hatte er recht behalten, teils auch nicht, jedenfalls hatte ihm die Sache schon eine ordentliche Stange Geld gekostet.

Geld, das er nun notwendig gebraucht hätte.

Der einzige Mensch, auf den er sich je hatte verlassen können, war seine Großmutter gewesen. Aber die konnte ihm nicht mehr helfen. Ganz im Gegenteil zahlte er monatlich eine Stange Geld für das Pflegeheim, in dem er sie untergebracht hatte. Diese Kosten könnte seine Mutter übernehmen, Geld genug hatte sie ja. Aber sollte er hingehen und sagen: Zahl du für Oma, ich bin pleite. Nun, so weit war es noch nicht -und so weit durfte es auch nicht kommen.

Würde Sandra zu ihm halten? Wohl kaum. Sie war eine hübsche, warmherzige, aber auch verwöhnte Frau. Und was wäre mit seinem sogenannten Freundeskreis?

Er rechnete seit Tagen wie ein Besessener herum. Wo konnte er noch einsparen? Wie zu Geld kommen? Schon vor Monaten hatte er angeordnet, dass ein Teil der notwendigen Sanierungsarbeiten in seinen Häusern vorerst auf Eis gelegt wurde. Da er einen Teil der Wohnungen bereits verkauft hat, war es deshalb auch schon zu einigen unerfreulichen Auftritten gekommen. Bis jetzt hatten ihn seine gute Rhetorik und sein treuherziger Blick noch immer weitergeholfen. Langsam sah er die Notwendigkeit ein, auch privat einzusparen.

Er hätte ja nichts dagegen gehabt, anstatt mit seinem Porsche mit einem Golf zu fahren. Aber wie sollte er den Umstieg erklären?

Bestimmt war es auch nicht notwendig, in einer fünf Zimmer-Wohnung zu wohnen, zumal er selten genug da war, denn Sandras hübsches Zwei-Zimmer-Appartement war groß genug für sie beide. Wie aber Sandra erklären, dass er bei ihr einzog?

Grübelnd saß er an seinem Schreibtisch und malte Männchen auf seine Unterlage.

* * *

Theo hatte sich vorgenommen, mit Max ein Gespräch von Mann zu Mann zu führen. Dazu war er mit ihm in einen Biergarten gegangen. Sie hatten beide Bier bestellt und eine Zigarette geraucht. Nachdem solchermaßen das Einvernehmen hergestellt war, versuchte er, sich dem Thema Schule zu nähern. Doch Max wollte vom Lernen nichts mehr wissen. Theo spürte Wut in sich aufsteigen, versuchte aber, es sich nicht anmerken zu lassen.

„Na gut", sagte er nach einer geraumen Weile, „dann also arbeiten."

Max schien sich nicht ganz sicher, aber er nickte.

„Da du nichts gelernt hast, als Hilfsarbeiter, das ist dir doch klar."

„Du meinst am Bau oder so?", fragte Max ungläubig.

„Ich dachte eher an das Stadler-Gut."

„Ich dachte eher an EDV. Ich bin echt gut am Computer."

„Vermutlich. Aber das seid ihr doch alle."

„Ich kann auch Websites machen."

„Tatsächlich? Andere werden dazu erst Webdesigner. Ich habe gerade einen mit der Überarbeitung unserer Homepage beauftragt. Wenn du willst, kannst du dir in einigen Tagen die Entwürfe ansehen."

„Genau, das mach ich!"

„Nach Feierabend."

„Das heißt, ich soll 40 Stunden unter deiner Fuchtel schuften und abends noch deine Website aufmotzen?"

„Das mit der Website muss nicht sein und wenn du lieber doch nicht arbeiten willst, kein Problem, dann gehst du eben zur Schule. Ich nehme an, du musst das Jahr wiederholen, weil du es nicht mehr positiv abschließen kannst."

„Weil ich es nicht abschließen will!"

„Egal. Entweder du sitzt morgen wieder auf der Schulbank oder du kommst am Freitag mit mir aufs Gut, dann kannst du am Samstag schon mit deinem neuen Job beginnen."

„Wieso denn am Samstag."

„Warum denn nicht am Samstag?"

Da sich Max am nächsten Tag nicht in der Schule eingefunden hatte, teilte Theo Yvonne mit, sie möge dafür Sorge tragen, dass Max seine Koffer packt oder dies selbst tun, da er ihn am Freitag aufs Gut bringen würde.

„Aber warum denn in die Steiermark?"

„Weil wir in Wien keinen Golfplatz besitzen. Oder hast du eine bessere Idee?"

„Aber Max ist an so harte Arbeit nicht gewöhnt. Es wird ihm überhaupt keine Freude machen."

„Vermutlich nicht, ich dachte ja auch, er soll im Herbst wieder zur Schule gehen." Seine Stimme verriet eine gewisse Ungeduld, er hörte es selbst.

Doch als er am Freitag erschien, um Max abzuholen, waren dessen Koffer tatsächlich gepackt.

Theo vermutete, dass Oma Brand einmal mehr zugepackt hatte. Ohne Yvonnes Mutter, Aurelia, lief im Hause Brand nämlich gar nichts, so viel hatte er schon mitbekommen. Offenbar hatte das auch sein Vater erkannt und dafür gesorgt, dass Yvonne und die Kinder eine so große Wohnung hatten, dass auch Yvonnes Mutter darin Platz fand.

So hatte er jedenfalls die Zweitfamilie nach dem unerwarteten Tod seines Vaters vorgefunden. Sie hatten die Wohnung in der Pramergasse und eine monatliche Apanage. Die Mietrechte waren ordnungsgemäß abgesichert und Yvonne hatte geerbt. Zwei Zinshäuser. Zu seinem Erstaunen legte sie deren Verwaltung in seine Hände. Unschuldig fragte sie ihn, ob er der Meinung sei, dass der monatliche Ertrag ausreichen würde, um die notwendigen Kosten der Lebensführung zu decken. Das, hatte er geantwortet, hinge von der Art ihrer Lebensführung ab. „Ach", hatte Yvonne geantwortet: „Wir brauchen nicht viel, und ein bisschen verdiene ich ja auch mit meinen Bildern."

Das hielt er zwar für eine gewisse Übertreibung, dennoch musste er zugeben, dass sie im Grunde nicht unbescheiden war. Da er davon ausging, dass sie mit Geld nicht umgehen könne, überwies er monatlich weiterhin jenen Betrag, den auch sein Vater bezahlt hatte. Restliche Erträge, so sie sich ergaben, legte er auf ein Konto zu ihren Gunsten. Sie hatte noch nie danach gefragt.

Anfangs erhielt sie die Abrechnungen der Hausverwaltung, doch sie hatte diese angewiesen, alle Schriftstücke an ihn zu senden. Als er davon erfuhr, war er nicht einmal mehr erstaunt gewesen.

*

Widerwillig und ohne seine Familie, die winkend am Fenster stand, noch eines Blickes zu würdigen, war Max in den Mercedes gestiegen und auch während der Fahrt hatte er kaum ein Wort gesprochen.

Theo besaß ein hübsches Zwei-Zimmer-Appartement am Stadler-Gut, hatte aber nicht die geringste Lust, dieses mit Max zu teilen. Da die wenigen Personalzimmer belegt waren, hatte er veranlasst, dass man für Max eines der kleineren Fremdenzimmer vorbereitete. Das Zimmer war hübsch eingerichtet und verfügte über Bad, WC und Balkon.

„Wohnen alle eure Arbeiter so?", fragte Max kämpferisch.

Theo atmete tief durch und zuckte die Schultern.

„Ich brauche keine Sonderbehandlung."

Theo zog die Augenbrauen hoch und wartete.

„Wenn ich schon zur Zwangsarbeit verurteilt bin, möchte ich genauso wohnen wie andere Arbeiter auch."

„Das wird leider nicht möglich sein."

„Warum?"

„Weil unsere Arbeiter aus der Region kommen und daheim bei ihren Familien wohnen."

Theo hatte das so leidenschaftslos wie nur möglich gesagt, dann ging er. An der Tür drehte er sich noch einmal um: „Um neunzehn Uhr zum Abendessen – im Clubhaus."

Er hatte ursprünglich vorgehabt, Max gleich nach ihrer Ankunft die Anlage zu zeigen und ihn überall einzuführen. Aber der war ihm auf der Fahrt dermaßen auf den Geist gegangen, dass er es vorzog, vorerst allein zu sein.

Gott sei Dank hatte er Pamela dieses Wochenende zu Hause gelassen. Die Vorstellung, Max und Pam am Hals zu haben, war denn doch zu viel gewesen. Dafür durfte sie nächste Woche mit ihm zum Tschauner gehen.

Seiner Mutter musste er auch noch verklickern, dass er Max am Gut untergebracht hatte. Sie verdrängte die Existenz seiner Stiefgeschwister immer noch.

Später. Jetzt wollte er nur noch duschen und auf seiner kleinen Terrasse einen Gin-Tonic schlürfen.

*

Max kam einige Minuten später als vereinbart und trug ein unförmiges schwarzes Shirt und eine jener Jeans mit ausgewaschenen Flecken und Löchern. Theo fand sein Outfit einfach nur hässlich, machte aber keine Bemerkung. Er hatte nicht vor, den Babysitter zu spielen. Max sollte arbeiten, hart arbeiten, um möglichst bald einzusehen, dass an der Schule kein Weg vorbeiführte. Je schneller er das begriff, umso eher konnte er nach Wien zurückkehren und den Rest der Ferien genießen. Es war jetzt Anfang Juni – Theo rechnete damit, dass es in spätestens vier Wochen so weit sein würde. Bis dahin – nun, er würde mit Frau Martens reden, sollte sie ein Auge auf ihn haben.

Stegreif und andere Possen

Wenn Irene wochentags zum Friseur ging, dann hatte sie eine wichtige Verabredung. Am Tag des Tschauner-Besuchs ging sie zum Friseur.

Tagelang hatte sie überlegt, was sie anziehen sollte, und sich letztlich für schwarze Jeans, ein schwarzes Shirt und ein pinkfarbiges Leder-Blouson entschieden. Dazu trug sie pinkfarbene Plastikklips und – der Clou – schwarze Schuhe mit pinkfarbener Schnalle, die sie vor zwei Jahren in Italien erstanden hatte. Alles in allem fand sie ihr Outfit nicht schlecht.

Auch Markus sah ganz passabel aus. Schade, dass er einen halben Kopf kleiner war als sie. Ein wenig mollig war er auch und sein Profil war nicht gerade klassisch zu nennen.

Sie trafen Sandra und Günther beim Eingang und erfuhren, dass Theo und Pamela sich verspäten würden.

„Hoffentlich kommt sie dann noch mit", spöttelte Irene.

Den erste Teil des Stückes fand sie minder lustig und war froh, dass man sich in der Pause auf einen G'spritzten traf. Die Nachzügler waren auch schon eingetroffen. Pam trug diesmal hautenge Jeans, unten etwas ausgefranst, dazu ein Glitzershirt und darüber eine durchsichtige Bluse. Sie sah gut darin aus, allerdings würde sie vermutlich frieren. Recht so, dachte Irene bissig.

Den zweiten Teil fand Irene dann doch recht lustig – vielleicht hätte sie auch schon vor dem ersten Teil ein Glas Wein trinken sollen.

Günther hatte für danach in einem nahen Gasthof einen Tisch bestellt. Die eher deftige Kost passte ganz gut zum eben gesehenen Stück und da alle hungrig waren, war es ihnen recht. Nur Pam konnte sich nicht entscheiden und wählte nach einigem Hin und Her einen Salatteller.

Zicke, dachte Irene.

Sandra schien sich prächtig unterhalten zu haben und war wieder einmal besonders gut drauf. Sie erzählte auch allen gleich warum. „Endlich konnte ich Günther dazu überreden, seine Wohnung aufzugeben und bei mir einzuziehen."

Günther lächelte sein charmantes Lächeln, prostete Sandra zu und meinte: „Eine Übergangslösung, aber wenn wir ein Haus bauen wollen, brauche ich als Startkapital das Geld aus der Wohnung. Sandra wollte ja um keinen Preis der Welt bei mir einziehen."

Irene war perplex. So ernst war es also.

* * *

Über das Thema Hausbau kamen sie zum Thema Umbau und Theo erzählte von den auf dem Stadler-Gut vorgenommenen Umbauten und von den explodierenden Kosten. Dann kam er – wie, wusste er nicht genau – auf Max zu sprechen und erzählte auch noch, dass er diesen gerade zum Arbeitseinsatz verdonnert hatte.

Er war selbst erstaunt, dass er darüber sprach, aber weil ihm alle so interessiert zuhörten, redete er weiter, erzählte dass Max nicht mehr zur Schule wollte und keine Gelegenheit ausließ, um Streit zu suchen.

„Er sucht Streit, weil er das Gespräch mit Ihnen sucht, und natürlich sucht er auch die Konfrontation. Er will sich doch an Ihnen messen."

Alle sahen auf Markus, der etwas errötete, aber dennoch fortfuhr: „Entschuldigen Sie, wenn ich das sage, aber wenn ich das richtig verstanden habe, hat er doch sonst keine männliche Bezugsperson."

„Sie meinen, weibliche Gesellschaft zählt nicht?", versuchte Theo einen Scherz daraus zu machen.

„In diesem Fall leider nicht."

„Na hör mal", fielen Irene und Sandra fast im Chor über ihn her. Irene setzte sich durch: „Was sind denn das für Macho-Töne?"

Markus lächelte pflichtschuldigst.

„Sorry, meine Liebe. Aber Frauen gibt es in seiner Familie ja ausreichend. Es fehlt das männliche Element im Hause. Der Vater – oder eben eine andere Bezugsperson. Hat seine Mutter, seit dem Tod Ihres Vaters, denn nicht wieder …?" Der Satz blieb in der Luft hängen und Theo zuckte die Schulter. „Ich glaube nicht, aber so genau weiß ich das nicht. Die Mutter liegt mir nicht besonders am Herzen."

Als Theo anschließend Pam nach Hause brachte und dabei eher wortkarg war, fragte sie: „Was machen wir am Wochenende?"

„Weiß ich noch nicht."

„Heute ist Mittwoch, wann gedenkst du es zu wissen?"

„Keine Ahnung. Aber sobald ich es weiß, werde ich dich anrufen."

„Kann aber sein, dass ich dann schon vergeben bin", antwortete Pam ziemlich spitz.

„Damit werde ich dann eben leben müssen."

„Sag, was willst du eigentlich von mir?", zischte sie ihn an.

„Keinesfalls Streit und Probleme, davon habe ich bereits ausreichend."

Theo wusste tatsächlich noch nicht, was er am Wochenende tun sollte. Er hatte vorgehabt, wie immer aufs Gut zu fahren. Diesmal wollte er Pam ja auch mitnehmen. Aber die Worte dieses Kinderarztes, den Irene im Schlepptau hatte, hatten ihn auf unerklärliche Weise betroffen gemacht. Sie hatten das Thema dann nicht mehr weiterverfolgt, aber er hätte gerne mit jemandem darüber gesprochen, vielleicht sogar mit Pamela, aber jetzt war das Klima verdorben und wahrscheinlich war sie ohnehin die falsche Gesprächspartnerin.

Als er in seine Wohnung kam, machte er sich noch einen Schlummertrunk zurecht und legte eine Schallplatte auf. Er setzte sich in seinen Lieblingsfauteuil und ließ den Tag Revue passieren.

Was für eine Verantwortung hatte er für seinen Stiefbruder? Juristisch gesehen gar keine. Max hatte ja eine Mutter. Und was für eine – dachte er im gleichen Atemzug.

Yvonne war nur wenige Jahre jünger als Theo, dennoch legte sie jegliche Verantwortung in seine Hände. Solange es sich um vermögensrechtliche Dinge handelte, mochte das ja noch angehen. Aber wie kam sie eigentlich dazu, auch sonst immer mehr Verantwortung an ihn abzugeben? Und warum nahm er sie wahr?

Warum hatte er sich um Paulas Einschulung gekümmert?

Warum zum Teufel hatte er Max auf das Gut gebracht?

Jetzt hatte er Verantwortung, spätestens jetzt.

Das war eine völlig neue Sicht der Dinge. Wer hatte ihm das bloß eingeredet? Ach ja, der kleine Ex-Kollege. Seltsam, wie rasch er sich in die Vermögensverwaltung eingearbeitet hatte und wie weit seine Arztpraxis zurückzuliegen schien. Vermutlich hätte er doch Betriebswirtschaft studieren sollen, da hatte sein Vater wohl recht gehabt. Wenn sie damals nicht diesen vollkommen unsinnigen Streit gehabt hätten, hätte er auch Betriebswirtschaft studiert und nicht so viele Jahre mit dem Plombieren kariöser Zähne zugebracht. War also Vater schuld gewesen an seiner trotzigen Entscheidung, Medizin zu studieren?

Wenn aber sein Vater seine Entscheidung dermaßen beeinflusst hatte, welchen Einfluss hatte dann er auf Max' weiteren Lebensweg? Er würde gerne über solche Dinge sprechen. Mit seinem Freund Hans vielleicht oder mit diesem Markus. Ob Irene und er ein Paar waren?

Wochenende

Am darauffolgenden Wochenende begann Günther mit dem Packen seiner Sachen. Jetzt, da ihm diese wundervolle Ausrede mit dem Hausbau eingefallen war, wollte er keine Zeit verlieren. Schon in eineinhalb Wochen sollte die Spedition kommen, um seine persönlichen Sachen in Sandras Wohnung zu bringen. Seine Möbel musste er vorerst in dem derzeit leerstehenden Haus seiner Großmutter unterbringen. Das Haus war zwar eher ein Häuschen, aber es gab da einen großen Schuppen und der war erstaunlich trocken und für die Lagerung seiner teuren Möbel durchaus geeignet. Er hätte die Möbel gerne verkauft, er konnte schließlich jeden Euro gebrauchen. Aber Sandra hatte gesagt, wenn sie erst ihr neues Haus hätten, dann könnten sie die Möbel gut brauchen. Seit er von Hausbau gesprochen hatte, durchforstete sie alle einschlägigen Zeitungen auf der Suche nach einem geeigneten Grundstück. Gott sei Dank war bisher noch nichts Richtiges dabei gewesen.

Abends waren sie bei Sandras Eltern zum Abendessen eingeladen. Im Grunde mochte Günther diese Abende, es waren wenige Stunden, in denen er das Gefühl hatte, Teil einer Familie zu sein.

* * *

Irene leistete sich am Samstagmorgen noch einen Friseurbesuch und stattete anschließend ihrer Lieblings-Boutique einen Besuch ab. Da sie danach nichts weiter vorhatte, fuhr sie in ihre Kanzlei, Arbeit gab es schließlich immer.

Außerdem hatte sie unter der Woche geschludert und musste sich noch auf eine schwierige Verhandlung vorbereiten.

Sie las den Akt nochmals aufmerksam durch, aber der Inhalt war ihr bereits hinlänglich bekannt, also begann sie, passende Judikate zu suchen. Das Thema war spannend und der Nachmittag verging wie im Fluge. Aber jetzt war es Zeit zu gehen, denn sie war am Abend bei ihrer Sekretärin, Frau Zimmer, eingeladen.

Frau Zimmer war nicht nur eine hervorragende Sekretärin, sondern auch eine begnadete Köchin. Irene sah auf die Uhr. Schon fünf Uhr – sie musste noch nach Hause, duschen, umziehen, sich schönmachen, schließlich wusste sie nicht, ob sie der einzige Gast war. Sie hatte da so ihre Vermutungen, denn Frau Zimmer sprach in letzter Zeit auffallend oft von ihrem jüngeren Bruder. Junggeselle, Anfang Vierzig.

* * *

Theo hatte vorgehabt, wie üblich am Freitag aufs Gut zu fahren. Er nutzte das Wochenende regelmäßig, um auf dem Gut nach dem Rechten zu sehen, seine Mutter zu besuchen und die eine oder andere Runde Golf zu spielen. Manchmal nahm er auch Geschäftspartner oder Freunde mit.

Aber diesmal hatte er eine Menge Arbeit im Büro und außerdem den Termin mit seinem Hausverwalter so angesetzt, dass es sich am Freitagabend nicht mehr lohnte hinauszufahren.

Für Samstagmorgen hatte sein Freund Hans ihn zu einer Partie Tennis überredet. Danach hatte er zwei Bier getrunken, da konnte er wieder nicht fahren, außerdem lud Hans ihn ein, zum Abendessen zu kommen. Natürlich musste er zusagen.

Hans, als Philosoph, hatte immer eine Menge zu erzählen und Ilse, seine Frau, hatte Theo immer schon gut gefallen. Schade, dass sie mit Hans verheiratet war.

Zwischen Theo und Ilse herrschte ein Einverständnis, wie es zwischen angeheirateten Freunden nur selten vorkam. Bei Ilse hatte er Rat gesucht, als er – viel zu spät – bemerkt hatte, dass seine Ehe gescheitert war. Doch da hatte auch Ilse ihm nicht helfen können. Erstens weil es ohnehin schon viel zu spät war und zweitens, weil Ilse für seine Exfrau Katrin noch nie etwas übriggehabt hatte.

Ilse war eine Frau von überlegenem Verstand. Sie war die beste Freundin, die man haben konnte, wenn es einem gelang, ihre

Freundschaft zu gewinnen. Wenn nicht, war es schwierig, denn Ironie war ihr Lebenselixier. Dabei war sie nicht bösartig, aber sie liebte Wortgefechte.

Theo machte es Vergnügen, sich mit ihr zu duellieren – Ilse wusste das. Außerdem war sie von schonungsloser Ehrlichkeit. Vor Kurzem erst hatte sie zu ihm gesagt: Theo, du magst doch intelligente Frauen. Warum suchst du dir immer so Dummerchen aus?

Hans hatte Katrin ganz gern gemocht, obwohl sie so gar nicht in sein Weltbild passte. Katrin war ein Luxusgeschöpf, eine aussterbende Spezies. Kultiviert, gebildet, aber ohne einen Funken Interesse an irgendeiner Tätigkeit, die auf etwas anderes abzielte als Schönheit, gesellschaftliches Ansehen und Vergnügen.

Jedenfalls verbrachte Theo auch diesmal einen sehr angeregten Abend mit den beiden und machte sich zu Fuß auf den Heimweg.

*

Gibt es Schicksal, überlegte Theo, während er am nächsten Morgen in den Spiegel blickte. Zufall? Ist Zufall wirklich nur das, was einem eben zufällt, weil man so und nicht anders handelt? Eine philosophische Frage. Er sollte sie gelegentlich mit Hans diskutieren.

Welchen Anteil hatte Theo an der zufälligen Begegnung gestern Abend? Gut, er hätte ebenso gut mit dem Taxi fahren können. Und Irene? Sie hatte die Einladung ihrer Sekretärin angenommen, aber das hatte wohl kaum damit zu tun, dass sie genau in der Sekunde aus deren Haus trat, als er, etwas weinselig, an diesem Haus vorbeimarschiert war. Tja, so etwas passiert. Er hatte eben versucht, doch noch ein Taxi aufzuhalten, denn es hatte zu regnen begonnen, vermutlich war genau deshalb keines zu bekommen gewesen. So war er doppelt erfreut gewesen, als er Irene – mit dem Autoschlüssel in der Hand – sah.

Sie schien sich auch gefreut zu haben, und natürlich bot sie an, ihn heimzubringen. Mit dem Auto war es nur noch ein Katzensprung gewesen.

Sie erzählten kurz von ihren Abendbesuchen, schon waren sie da. „Ich würde dich gerne noch mit hinaufbitten ...", hatte er gesagt und sie darauf: „Und warum tust du's nicht?"

Sie hatte das vermutlich nur gesagt, weil es sich so anbot – oder wollte sie ...? Vielleicht hätte sie gerne noch ein Runde geplaudert, wer weiß das schon? Hätte er sie einladen sollen? Stattdessen hatte er gesagt: „Ich wollte sagen: Aber ich muss morgen früh raus. Ich fahre nämlich aufs Gut. Willst du mitkommen?"

„Um Golf zu spielen?", hatte sie gefragt.

„Wenn das deine Bedingung ist."

„Bedingung? Was für ein hässliches Wort. Ich fände es ... schön."

„Dann müssen wir aber wirklich zeitig losfahren. Ich habe einiges zu erledigen. Sieben Uhr Abfahrt. Frühstück unterwegs?"

Irene hatte einen verstohlenen Blick auf die Uhr geworfen: „Schon halb eins. Könnten wir uns – eventuell – auf sieben Uhr dreißig vergleichen?"

„Ausnahmsweise. Wo darf ich dich abholen?"

„Kollergasse 17", hatte sie gesagt und war losgefahren. Dabei war er gar nicht sicher gewesen, ob er überhaupt aufs Gut fahren wollte.

Die würden sich wundern, wenn er diesmal Irene mitbrachte. Immerhin würde Pam es kaum erfahren, sie hatte nicht viele Freunde auf dem Gut. Frau Martens hatte nicht gerade die Werbetrommel für sie geschlagen. Beschwingt verließ Theo das Haus, fuhr mit dem Taxi zu seinem Auto und traf fünf Minuten vor der vereinbarten Zeit bei Irene ein. Er machte sich auf eine längere Wartezeit gefasst und hatte vorsorglich eine Zeitung mitgebracht. Doch zu seiner Überraschung erschien Irene zwei Minuten später im Haustor. Sie war sportlich gekleidet, wirkte aber dennoch elegant. Er stieg aus, um sie zu begrüßen und ihr die Wagentüre zu öffnen. Als er losfuhr, sagte Irene: „Übrigens ist mir heute Morgen klargeworden, dass ich kein Golfzeug bei mir habe, das steht im Club."

„Wir haben natürlich ein Leih-Set."

„Darauf habe ich gehofft. Außerdem ist so ein Leih-Set die beste Ausrede der Welt, wenn's mit dem Spiel nicht klappen sollte."

„Brauchst du denn eine Ausrede?"

„Brauchen wir die nicht alle?"

Theo lächelte, sagte aber nichts.

„Was hast du für ein Handicap?", fragte Irene.

„Darauf gibt es für den weltgewandten Golfer nur eine Antwort …"

„Ich kenne sie: Vierzehn Schläger."

„Wollte ich eigentlich gar nicht sagen."

„Sondern?"

„Schon vergessen", entgegnete er. Unerhört – wie konnte sie ihn mitten im Wort unterbrechen? Doch nach wenigen Minuten nahm er den Gesprächsfaden wieder auf. „Wo wollen wir frühstücken?"

„Was hast du dir denn vorgestellt?"

„Also, wenn es dir nicht zu lange dauert, am liebsten auf dem Gut. In einer Stunde sind war da."

„Ich kann warten, aber bitte: nicht fliegen."

Theo blickte auf den Tacho, der zeigte gerade 160 km/h.

„Angst?"

Irene schüttelte den Kopf: „Vernunft."

*

Als sie losgefahren waren, war der Himmel strahlend blau gewesen, doch je näher sie ihrem Ziel kamen, umso düsterer wurde es, und als sie ankamen, begann es zu tröpfeln. Fürs Erste war das nicht weiter schlimm. Man bereitete ihnen ein umfangreiches Frühstück und sie genossen es bei friedlichem Geplauder.

Als sie ihre Aufmerksamkeit wieder dem Wetter zuwandten, regnete es immer noch. Theo sah auf die Uhr. Es war knapp nach zehn. „Wenn du willst, können wir zu Fuß zu meiner Mutter gehen. Durch den Wald geht man eine knappe Stunde. Um 11 Uhr würde sie uns sicher schon zu einem Aperitif empfangen."

„Digestif wäre nach diesem Frühstück angemessener, ist aber vermutlich um diese Uhrzeit unfein."

„Ich fürchte, das sieht meine Mutter auch so."

Familiäre Verhältnisse

Irene erkannte es sofort. Theos Mutter wohnte nicht, sie residierte. Das Haus – es handelte sich um ein ehemaliges Jagdschloss – lag sehr idyllisch hinter einem stilvollen Einfahrtstor aus Schmiedeeisen, von dem aus eine leicht gebogene Pappelallee zum Schloss führte. War es nun ein Schloss, ein Haus oder eine Villa? Und was genau war der Unterschied, fragte sich Irene.

Für Theos Mutter jedenfalls war es ein Schloss, das war Irene spätestens in dem Moment klar, als sie ihr die Hand reichte.

Theos Mutter bekam auch nicht einfach Besuch, sie empfing Gäste. Gräfin Nestelbach hatte nicht nur Würde, sie hatte auch ein Hausmädchen das Sherry und Gebäck servierte. Dabei wurde ein unverfängliches Gespräch aufrechterhalten. Irene beobachtete Theo, der sich ganz mühelos in diese Umgebung einfügte und dachte: „Hier bist du also aufgewachsen, kein Wunder, dass du ein wenig anders tickst."

Dennoch genoss sie die knappe Stunde, denn selbstverständlich verabschiedete man sich zeitgerecht, da die gnädige Frau Mittagsgäste erwartete.

„Kommen viele Gäste?" fragte Irene auf dem Heimweg.

„Ach, gar nicht. Ihr alter Hausfreund, unser pensionierter Gemeindearzt. Kommt jeden Sonntag, Punkt halb eins, geht wieder um drei. Danach kannst du die Uhr stellen."

„Und du kommst um elf, damit du eine knappe Stunde später wieder verschwinden kannst."

„Kluges Mädchen."

„Ich bin kein Mädchen!"

„Aber doch klug!"

Darauf ging sie nicht ein. „Und was macht deine Mutter, wenn sie keine Gäste empfängt?"

„Frag mich nicht, aber sie ist ständig unterwegs. Leider mit dem Auto."

„Was sind denn das für Macho-Sprüche?"

Wider seine sonstigen Gewohnheiten kicherte Theo.

„Du müsstest sie fahren sehen. Aber zu ihrer Ehrenrettung sei gesagt, früher fuhr sie besser. Ich schwöre, das hat nichts damit zu tun, dass ich Frauen am Steuer nicht schätzen würde."

„Nur nicht schwören, schließlich sind wir nicht im Gerichtssaal."

Mit solcherlei Geplänkel kamen sie gut gelaunt wieder aufs Gut. Der Regen hatte aufgehört, es war bewölkt und nicht allzu warm, somit bestand kein Grund, die Golfrunde weiter zu verschieben.

Auf den ersten zwei Holes waren beide ziemlich schweigsam, jeder auf sein Spiel konzentriert. Irene sah bald, dass Theo ihr bei weitem überlegen war. Kein Wunder, schließlich war er hier groß geworden.

Am dritten Loch setzte Irene ihren Ball ins Wasser. Ausgerechnet heute. Ihr Spiel war nicht besonders spektakulär, dazu fehlte es ihren Schlägen an Weite, aber sie war üblicher Weise eine beständige Spielerin, der selten ein Ball ins Rough oder ins Wasser abbog.

Als sie am vierten Abschlag warten mussten, meinte Theo lächelnd: „Worum spielen wir denn eigentlich? Also wenn ich hier schon vier Stunden im Kreis trabe, muss es dafür doch auch eine Belohnung geben."

„Belohnung? Gehst du davon aus, dass du gewinnst?"

„Selbstverständlich."

Sie einigte sich darauf, um ein Abendessen zu spielen und marschierten weiter.

Am siebenten Loch trafen sie seinen Bruder Max beim Rechen des Bunkers.

„Wie lange hast du noch Dienst?", fragte Theo.

„Nur noch bis vier."

„Gut, dann erwarten wir dich um sechs zum Abendessen!"

Keine Frage, dachte Irene, ein Befehl.

*

Max erschien tatsächlich. Seine Jeans saß ziemlich gewagt auf der Hüfte und er hatte reichlich Gel in der Frisur.

„Chic", murmelte Theo und es war nicht zu überhören, dass er das Gegenteil meinte, dann widmeten sich alle dem Studium der Speisekarte.

Irene hatte sich zwar schon längst für Putenfilet in der Erdäpfelkruste mit Erdäpfel-Gurkensalat entschieden, legte die Speisekarte aber nicht aus der Hand, sondern wartete, dass einer ihrer männlichen Begleiter die Gesprächsrunde eröffnete. Die Situation war ihr etwas unangenehm, sicher würde die Stimmung zwischen den so ungleichen Brüdern gespannt sein. Doch dann kam Frau Martens an den Tisch, um persönlich die Bestellungen aufzunehmen. Sie kommentierte diese natürlich auch, riet Irene lieber zu Blattsalat mit Kernöl und empfahl Max, nicht schon wieder Spaghetti zu essen, wo es doch heute einen so köstlichen Erdäpfelstrudel mit Schwammerlsauce gäbe. Erstaunlicher Weise nahm er diese Empfehlung an. Theo wählte Schweinsfilet mit Pilzen.

Kaum hatte Frau Martens die Bestellung an die Küche weitergeleitet, gesellte sie sich wieder zu ihnen.

„Ham's scho g'hört Herr Doktor: Der Staller hat gestern beim Turnier ein hole in one geschlagen."

Als Theo verneinte, wandte sie sich an Max: „Hast's no net erzählt?"

„Noch nicht dazu gekommen", murmelte Max.

„Na das war vielleicht ein Hallo, nachher auf der Terrasse. Hat ihm a Menge Geld gekostet. Über 80 Teilnehmer und jedem musste er ein Glaserl Sekt spendieren. Wo er doch sonst so sparsam is!" Frau Martens gab sich keine Mühe ihre Schadenfreude zu verbergen.

„Wird ihn schon nicht umbringen, den alten Geizkragen", meinte auch Theo. „Außerdem kann man sich dagegen ja versichern lassen."

„Wirklich?" fragte Max erstmals interessiert.

„Die Versicherung kann ich mir schenken", meinte Irene.

„Nur nicht so bescheiden", sagte Theo galant, musste aber gleich noch mit einem ironischen Lächeln hinzusetzen: „Wenn wir unserer Teiche zuschütten, hast du alle Chancen." Irene hatte im Laufe des Spieles noch drei weitere Bälle im Wasser versenkt. Ausgerechnet heute!

Als sie sich endlich verabschiedeten war es schon nach acht Uhr und da der Verkehr noch dicht war, setze Theo Irene erst gegen zehn daheim ab. Sie hatte lange überlegt, ob sie ihn noch auf einen Kaffee einladen sollte, sich dann aber dagegen entschieden, denn sie war hundemüde und das nächste Treffen ja ohnehin besiegelt. Natürlich hatte sie die Partie verloren, daher war es an ihr, Theo zum Abendessen einzuladen. Er hatte auf der Heimfahrt schon nachgefragt, wann und wo sie ihre Spielschulden einzulösen gedachte. Ohne Terminkalender, hatte sie gesagt, könne sie sich nicht festlegen. In Wahrheit wusste sie nur nicht, ob sie für ihn kochen sollte oder ihn besser ins Restaurant einlud. Für heute verabschiedete er sich jedenfalls sehr stilvoll – mit Handkuss.

Irene schlief an diesem Abend noch lange nicht ein. Der Tag mit Theo war wunderschön gewesen, sie konnten miteinander reden und miteinander lachen. Für Irene war beides wichtig, es könnte ein Fundament sein. Aber wofür? Was wollte sie auf diesem Fundament aufbauen? Freundschaft? Liebe? Oder gar eine neue Partnerschaft?

Natürlich gingen ihre Gedanken wieder einmal viel zu weit. Sie wusste ja nicht einmal, ob er mehr für sie empfand als Sympathie.

Dennoch hatte sie, zum ersten Mal seit der Trennung von Jochen, nicht das Bedürfnis, über ihre Gefühle, Hoffnungen und Zweifel mit Sandra zu sprechen. Die gehörten ihr ebenso allein wie das angenehme Gefühl, das sie empfand, wenn sie nur seinen Namen hörte. Hatte sie nicht vor wenigen Wochen noch um ihre zerbrochene Beziehung zu Jochen getrauert?

Jochen war in jeder Beziehung ihr erster Mann gewesen und das Scheitern ihrer Ehe hatte sie gehörig aus dem Gleichgewicht gebracht. Konnte sie ihm nun – endlich – sein neues Glück gönnen?

Bisher hatte sie sich nicht vorstellen können, wieder eine ernsthafte Beziehung einzugehen. Ruhelos wälzte sie sich im Bett hin und her und erst als der Morgen dämmerte, schlief sie ein.

* * *

Sandra quittierte Irenes dürftige Erzählungen mit einem „Hört, hört", war aber im Übrigen mit Günthers Übersiedlung beschäftigt. Für Sandra lief das Leben im Moment gerade so, wie es ihrer Meinung nach sein musste. Sie hatte einen Job, den sie gerne machte und der sie, dank Paps, nicht über die Maßen strapazierte. So blieb ihr ausreichend Zeit für die schönen Dinge des Lebens.

Sie hatte viele Stunden damit verbracht zu überlegen, welche von Günthers Möbel sie integrieren konnten und welche in den Schuppen mussten. Es war ihr wichtig, dass er nicht den Eindruck hatte, er wohne zur Untermiete.

Doch um für seine Sachen Platz zu machen, musste ein Teil ihrer Möbel verschwinden. Günther war dabei keine allzu große Hilfe gewesen. Offenbar hatte er Stress in der Firma und seit sie im gesagt hatte, dass er kein Gefühl für ein gemütliches Heim besaß, ließ er sie ohnehin werkeln, wie es ihr passte.

Dennoch war sie verliebt wie ein Teenager, sie gab es ja zu.

„Ausgerechnet du?", hatte Irene sie geneckt und zu ihrem eigenen Erstaunen hatte sie geantwortet: „Ja. Dabei kann ich dir nicht genau sagen warum. Sicher, Günther sieht gut aus, aber meine bisherigen Begleiter waren auch nicht hässlich gewesen. Er ist charmant und erfolgreich, aber ich habe mich schließlich nie mit Nieten abgegeben."

„Nein, ganz im Gegenteil, das hattest du schließlich auch nicht nötig als hübsche Tochter aus reichem Haus."

„Ja, ja, ich weiß. Du warst immer der Meinung, ich sei die Prinzessin auf der Erbse. Wahrscheinlich hattest du sogar recht. Aber diesmal ist es anders – das musst du zugeben. Wir werden ein Haus bauen, einen Baum pflanzen und ein Kind haben."

„Bist du dir so sicher?"

„Ganz sicher!"

* * *

Günther wusste von Sandras Träumen – und er hätte sie gerne mitgeträumt, doch er sah keine Zukunft. Nicht für sich und schon gar nicht für sie beide. Noch genoss er die Zeit mit Sandra, noch genoss er das Gefühl, einmal – vielleicht zum ersten Mal in seinem Leben – wirklich Familie zu haben. Dennoch stellte er sich täglich die gleichen Fragen: Wie lange konnte er die Fassade noch aufrechterhalten? Wie lange noch den smarten Geschäftsmann spielen? Er hatte alles versucht, hatte notwendige Reparaturarbeiten in den Häusern hintangehalten, hatte zwei Dachbodenausbauten vorübergehend eingestellt und Kosten reduziert. Derzeit war er dabei, seine Wohnung zu verkaufen. Das ersparte ihm zwar die monatlichen Rückzahlungsraten, aber ein Gutteil des Kaufpreises gehörte der Bank. Manchmal, wenn Sandra abends in seinen Armen lag und er schon mehrere Gläser Wein getrunken hatte, gelang es ihm für wenige Augenblicke, ihren Traum mit zu träumen. Da war er wieder der strahlende Sieger. Sandra wollte Kinder. Eine Tochter zu haben, könnte er sich gut vorstellen. Sie wären eine Traumfamilie – leider würde es ein Traum bleiben.

Urlaub

Der Juli brachte unbeständiges Sommerwetter mit vielen Gewittern und unerträglicher Schwüle. Yvonne hasste solches Wetter. Sie brauchte Sonne, Wind und Meer. Früher war sie um diese Zeit mit ihrem geliebten Grafen an den Gardasee gefahren. Yvonne vermisste ihn immer noch. Ihn und diese kurzen Urlaubstage, die sie sich immer gestohlen hatten. Ihre Mutter war mit den Kindern immer ins Waldviertel gefahren, so dass die Tage am Gardasee immer nur ihnen gehört hatten. Später, im August, waren sie dann mit den Kindern nach Lignano oder Jesolo gefahren. Auch das vermisste sie.

Ob sie es diesmal alleine versuchen sollte? Aber Max arbeitete auf dem Gut. Sie hatte keine Ahnung wie lange noch. Außerdem war sie keine begeisterte Autofahrerin und allein die Vorstellung, sechs oder sieben Stunden hinter dem Lenkrad zu sitzen, war ihr zuwider.

Ihre Mutter war mit Paula wieder ins Waldviertel gefahren, nun saß sie alleine hier herum. Sie fühlte sich einsam und träge, ohne jeden Antrieb. Schon hatte sie überlegt, die beiden im Waldviertel zu besuchen, doch sie konnte den Stallgeruch nicht leiden, den es gelegentlich über den Hof wehte. Also verwarf sie diesen Plan.

Frank, ihr derzeitiger Lover, ließ sich auch kaum noch blicken und als er endlich auftauchte, war ihr Stimmungsbarometer auf dem Tiefpunkt.

Vielleicht ließ sie sich deshalb dazu überreden, einen Joint mit ihm zu rauchen. Das hob ihre Laune aber nur kurzfristig und als Frank wenig später erzählte, er würde für einige Wochen an die Côte d'Azur fahren, um eine Fotoserie zu machen, war sie wieder den Tränen nahe.

In Wien war schlechtes Wetter, was lag also näher, als ihn zu begleiten. Zumindest für ein paar Tage. Oma wurde telefonisch verständigt, zwei Tage später fuhren sie los.

* * *

Max erfuhr davon erst, als Yvonne schon in Nizza saß und vermutlich in der Abenddämmerung Pernod schlürfte.

Er schäumte. Wie kam dieser dahergelaufene Affe Frank dazu, mit seiner Mutter nach Frankreich zu fahren? Wenn Max daran dachte, dass dieser schmierige Typ seine Mutter auch nur anfasste, wurde ihm schon übel. Und dass er sie anfassen würde, war Max klar, schließlich war er kein Kind mehr und befasste sich selbst mit einschlägigen Themen, bislang allerdings ohne Erfolg.

„Welche Laus ist denn dir über die Leber gelaufen?", fragte ihn Frau Martens nach dem Abendessen.

„Keine Laus, ein langhaariger, schmieriger Vollkoffer."

Erstaunlicherweise schien Frau Martens mit der Antwort einigermaßen zufrieden zu sein, denn sie lächelte und fragte nicht weiter nach.

Je länger Max nachdachte, umso klarer wurde ihm, dass er seiner Mutter nachreisen musste. Dazu bräuchte er allerdings Zeit und Geld. Er würde mit Theo reden müssen, auch wenn ihm schon der Gedanke daran Sodbrennen verursachte.

Es hatte sich in der Zwischenzeit eingespielt, dass Theo ihn, meist freitags, zum Abendessen einlud. Max hatte schon überlegt, diese Verabredung einmal platzen zu lassen, doch diesmal musste er jedenfalls noch hingehen.

Als sie am Freitagabend an ihren Spare-Ribs knabberten, fragte Theo: „Was macht das Landleben?"

„So, so", antwortete Max und überlegte krampfhaft, wie er Theo dazu bringen konnte, ihm Geld und Urlaub zu geben.

Er entschied sich für den Frontalangriff: „Ich brauche ein paar Tage Urlaub – und Geld."

„Wie viel?"

„Geld?"

„Urlaub."

„Weiß ich noch nicht. Also nicht genau. Ein paar Tage halt."

„Und wie kommst du darauf? Urlaubsanspruch hat erst, wer mehr als sechs Monate gearbeitet hat. Soviel ich weiß, sind es bei dir noch keine sechs Wochen."

„Es ist aber wichtig!"

„Das musst du mir schon etwas näher erklären."

„Es ist aber privat."

„Jetzt hör mir mal zu", Theo legte das Essbesteck zur Seite. „Du willst von mir Geld und Urlaub. Beides steht dir noch nicht zu. Wenn du es dennoch haben willst, wirst du mir einen Hauch mehr erzählen müssen. Wohin soll die Reise gehen?"

„An die Côte d'Azur."

„Wie vornehm. Und mit wem?"

„Alleine."

„Sag, für wie deppert hältst du mich? Du willst Geld und Urlaub, um in einer privaten Angelegenheit allein an die Côte zu fahren?"

„So ist es aber."

Eine Zeitlang beschäftigte sich Max wieder mit dem Abknabbern der Ribs, dann sagte er: „Meine Mutter ist dort."

„Aha. Jetzt kommen wir der Sache schon näher."

„Ich muss sie zurückholen."

„Ist sie krank?"

„Nein." Er trank einen Schluck Bier. „Sie ist dort – mit ihrem Lover."

„Dann lass ihr doch das Vergnügen."

Max lutschte angelegentlich an seinen Ripperln. „Du würdest ihn auch nicht wollen. Wie der schon aussieht."

„Das mag ja sein. Aber das ist noch lange kein Grund, an die französische Riviera zu gondeln und deiner Mutter den Urlaub zu versauen."

„Ich muss dorthin."

„Du musst gar nichts. Außer hier zu arbeiten, wie vereinbart. Geld für die ersten vier Wochen kannst du natürlich haben. Frau Martens wird es dir morgen auszahlen."

Mist!

Wettschulden

Theo fuhr am Sonntag früher als sonst nach Wien, da Irene ihre Spielschulden einlösen und für ihn kochen wollte. Seine Gedanken pendelten zwischen den Tagen auf dem Gut und dem vor ihm liegenden Abendessen hin und her.

Gestern hatte er mit Stammgästen des Hauses eine Runde Golf gespielt und dabei immer wieder an Irene denken müssen. Hier hatte sie ins Wasser geschlagen, da ein Par gespielt und dort den entscheidenden Putt verschoben. Dabei machte er sich gar nicht so viel aus Golf. Na schön, hie und da mal eine Runde zu spielen konnte, bei gutem Wetter, ganz nett sein. Gestern aber war es schwül gewesen, ständig waren sie von Gewitterwolken umgeben, die sich abends dann auch entluden. Doch da waren sie Gott sei Dank schon im Clubhaus.

Max hatte er nicht mehr gesprochen, dafür aber Frau Martens angewiesen, ihm den Lohn für seine bisherige Arbeit auszuzahlen. Bis heute Vormittag hatte Max das Geld noch nicht abgeholt. Komischer Vogel. Und warum regte er sich so darüber auf, dass seine Mutter verreist war? War das normal? Na gut, Max mochte den Typen nicht.

Theo hatte vorgehabt, Max so rasch wie möglich wieder nach Hause zu schicken – schon um die Verantwortung wieder los zu werden. Doch Max schien es gar nicht eilig zu haben und nun, da seine Mutter verreist war, fühlte Theo sich verantwortlicher denn je.

Wenigstens schien die Beauty-Farm langsam anzulaufen, auch ohne Pams fachlichen Rat. Das immerhin war eine positive Nachricht. Er hatte nämlich nicht vor, der Dame hinterherzulaufen. Nach ihrem unerquicklichen Abschied, damals, nach dem Tschauner, hatte er einige Tage gegrollt, dann aber doch einen Blumenstrauß geschickt. Groß und geschmackvoll, aber keine rote Rose darunter. Pam hatte sich dennoch nicht gemeldet, nicht einmal bedankt. Nun, er würde den Liebesentzug verkraften. Spielend sogar.

Bei der Gelegenheit fiel ihm ein, er hatte noch gar kein Gastgeschenk für Irene. Blumen? Konnten nie schaden und eine Flasche Champagner sollte er wohl noch daheim haben.

* * *

Irene hatte gekocht. Einfach raffiniert – raffiniert einfach. Die Gerichte sollten Theo beeindrucken, aber nicht den Eindruck hinterlassen, sie hätte sich weiß Gott was angetan. Außerdem war sie zu früher Morgenstunde schon mit Markus Golfen gewesen. Dabei spielte Markus kein Golf, aber er hatte nichts dagegen, früh aufzustehen und in der frischen Luft spazieren zu gehen.

Nun war alles bereit. Der Prosecco eingekühlt, der Tisch auf der Loggia gedeckt. Nur sie selbst stand unschlüssig vor dem Kleiderschrank. Langes schwarzes Jerseykleid? Zu sinnlich. Weiße Hosen mit Shirt? Zu sportlich. Schließlich entschied sie sich für ein Sommerkleid in Türkis und Weiß. Dazu weiße Sandalen und weiße Clips. Zu ihrer leichten Bräune und dem hellen Haar – nicht schlecht. Oh Gott, die Fingernägel! Noch eine halbe Stunde, das sollte reichen – wenn der gnädige Herr nicht zu früh kam. Aber das würde man ihm auf seinem Schloss wohl beigebracht haben.

Als Theo fünf Minuten nach sieben Uhr läutete, waren Nägel und Lippen hellorange. Trotz des warmen Sommerabends trug er einen mittelgrauen Anzug aus leichtem Stoff, dazu ein rotes Seidenhemd mit passendem Stecktuch. Der weiß, was ihm steht, dachte Irene. Er überreichte ihr einen bunten Blumenstrauß. Las sie da eine gewisse Bewunderung in seinem Blick? Ein vielversprechender Beginn, wäre da nicht diese leichte Befangenheit zwischen ihnen gewesen.

Das Gespräch quälte sich mühsam dahin. Theo erzählte vom Gut, allerdings nur das Unwichtige wie ihr schien, und sie war als Gastgeberin immer wieder beschäftigt, was dem Gesprächsfluss eher abträglich war.

Erst nach dem Hauptgang – es hatte Seeteufel auf Erbsenpüree und Limettensauce gegeben – fanden sie den vertrauten Ton wieder. Theo hatte schon die Vorspeise höflich gelobt – es hatte gratinierte Green Shells gegeben -, doch vom Hauptgang schien er wirklich begeistert zu sein und es stellte sich heraus, dass auch er gelegentlich ganz gerne den Kochlöffel schwang. Es war kühl und auch schon etwas dämmrig geworden, auch das empfand Irene als angenehm.

Theo erzählte ihr nun auch von Max' Ansinnen auf Urlaub. Es käme ihm seltsam vor. Warum sollte sich ein 17-Jähriger aufregen, wenn seine Mutter auf Urlaub fuhr.

„Was vermutest du dahinter?", fragte Irene.

„Ich vermute gar nichts. Es kommt mir nur seltsam vor."

„Söhne neigen manchmal dazu, ihre Mütter zu vereinnahmen. Besonders dann, wenn die ohne Partner sind. Sie fühlen sich sehr schnell als Herr im Haus, das kann schon zu Problemen führen."

„Sagt die Psychologin."

„Sagt Markus."

„Und in welchem Zusammenhang sagt Markus solche Sachen?"

„Markus sagt ständig solche Sachen. Du weißt ja, er ist Kinderarzt mit Leib und Seele, und er versucht immer auch die seelische Komponente zu berücksichtigen. Manchmal erzählt er mir den ein oder anderen Fall."

„Ist Markus ein sehr guter Freund von dir?"

„O ja, wir kennen uns seit dem Gymnasiums."

„Das beantwortet meine Frage nicht."

„Du willst wissen, ob ich ein Verhältnis mit ihm habe."

„Hast du?"

„Dann säße er jetzt hier."

„So gesehen bin ich sehr froh, dass er es nicht tut."

Es entstand eine winzig kleine Pause, bevor Irene fragte:

„Wie soll ich das verstehen?"

„Du verstehst es schon." Seine Stimme hatte dabei einen ganz eigenartigen Klang angenommen. Irene stand auf. Das Terrain wurde ihr zu unsicher: „Ich hole jetzt den Nachtisch. Fruchtsorbet. Ich denke, das passt jetzt ganz gut", und wusste selbst nicht genau, ob sie über den Themenwechsel froh sein sollte. Nach dem Nachtisch näherte sich Theo dem Thema von einer anderen Seite.

„Du wohnst hier ganz allein?"

„Mutterseelenallein. Die Wohnung, die ich gemeinsam mit Jochen hatte, war mir alleine zu teuer. Also musste ich mich nach einer anderen umsehen. Das war nicht ganz einfach, aber bei dieser Wohnung war es Liebe auf den ersten Blick."

„Verliebst du dich immer so schnell?"

„Sagen wir, ich weiß, was ich will."

„Du bist wohl keine große Romantikerin?"

Irene schüttelte den Kopf: „Leider nicht. Eher ein Verstandesmensch."

„Und was sagt dein Verstand zu mir?"

„Mein Verstand sagt: Hände weg. Der Mann könnte gefährlich werden, ist aber leider nicht frei."

„Ist er doch!"

„Und Pamela ist wahrscheinlich deine Schwester?"

„Und wenn Pam nicht wäre?"

„Wenn Pam nicht mehr ist, reden wir weiter. Magst du noch ein Glas Wein?"

* * *

Es war Samstag, früher Morgen, als Theo, schneller als erlaubt, über die Autobahn jagte.

Der Abend mit Irene lag schon bald eine Woche zurück und er fuhr Richtung Gut. Alleine. Er schaltete das Radio aus und trommelte mit seinen gepflegten, kräftigen Fingern gegen das Lenkrad.

„Langsam entwickle ich mich offenbar zum Einsiedler – und Selbstgespräche führe ich auch schon. Bravo!"

Gestern war er mit Hans und Ilse im Theater gewesen. Sommertheater, ganz nett, aber nicht aufregend. Während der Vorstellung und auch später im Restaurant dachte er daran, dass er jetzt gerne Irene an seiner Seite gehabt hätte. Was sie wohl für eine Einstellung hatte zu Kunst und Kultur? Liebte sie Komödien oder Dramen? Oper oder Musical? Er wusste es nicht. Er wusste überhaupt noch so wenig von ihr. Wie sie wohl liebte?

Als sie am Sonntag so dezidiert jegliche Annäherung an dieses Thema ablehnte, so lange er nicht wirklich frei war, wie sie es genannt hatte, war er verärgert gewesen und dann auch bald gegangen. Wollte sie ihm das Messer an die Brust setzen? Frauen konnten so umständlich sein! Dennoch hatte er sie am Montag angerufen und sich für die Einladung bedankt. Sie schien sich gefreut zu haben und hatte den Ball aufgenommen und darauf hingewiesen, dass ihr jetzt eine Revanche zustünde. Also schien sie geneigt, die Bekanntschaft fortzusetzen. Das wollte er ja auch. Aber erpressen ließ er sich nicht.

Seine Beziehung zu Pam bedeutete ihm nicht viel, in den letzten Wochen war überhaupt die Luft raus, auch wenn sie vergangene Woche wieder gemeinsam beim Heurigen waren. Danach hatte Pam bei ihm geschlafen, auch das hatte ihm nicht viel bedeutet. Sie schien deutlich unterkühlt und wenn er nicht bald etwas unternahm, um sie zu versöhnen, brauchte er sich wohl keine Gedanken mehr zu machen. Aber die Beziehung beenden, weil Irene es verlangte?

Da er sich nicht entscheiden konnte, fuhr er einmal mehr alleine aufs Gut. Dort herrschte eifriger Betrieb, denn es versprach ein heißer Tag zu werden, und viele Golfer nutzten die kühlen Morgenstunden.

Theo war nicht nach Geselligkeit zumute. Er war kein Morgenmensch und wenn er schon zeitig aufstand, dann musste er nicht gleich auch noch kommunizieren. Er ließ sich ein ordentliches Frühstück auf sein Appartement bringen und nahm sich die Zeitung als Gesellschaft, die war informativ, intelligent und verlangte weder Antworten noch Entscheidungen.

Als er später hinausfuhr, um den Platz in Augenschein zu nehmen, war es schon recht heiß. Er hatte noch nie verstehen können, warum die Menschen bei solchem Wetter Golf spielen wollten, aber ihm sollte es recht sein.

Max hat er nicht gesehen. Am Wochenende tat man nur das Notwendigste, um den Spielfluss nicht zu stören, und bei dieser Hitze verlegten sie die unaufschiebbaren Arbeiten in die frühen Morgenstunden. Was Max wohl so tat, wenn er nicht arbeitete? Es war schon Mitte Juli. Schön langsam musste eine Entscheidung her. Der Knabe machte ihm mehr Kopfzerbrechen, als ihm lieb war. Als Theo von seiner Platzrunde zurückkam, sah er Max auf der Driving Range üben. Bei dieser Hitze! Im Grunde war es dem Personal verboten, tagsüber zu spielen, aber Theo beschloss, ihn nicht gesehen zu haben, und hinterließ eine Nachricht auf seinem Zimmer, dass er ihn zum Abendessen erwartete. Dann machte er sich auf den Weg ins Büro.

Großmütter

Als Theo am Abend auf die Restaurant-Terrasse kam, war dort eine Menge los. Ein langjähriges Mitglied feierte seinen siebzigsten Geburtstag.

„Das hätte Sie mir sagen sollen", grollte Theo in Frau Martens Richtung und ging lächelnd dem Geburtstagskind entgegen. Wenn Hofrat Reiter Geburtstag feierte, konnte seine Mutter nicht weit sein. Natürlich, da war sie ja schon, er beugte sich zu ihr und küsste sie leicht auf die Wange. Super, jeden Moment würde Max erscheinen. Da war er ja schon!

Max hatte sich der Terrasse von der anderen Seite genähert und die Gräfin vermutlich bereits gesehen. Frau Martens hatte ihm schon vor Wochen gesagt, wer sie war – das immerhin wusste Theo. Max schien sich gut mit Helga Martens zu verstehen. Wenigstens etwas.

Und jetzt?

Ohne weiter darüber nachzudenken rief Theo Max zu, doch auf die Terrasse zu kommen. Die Einladung war zwar freundlich, aber eher ein Befehl gewesen. Wie dem auch sei, Max folgte ihr und stand, nach dem er dem Geburtstagskind artig gratuliert hatte, der Gräfin gegenüber.

*

Warum Theo das getan hatte, konnte er selbst nicht sagen und es war ihm durchaus bewusst, dass er damit Mutters Zorn auf sein Haupt geladen hatte. Nun, er verstand damit umzugehen. Als sie sich am Sonntagvormittag mit einem Campari auf die hintere, schattige Terrasse zurückgezogen hatten, fragte sie honigsüß: „Du kommst allein? Ich dachte, du würdest vielleicht deinen kleinen Bruder mitbringen?"

„Wenn ich gewusst hätte, dass du das wünscht, hätte ich ihn selbstverständlich mitgebracht."

„Nun, ich wüsste nicht, was ich dagegen haben sollte. Wenn du mich dieser Peinlichkeit schon in aller Öffentlichkeit aussetzt, warum sollte ich ihn nicht auch zu Hause empfangen?"

„Peinlicher wäre gewesen, so zu tun, als würden wir ihn nicht kennen oder uns seiner schämen."

„Tun wir das nicht?"

„Nein, Mutter, das tun wir nicht. Er ist Vaters Sohn. Na gut, das Kind eines Seitensprungs. Aber das ist so selten ja auch wieder nicht. Früher nicht und heute schon gar nicht."

„Eines dreizehn Jahre währenden Seitensprungs."

„Dafür kann man Max ja wohl nicht verantwortlich machen."

„D'accord! Muss ich ihn deswegen mögen?"

„Das hat niemand von dir verlangt. Aber ein wenig Gerechtigkeit, die darf man doch auch von dir verlangen."

Die Mama nippte an ihrem Campari und verscheuchte eine Fliege.

„Und – wie soll es jetzt weitergehen? Hat er die Arbeit noch nicht satt? Wird er auf die Schulbank zurückkehren?"

„Um ehrlich zu sein, ich weiß es nicht."

„Wird es nicht langsam Zeit?"

„Ich wollte gestern Abend mit ihm reden. Aber daraus ist dann ja nichts geworden."

„Stimmt. Ich nehme an, du wirst das heute nachholen."

Theo stand auf, nahm seinen Drink und stellte sich an die Terrassenbrüstung. Nach einiger Zeit kehrte er an den Tisch zurück. Seine Mutter blieb erstaunlicherweise beim Thema.

„Ich werde ihn zum Tee einladen."

Theo blickte sie erstaunt an und meinte dann ziemlich ironisch: „Vielen Dank, Mama. Ich glaube allerdings nicht, dass das die entscheidende Wendung bringen wird. Oder hältst du dich für dermaßen abschreckend?"

„Kindskopf," antwortete die Mama gelassen.

* * *

Günthers Großmutter lebte jetzt zumeist wieder in der Zeit ihrer Jugend. Deshalb erkennt sie Günther auch nicht, wenn er ab und zu bei ihr vorbeischaut. Nur manchmal erinnert er sie an Günther. Aber Günther existiert ja noch gar nicht. Sie ist wieder ein junges Mädchen, eine junge Frau, die sich nach ihrem Mann sehnt, doch der ist im Krieg. Sie wohnt wieder in diesem kleinen Dorf im Weinviertel. Ein paar hundert Seelen, eine Kirche, ein Wirtshaus, ein Greißler. Sie geht immer wieder die Dorfstraße entlang und wartet. Endlich kommt er.

Es ist ein klarer, heller Frühlingstag, die Sonne wärmt schon ein bisschen, aber nur ein bisschen, denn zumeist ist ihr ein wenig kalt. Aber es ist seltsam, sobald sie glaubt, bei ihm zu sein, sich an ihm festhalten zu können, muss er wieder fort. Und sie steht da – mit einem kleinen Mädchen an der Hand – und weint. Das Mädchen weint auch, wohl weil sie weint.

Die Geschichte, die sie immer wieder und wieder erlebt, hat einen durchaus realen Hintergrund. Sie hat ihren Mann im Krieg geheiratet, 1941. In den letzten Kriegstagen war er gefallen. Sie hatten also nur wenige Wochen miteinander gehabt, die paar Urlaubstage und einmal ein Genesungsurlaub zusammengerechnet. Und sie hatte ihn so sehr geliebt. Vielleicht auch, weil sie keinen Alltag zusammen hatten. Immer nur die Ausnahmesituation, die wenigen Tage, die so kostbar waren. Und dann wieder warten und bangen und hoffen.

Später war sie nach Wien gegangen, die Tochter sollte eine vernünftige Ausbildung erhalten.

In Wien hatte sie dann ihren zweiten Mann kennen gelernt. Ein freundlicher, guter Mensch, schon einige Jahre älter als sie selbst. Die große Liebe war es nicht mehr geworden, aber sie hatten gut zusammengelebt, bis ihm eine alte Kriegsverletzung wieder zu schaffen machte, an der er allzu früh gestorben war.

Diesen Teil ihres Lebens hatte sie gelebt und abgehakt. Der war erledigt.

Aber jene Zeit ihrer Jugend, in der sie ihre erste, große Liebe erlebte, die ihr der Krieg genommen hatte, diese Tage und Stunden erlebte sie immer wieder. Heute besonders intensiv.

Heute würde sie ihn wiedersehen, heute war die Sonne besonders hell und als sie ihm entgegeneilte, überkam sie ein ungeahntes, nie gekanntes Glücksgefühl. Dann hatte sie das Ziel ihres Lebens erreicht.

* * *

Als Günther vom Tod seiner Großmutter erfuhr, empfand er Erleichterung, aber auch Trauer. Natürlich war er traurig über den Tod der Großmutter, sie war die einzige Konstante seiner Kindheit gewesen. Die monatlichen Zahlungen an das Pflegeheim hatte er sich in Wahrheit schon lange nicht mehr leisten können. Aber nicht nur das, er war jetzt frei. Frei, hier alles stehen und liegen zu lassen und unterzutauchen. Mit diesem Gedanken spielte er schon seit geraumer Zeit. Jetzt hielt ihn nichts mehr.

Sandra? Sie liebte ihn, das wusste er, aber sie brauchte ihn nicht. Sie war schön, begehrenswert und wohlhabend. Sie hatte ihre Familie und ihre Freunde. Natürlich würde sie ihn vermissen. Aber besser sie vermisste ihn, als dass sie erkennen musste, dass sie sich in einen Versager verliebt hatte, in einen Looser. Ja, das war er. Er hatte alles verloren, was er sich je erträumt hatte. Er hatte Geld gehabt, Ansehen und er hatte das Gefühl von Familie kennengelernt. Aber gerade dieser Familie konnte er sich nicht als Verlierer präsentieren. Auch wenn Sandra ihn heute liebte, diesen Absturz konnte ihre Liebe nicht aushalten.

Er konnte es ja selbst nicht aushalten. Er musste weg, weit weg. Irgendwohin, wo ihn keiner kannte, wo er von vorne anfangen konnte. Vielleicht würde er es anderswo schaffen.

Aber Europa war zusammengewachsen, es war nicht mehr leicht hier unterzutauchen. Er hatte nichts Gravierendes verbrochen. Ein paar Verwaltungsübertretungen wegen unerfüllter Bauaufträge, zivilrechtliche Klagen wegen nicht eingehaltener Zusagen. Aber keine Strafsachen – bis jetzt. Wenn er aber nicht umgehend Konkurs anmeldete, war die fahrlässige Krida nicht weit – wenn es nicht ohnehin schon zu spät war.

Er wäre so gerne geblieben. Es hätte so schön werden können. Eine Gnadenfrist hatte er noch, denn er brauchte Geld und das musste er aus dem Verkauf seiner Wohnung lukrieren. Es sollte doch möglich sein, einen Teil des Verkaufserlöses an der Bank vorbei zu schummeln. Während er automatisch die letzten Wege für seine Großmutter erledigte, fiel ihm ein Brieffreund ein, aus Kindertagen. Michael. Er hatte in Cleveland gelebt und später geheiratet. Zum letzten Mal hatte Michael von der Geburt seines ersten Kindes berichtet. Günther konnte nicht mehr sagen, ob er diese Nachricht überhaupt einer Antwort gewürdigt hatte. Er vermutete aber, dass er zumindest den Brief aufgehoben hatte. Er hatte noch nie ein persönliches Schreiben weggeworfen.

Omas Haus musste auch noch geräumt werden, bevor er sich aus dem Staub machte. Ob sie ein Testament gemacht hatte? Möglicherweise hatte er geerbt, schließlich hatte er sich in den letzten Jahren um sie gekümmert, aber da war sie ja schon nicht mehr Herr ihrer Gedanken gewesen.

*

Kaum hatte der Priester die letzten Worte gesprochen, fasste Günther nach Sandras Hand und zog sie in Richtung Friedhofsausgang.

„Lass uns gehen. Ich möchte jetzt nicht mit meiner Mutter sprechen und schon gar nicht gehen wir zu diesem Leichenschmaus, das ist ja das Allerletzte!"

„Vielleicht hätte sich deine Großmutter gewünscht, dass ihr wieder miteinander redet", argumentierte Sandra, die gerne noch geblieben wäre, um Günthers Mutter näher in Augenschein zu nehmen. Nicht dass sie Günthers Erzählungen nicht glaubte, aber sie hätte sich gerne selbst ein Bild gemacht.

„Solange sie gelebt hat, hat sie keinen Versuch unternommen, uns zu versöhnen", antwortete Günther und zog sie entschlossen weiter. „Wahrscheinlich hat sie gewusst, dass ein solcher Versuch wenig Aussicht auf Erfolg gehabt hätte. Aber deswegen kann sie es sich doch gewünscht haben."

„Lass uns ein andermal darüber reden. Heute möchte ich nur ein Stück gehen und später vielleicht einen Happen essen, im Moment habe ich wirklich keinen Appetit."

Das konnte Sandra verstehen und da er wirklich nicht gut aussah, fügte sie sich wortlos. Sie wanderten Hand in Hand durch die Weinberge, bis Günther endlich sagte: „So, beim nächsten Gasthaus müssen wir einkehren. Außer einer Tasse Kaffee habe ich heute noch nichts im Magen. Mir ist schon ganz schwummrig."

Partys und andere Feste

Ursprünglich hatte Sandra eine heitere Sommerparty zu Ehren von Günthers Einzug geplant, aus Rücksicht auf den Tod seiner Großmutter war es eine Dinner-Einladung für Freunde geworden. Kerzen statt Lampions, Barmusik statt Rock 'n' Roll.

Sandra hatte eine Cateringfirma beauftragt, nur die Raumdekoration hatte sie selbst gemacht, und die war – wie sie selbst fand – einfach prachtvoll geworden. Dem gedämpften Ambiente entsprechend hatte sie die Farben Creme und Lavendel gewählt. Die Tischdekoration bestand aus weißen Rosen, Lavendel und Dillblüten, es sah hinreißend aus.

Diesmal hatte sie Theo ohne Begleitung eingeladen und zu Irene gesagt: „Lass dir ja nicht einfallen Markus mitzubringen!"

„Nicht? Ich wollte ihn gerade anrufen."

„Das ist jetzt aber nicht dein Ernst?"

„Natürlich nicht, seit wann lade ich Gäste zu deiner Party ein? Kann ich dir irgendetwas helfen?"

„Macht alles der Partyservice, mach dich einfach nur schön. Weißt du schon, was du anziehen wirst? Dein Graf hat schon nach dem Dresscode gefragt. Der ist vielleicht eine Nummer!"

* * *

Irene hatte ein schlichtes Kleid mit leichtem Rückendekolleté aus einem fließenden, dunkelblauen Stoff gewählt. Das blonde Haar trug sie diesmal offen. Sie fühlte sich gut, so wie sie war.

Theo trug einen ganz hellen Anzug, als Gastgeschenk hatte er einen Blumenstrauß und eine Wochenend-Einladung für Sandra und Günther mitgebracht.

„Selbstverständlich musst du auch mitkommen", hatte er Irene ins Ohr geflüstert und das freute sie mehr als alles andere.

Als Irene und Theo die Party verließen, war Mitternacht längst vorbei und beide hatten beschlossen, ihre Wagen stehenzulassen. Während sie vor dem Haus auf ihre Taxis warteten, fragte Theo: „Was machst du morgen?"

Sie zuckte die Schultern, dann kam das erste Taxi.

„Ja, dann tschüss", sagte Irene und wollte schon einsteigen.

„Moment mal", hielt Theo sie zurück und küsste sie freundschaftlich auf die linke Wange, auf die rechte Wange und dann – gar nicht mehr freundschaftlich – auf den Mund. Irene konnte nur bedauern, dass das Taxi wartete, und dachte noch, bevor sie einschlief: Schade, dass wir kein weiteres Treffen vereinbart haben.

*

Umso erfreuter war sie, als Theo am Sonntagvormittag anrief und sich nach ihrem Befinden erkundigte.

„Geht so", meinte Irene, die sich noch etwas geschlaucht fühlte.

„Wann holst du deinen Wagen?"

„Warum fragst du?"

„Immer eine Gegenfrage. Ist das eine Berufskrankheit?"

„Kann sein."

„Ich habe mir gedacht, ich hole dich später ab, wir könnten einen kleinen Spaziergang machen, etwas essen und dann holst du dein Auto."

„Gute Idee, wenn's nicht allzu bald sein muss."

Man einigte sich auf sechzehn Uhr und nachdem Irene aufgelegt hatte, machte sie sich, gar nicht mehr müde, umgehend auf den Weg zu ihrem Kleiderschrank, um Nachschau zu halten, was der für einen sommerlichen Spaziergang anzubieten hatte.

Am Vormittag hatte noch die Sonne geschienen. Am Nachmittag war es trüb und schwül. Man konnte die nahenden Gewitter geradezu greifen.

„Ich hasse dieses schwüle Wetter", bekannte Irene.

„Wollen wir statt spazieren lieber schwimmen gehen? Wir haben im Keller einen Pool."

„Nobel. Dann hole ich schnell meinen Badeanzug."

So hatte sie Theos Wiener Domizil kennen gelernt. Nobel war das richtige Wort gewesen. Er bewohnte die Villenetage einer Mehrfamilienvilla. Sie schätze die Wohnfläche auf etwa 200 Quadratmeter. Im Kellergeschoss befanden sich ein Swimmingpool und eine Sauna. Nachdem sie ausgiebig geschwommen waren und ein wenig geruht hatten, gingen sie in Theos Wohnung zurück.

„Möchtest du essen gehen oder soll ich nachsehen, was der Kühlschrank so hergibt?"

Es war immer noch drückend schwül und die Terrasse, mit ihrem ruhigen Grünblick, war verlockend.

„Tja, wenn der Kühlschrank ausreichend hergibt", meinte Irene. Der Gedanke an eine ruhige Terrassenstunde gefiel ihr ausnehmend gut.

„Da mach' dir mal keine Gedanken, setz dich auf die Terrasse, leg die Beine hoch und ich koche uns etwas."

Sie behielt ihre Zweifel für sich und als sie später bei einem hervorragenden Pasta-Gericht saßen, das Theo aus getrockneten Morcheln und einer Dose Schnecken gezaubert hatte, musste sie sich eingestehen, dass diese unberechtigt gewesen waren. Stattdessen sagte sie: „Du bist aber gut sortiert. Hast du öfter überraschenden Besuch?"

Theo hob sein Glas, prostete ihr zu und erzählte von den Ereignissen der letzten beiden Wochen, auch von der Begegnung zwischen Max und der Gräfin.

„Und wie soll das mit deinem Stiefbruder jetzt weitergehen?"

„Keine Ahnung", erwiderte Theo. „Ich habe keine wie immer geartete Vorstellung."

Dafür schien er aber eine ziemlich genaue Vorstellung über den weiteren Verlauf des Abends gehabt zu haben.

*

Als sie in den frühen Morgenstunden durch die noch schlafende Stadt fuhr, die Sonne ging eben auf, malte sie sich eine Zukunft an

Theos Seite aus. Diese ausschweifenden Gedanken gönnte sie sich allerdings nur als Nachhang eines zauberhaften Abends und einer wundervollen Nacht.

Wenig später rief sie sich wieder zur Ordnung.

Ja, sie hatte mit ihm geschlafen und es bedeutete ihr eine ganze Menge. Aber was wusste sie schon von ihm? Was würde es ihm bedeuten? Männer maßen solchen Dingen bekanntlich weniger Bedeutung zu. Jede Frau wusste das – im Prinzip.

Dennoch, er war ein wunderbarer Mann und sie würde die Zeit mit ihm einfach genießen. Besser das als gar nichts. Sicher war Theo kein Mann, den man so rasch an sich binden konnte. Er war reich, gebildet, nicht schön im klassischen Sinn, aber gutaussehend, sehr überlegen und – irgendwie – charmant.

Nicht auf diese allgemeingültige Art wie Günther, den jede Frau auf den ersten Blick für einen besonders gutaussehenden Charmeur hielt. Theos Charme erkannte man – wenn überhaupt – auf den zweiten Blick. Er bestand darin, dass er lächelte, wenn keiner mehr damit gerechnet hatte, dass er überhaupt lächeln konnte, dass er ein Kompliment machte, wenn keiner es erwartete. Schade, dass sie am kommenden Wochenende nicht mit ihm aufs Gut fahren konnte. Aber da musste sie den sechzigsten Geburtstag ihres Vaters feiern. Ob er mitkäme, wenn sie ihn einlud? Theo im Kreise ihrer Familie. Ganz konnte sie sich das ja nicht vorstellen.

Sollte sie ihn ihrer Familie überhaupt schon vorstellen? Aber warum nicht? Ihre Familie mochte etwas schrullig sein, aber das war seine Mutter schließlich auch, wenngleich auf eine andere Art.

Als Theo sie am Dienstagabend anrief, hatte sie ihrer Mutter bereits angedeutet, dass sie möglicherweise nicht alleine kommen würde. Das Telefonat hatte gestern Abend stattgefunden und sie zweifelte nicht, dass die Nachricht bereits die Runde gemacht hatte. Wollte sie also keinen Narren aus sich machen, musste sie ihn wenigstens fragen – jetzt.

Er schien nicht gerade vor Freude aus den Schuhen zu kippen und meinte, er hätte eigentlich auf dem Gut einiges zu erledigen.

„Tja, wenn es dir Umstände macht, vergiss es, es war ja auch nur so eine spontane Idee." Ihre Antwort kam etwas von oben herab, sie hörte es selbst.

„Bist du jetzt beleidigt?"

„Wie käme ich dazu?" Ihre Stimme hörte sich selbst in ihren Ohren seltsam an. Sie hätte sich dafür ohrfeigen können.

Theo schien einen Moment nachzudenken, ehe er sagte: „Genaugenommen kann ich das auch ein andermal erledigen. Ich komme natürlich gerne."

„Aber nur, wenn du auch wirklich willst."

„Ich freue mich darauf."

„Ich auch", sagte sie und rief umgehend ihre Mutter an. Doch die zeigte sich wenig begeistert: „Muss das sein?"

„Du lädst doch ohnehin die halbe Stadt ein, da kann es auf Theo ja nicht mehr ankommen."

„Es geht um die Tischordnung, mein liebes Kind. Wo setze ich den denn hin?"

Wenn ihre Mutter „mein liebes Kind" sagte, war sie ziemlich geladen. Irene auch.

„Der kommt mir aber nicht auf den Familientisch, das geht nicht. Wir kennen den Kerl doch kaum. Ich setze ihn zu Sandra."

„Irrtum, Mama. Theo sitzt an meiner Seite, ich muss ja nicht bei euch sitzen. Du könntest Günther einladen, dann wären wir schon mal vier."

„Wen soll ich denn noch alles einladen?"

„Mein lieber Bruder Christoph bringt ja auch die ganze Sippe mit."

„Die gehören zur Familie."

Mutters Einstellung, Familie immer zuerst, brachte Irene schon seit Jahren zur Weißglut. Für Irene gab es Menschen, die sie mochte, und solche, die sie nicht mochte. Ihre Schwägerin Hannah gehörte zu den Menschen, die sie nicht mochte und an deren ungezogene Lümmel wollte sie lieber gar nicht denken. Für ihre Mutter hingegen war Hannah das Idealbild einer Frau, denn auch für Hannah gab es nichts Wichtigeres als ihre Familie.

*

Am Samstagabend versammelte sich eine ansehnliche Gästeschar in einem schattigen Gastgarten. Es gab Aperitif, ein umfangreiches Heurigenbuffet und natürlich eine Tanzkapelle.

Theo entpuppte sich als nicht ganz untalentierter, wenn auch nicht sonderlich begeisterter Tänzer. Er tanzte einige Male mit Irene, forderte auch ihre Mutter und Sandra auf, aber ein angenehmer Gesprächspartner schien ihm allemal lieber. Günther hingegen war nicht nur ein begnadeter, sondern auch ein begeisterter Tänzer und während die meisten der anderen Herren bereits etwas derangiert wirkten, sah er immer noch blendend aus. Irene, die eine leidenschaftliche Tänzerin war, dachte neidvoll: Warum Sandra immer die besseren Tänzer abkriegt?

Dennoch genoss sie den Abend an Theos Seite, als wäre es ihr eigener Geburtstag.

*

Als Irene am Sonntagmittag – zwecks innerfamiliärer Nachbesprechung des festlichen Großereignisses – zu ihren Eltern fuhr, war sie dennoch schlechter Laune. Sie hätte es vorgezogen, Theo dabeizuhaben, aber ihre Mutter hatte das strikt abgelehnt. Außerdem hatte Irene Kopfschmerzen.

Als sie aus dem Auto stieg, hörte sie schon ihre Neffen, die wie verrückt durch die Wiese sprangen und dabei seltsame Laute ausstießen. Na gut, da musste sie jetzt durch.

Sie half ihrer Mutter bei den Salaten und schmeckte die Saucen ab, dann erst ging sie auf die Terrasse. Ihr Vater schenkte ihr wortlos ein Glas Bier ein, sie ließ sich ein Kotelette auf den Teller legen und dachte gerade, dass es vielleicht doch nicht so schlimm werden würde, als Hannah loslegte: Warum sie denn gestern nicht bei der Familie gesessen sei, ob der Mann ihr so wichtig war, und seit wann sie ihn kenne? Was so kurz erst? Was er beruflich so mache?

Was heißt, er kümmert sich um seine Immobilien, er muss doch einen Beruf haben. Ach so, er war Arzt. Was? Ein Arzt, der seinen Beruf aufgab, nur um Geld zu zählen? Na, also bitte! Und wie alt? Schon siebenundvierzig! War das denn nicht zu alt, um eine Familie zu gründen?

Jetzt langte es Irene. „Wer spricht denn von Familiengründung", fuhr sie ihre Schwägerin an. „Das ist für mich überhaupt kein Thema. Im Gegensatz zu dir habe ich einen Beruf. Und wenn ich einen Mann suche, dann sicher nicht zwecks Fortpflanzung." Hannah blickte empört zu ihrem Mann. Doch nahm einen Schluck Bier und meinte, dass er noch eine Bratwurst vertragen könnte.

Der Verdacht

Zwei Tage nach dem Fest läutete bei Irenes Mutter das Telefon. Ein Freund und Mitbewerber ihres Mannes. Sie plauderten eine Weile über das Fest, dann sagte er: „Sag' mal, Gisela, diese hübsche Rothaarige, das ist doch die Freundin von eurer Irene."

„Du meinst Sandra. Die kennst du doch! Gefällt sie dir? Ist aber leider schon vergeben."

„Woran du schon wieder denkst? Nein, was ich fragen wollte, sag' dieser geschleckte Affe, mit dem sie dauernd getanzt hat, wer war denn das?"

„Also jetzt glaube ich wirklich, dass du ein besonderes Interesse an Sandra hast. Was sagt denn deine Frau dazu?"

„Von der stammt die Idee, dich anzurufen. Es ist nämlich so, dieser Günther Wegemann war ein Kunde von uns."

„Hast du Angst, dass wir ihn dir abwerben?"

„Quatsch. Dieser Wegemann besitzt eine Bauträgerfirma, für die wir gearbeitet haben und die uns nun eine Menge Geld schuldig ist. Ich wollte euch nur warnen, für den Fall, dass er an euch herantritt. Ich habe gehört, dass es dort schon ziemlich kracht im Gebälk."

„Das ist ja interessant. Danke."

„Und seit wann ist Irene wieder vergeben?"

„Ach, der", sagte Gisela wegwerfend.

„Du scheinst ja nicht gerade begeistert zu sein. Ist er dir beim Tanzen auf die Zehen getreten?"

„Ganz im Gegenteil, er war extrem charmant, der Herr Graf", näselte sie.

„Graf? Heißt er so?"

„Nein, er heißt Nesselbach, oder so ähnlich. Ein Blaublütler, die sind ja alle ein bisserl plemplem. Jedenfalls ist er für Irene viel zu alt."

„Sieht man ihm aber nicht an. Und außerdem ist Irene doch auch schon so Mitte dreißig."

Nachdem Gisela aufgelegt hatte, wählte sie die Nummer ihrer Tochter.

Irene war am Sonntag auffallend früh gegangen und hatte sich seither nicht mehr gemeldet. Es war Gisela also ganz angenehm, einen Grund zu haben, sie anzurufen. Sie mochte keinen Streit innerhalb der Familie.

Irene war dann auch sehr kühl, hörte sich die Geschichte an und antwortete auf die Frage: „Was machen wir jetzt?", sehr prononciert: „Gar – nichts. Du machst gar – nichts."

„Also, ich meine, man muss Sandra doch warnen."

„Muss man nicht. Das kann tausend Gründe haben. Vielleicht hat die Firma Keller ja schlampig gearbeitet."

„Also das glaube ich nicht. Weißt du ich glaube ..." Weiter kam sie nicht.

„Für deinen Glauben ist die Kirche zuständig. Hier geht es um Fakten. Und Fakt ist, wir kennen die Aussage einer Seite. Sonst nichts."

Gisela schluckte eine deftige Bemerkung und fragte stattdessen: „Wann kommst du denn diese Woche?"

„Wie lange ist mein Bruder mit seiner reizenden Familie noch da?"

„Bis Donnerstag."

„Dann komme ich nicht vor Freitag und jetzt muss ich Schluss machen. Auf mich wartet ein Klient."

* * *

Irene nahm die Information bei weitem nicht so gelassen hin, wie sie ihrer Mutter weismachen wollte. Sie wollte aber keinesfalls, dass die sich einmischte und schon gar nicht wollte sie ihr recht geben. Sollte sie nur eine Weile schmoren. Wahr hingegen war, dass ein Klient auf sie wartete, dem sie nun ihre ungeteilte Aufmerksamkeit zu schenken hatte.

Erst abends fiel ihr die Geschichte wieder ein. Hatte sie nicht immer schon ein ungutes Gefühl gehabt, was Günther betraf? Zugegeben, in den letzten Wochen hatte sie nicht mehr daran gedacht. Sandra und er schienen ein so glückliches Paar zu sein.

Sollte sie mit Theo darüber reden? Aber sie wollte sich nicht lächerlich machen, indem sie Klatsch weitertratschte. Lieber zuerst noch einmal darüber schlafen.

Als sie am nächsten Morgen in die Kanzlei kam, war ihr Bruder auf der Anrufliste. Irene rief ihn umgehend zurück.

„Na, Schwesterchen, willst du mich gar nicht mehr sehen, bevor ich mich wieder in die Provinz begebe?"

„Dich schon."

„Ich dachte mir eh, dass dein Bedarf an Großfamilie gedeckt ist. Deshalb habe ich mir den heutigen Abend für dich freigenommen."

„Wie geht das denn?"

„Die wollen heute Abend alle auf den Rathausplatz – Freiluft-Oper und so. Aber die singen dort auch ohne mich."

Irene war gerührt. Sie wusste, Christoph mochte Oper. Wenn er also einen Abend mit ihr der Oper vorzog, konnte sie schlecht nein sagen.

„Gerne. Ich war zwar mit Theo verabredet, aber den kann ich auch morgen treffen."

„Der stört uns doch nicht, lass' ihn mitkommen!"

„Wir werden sehen", meinte Irene.

Theo hatte zwar Verständnis dafür, dass sie sich mit ihrem Bruder treffen wollte, zeigte aber wenig Eifer, sich diesem Treffen anzuschließen.

*

Die „Alte Kaisermühle" lag direkt an der alten Donau.

„Ich mag diese Stimmung hier", sagte Irene. „Es ist immer wie ein paar Stunden Urlaub."

„Apropos Urlaub, kommst du heuer noch auf ein paar Tage zu uns? Du machst ja sonst wieder keinen Urlaub, wie ich dich kenne."

„Erstens glaube ich nicht, dass Hannah davon sehr begeistert wäre, und zweitens war ich heuer schon eine Woche Golf spielen."

„Und hast dir dabei den Hausherren geangelt. Das habe ich ja soweit mitbekommen."

„Ich angle nicht. Aber ich habe Theo kennengelernt. Und ich bin sehr froh darüber."

Christoph kaute an seinem Rostbraten, ließ eine knusprig gebratene Kartoffel folgen und meinte dann: „Das kann ich übrigens sehr gut verstehen. Es tut mir leid, dass Mutter und Hannah so über ihn hergezogen sind."

„Ich hätte aus der Haut fahren könne", ärgerte sich Irene.

„Ja, und beinahe hättest du es geschafft."

Damit war das Thema für Christoph erledigt. Aber Irene interessierte eine andere Frage: „Sag mir, ganz ehrlich, ist Hannah wirklich die Frau, die du dir immer gewünscht hast?"

„Sie ist die Frau, mit der ich das Leben führen kann, das ich führen will."

„Kein intellektueller Anspruch mehr? Keine nächtelangen Diskussionen über Gott und die Welt?"

Christoph lächelte sein lausbubenhaftes Lächeln: „Hannah ist ja nicht blöd. Ihre Interessen haben sich nur … verschoben."

„O ja", meinte Irene und nahm einen Schluck Bier.

„Ich habe nichts gegen Familie, das weißt du. Aber diese Ausschließlichkeit macht mich halb wahnsinnig. Und dann dieses Kastendenken: Hier die Guten, die Familienmenschen, die private Interessen immer über berufliche Pflichten stellen. Dort die Bösen, Singles, Wirtschaftstreibende, Manager und Co."

„So schlimm ist es nun auch wieder nicht. Vater hat schließlich auch ein eigenes Unternehmen auf die Beine gestellt. Das hat eine Menge Zeit und Energie gekostet. Zeit, die er für uns nicht gehabt hat."

„Deshalb hat Mutter ihm ja auch das Recht aberkannt, in Familienangelegenheiten mitzureden. Oder hast du am Sonntag einen Ton von ihm gehört?"

Die Gräfin

Frau Martens saß am Computer. „Also: Markieren, kopieren, Dokument schließen, anderes Dokument öffnen, markieren, einfügen. Geht nicht. Noch einmal: Kopieren, geht nicht. Ach ja, erst markieren, dann kopieren, schließen, öffnen, markieren, einfügen. Sch...marren!" Als Max ihr diese Kopierfunktion zu Mittag gezeigt hatte, hatte alles bestens funktioniert. Jetzt, da sie allein vor dem PC saß, funktionierte wieder einmal rein gar nichts. Sie schloss das Dokument und beschloss zu warten, bis Max zum Abendessen herüberkam. In der Zwischenzeit ging sie, um die Gräfin zu begrüßen.

„Grüß Gott, Frau Gräfin! Heute ganz allein?"

„Ich war nur ein bisserl auf der Driving Range und auf dem Putting Green. Es ist so ein angenehmer Abend, da wollte ich ein wenig Bewegung machen. Und jetzt würde ich gerne eine Kleinigkeit essen. Was habt's denn heute?"

„Also da könnt' ich Ihnen einen Blue Merlin anbieten. Den hat mein Mann gebeizt und dann wird er ganz kurz gebraten. Den könnt' ma entweder auf Salat servieren oder mit an herrlichen Erdäpfelpüree und nur a bisserl Salat als Beilage."

„Eigentlich sollte ich ja lieber nur die Salatvariation nehmen, aber das mit dem Erdäpfelpüree klingt auch verlockend, das macht ihr Mann so besonders gut und immer ein bisserl anders."

„Na ja, er macht das halt immer passend zum Gericht, heut hat er's mit Fischfond, Weißwein und Senf g'macht. Und zu trinken? Ein gutes Glaserl Weißwein?"

„Überredet! Aber nur ein Achterl und ein Mineralwasser dazu, ich bin ja mit dem Auto da."

In diesem Moment kam Max zur Tür herein.

„Ah, da kommt mein Retter!", rief Frau Martens. „Ich kämpf' schon wieder mit dem Computer. Entschuldigen's mich kurz, aber der Max muss mir noch einmal zeigen, wie das mit dem Kopieren und dem Einfügen geht."

Als sie später mit dem Essen kam, fragte die Gräfin:

„No, hat Max Ihnen helfen können?"

„Aber ja, für den ist das ein Klacks."

„Vielleicht sollte ich mir ja auch einmal etwas zeigen lassen. Mein Sohn hat mir einen Laptop aufgestellt mit Internetanschluss und allem Drumherum, aber ich habe ihn kaum benutzt, denn kaum war Theo weg, hat nichts mehr funktioniert."

Frau Martens lachte: „Tja, das kenn ich. Also der Max erklärt das wirklich gut. Wir haben ja schon allerhand Fachleute da g'habt, aber die reden einen Kauderwelsch, da verstehst rein gar nix. Die im Sekretariat holen ihn auch immer, wenn er spinnt, der Computer. Soll ich dem Max sagen, dass er bei Ihnen vorbeischaut?"

„Das wäre nett."

* * *

Theos Haltung gegenüber Max hatte seiner Mutter mehr Bewunderung abgerungen, als sie je zugegeben hätte. Sie hatte schon mehrfach versucht, mit Max ins Gespräch zu kommen, aber der hatte immer nur sehr einsilbig geantwortet. Sie war ja kein Unmensch und wusste auch, dass die Kinder nichts für diese fatale Situation konnten.

Schuld war ihr Mann gewesen, den sie so geliebt hatte, und diese Yvonne. Aber die war damals ein junges Mädel gewesen. Kein Wunder, dass sie sich in einen gutaussehenden Aristokraten verliebt hatte. Ach, egal. Es war, wie es war.

Sie rauchte sich eine Zigarette an, was selten vorkam, und war entschlossen, die Dinge, die sie eben in Bewegung gesetzt hatte, auf sich zukommen zu lassen.

Sie musste nicht allzu lange warten. Max wusste offenbar nicht genau, was er mit seinen Händen anfangen sollte, also hatte er sie sicherheitshalber in die Hosentaschen gesteckt.

„Ah, der Computer-Fachmann. Hat Frau Martens Ihnen von meinem Problem erzählt?"

„Nicht wirklich, aber Sie können du zu mir sagen."

„Gerne. Hast du Zeit, dich eine Minute zu setzen?" Dann erzählte sie ihm jene Geschichte, die sie auch Frau Martens aufgetischt hatte. Sie tat dies scheinbar recht anschaulich, denn Max musste lachen, obwohl seine Haltung immer noch Ablehnung signalisierte. Kaum unterstrich sie, wie sehr Frau Martens seine Fähigkeiten lobte, schon schien sein Widerstand zu schmelzen. Als sie dann zum plötzlichen Angriff überging und ihn ebenso direkt wie bittend fragte, ob er ihr nicht helfen wolle, stammelte er nur: „Ja, ja klar!"

Und schon hatten sie eine Verabredung für seinen freien Tag.

*

Gräfin Nestelbach hatte vor seinem Eintreffen noch einiges zu tun. Zwar stimmte ihre Erzählung von ihrem ersten Zusammentreffen mit diesem Gerät, sie hatte nur verschwiegen, dass Theo den Apparat längst wieder flottgemacht hatte und sie seit einiger Zeit E-Mails mit ihren Bekannten austauschte.

Zwar war ihr im Laufe dieser Zeit manches passiert, doch nun, da dieser Kasten einmal abstürzen sollte, wollte dies auch nicht so recht gelingen.

Als sie ihn dann endlich zum Absturz gebracht hatte, war ihr das so nachhaltig gelungen, dass Max alle Hände voll zu tun hatte, um das Gerät wieder flottzumachen.

Gott sei Dank war es ihm gelungen, sonst wäre ihre Mission möglicherweise allzu früh gescheitert. So aber konnte er sich nach zwei Stunden intensiver Arbeit als strahlender Sieger feiern lassen. Dank des provozierten Absturzes waren auch ihre sämtlichen E-Mail-Adressen dahin, so dass kein wie immer gearteter Verdacht in ihm aufkeimen konnte.

Nach einer halben Stunde Einschulung beschwor sie ihn aufzuhören, weil ihr der Kopf schwirrte, und lud ihn auf die Terrasse ein, wo eine kleine Erfrischung auf sie wartete.

Jetzt war sie dankbar, dass sie einst gelernt hatte, immer und überall ein angenehmes Gespräch aufrechtzuerhalten.

„Wie kann ich dir danken?"

„Keine Ursache", murmelte Max. Sie dachte angestrengt nach. Nach einer Zeit, die sie als angemessen erachtete, um eine spontane Eingebung zu haben, meinte sie: „Vielleicht darf ich dich zu einer Runde Golf einladen. Ich habe gehört, du spielst schon recht gut."

„Ich habe bisher nur auf der Range geübt und auch noch keine Platzreife."

„Möchtest du sie denn machen?"

„Eigentlich schon, aber als Arbeiter …"

„Unsinn, du bist doch nicht irgendein Arbeiter. Du bist der Bruder vom Chef. Also, abgemacht?"

„Ich weiß nicht. Glaube nicht, dass Theo das erlauben wird."

„Ich habe nicht vor ihn zu fragen. Ich werde mit dem Geschäftsführer reden und wir werden eine Trainingsrunde anmelden zur Vorbereitung auf die Platzreife. Das ist allgemein üblich."

Das war zwar eine kühne Behauptung, aber ganz auszuschließen war es schließlich nicht, und es klang irgendwie logisch.

* * *

Max hatte die Gräfin nie kennen lernen wollen. Nicht, dass sein Vater unfreundlich von ihr gesprochen hätte. Er hatte gar nicht von ihr gesprochen – das machte sie Max erst recht verdächtig. Auch als sein Vater verstarb, war von der Gräfin nie die Rede gewesen.

Jetzt plötzlich war sie da. Und sie war gar nicht unsympathisch. Natürlich, kein Vergleich mit seiner Mutter, eher eine Art Großmutter, wenngleich eine sehr vornehme. Keine Großmutter wie Oma Brand, die ständig um alle herumwuselte, kochte, wusch und bügelte. Bei dieser hier konnte er sich gar nicht vorstellen, dass sie überhaupt etwas Anderes tat, als Golf zu spielen, Sekt zu schlürfen und den Computer k.o. zu setzen.

Die Aussicht, einmal eine Runde Golf zu spielen, hatte ihm ausnehmend gut gefallen – und die Gräfin hat Wort gehalten.

Max hatte in jeder freien Minute geübt und abends Regelkunde und Etikette gebüffelt, er wollte ja nicht blöd dastehen.

Diesmal hatte das Lernen Spaß gemacht.

Er war kein schlechter Schüler gewesen. Nur Latein und Französisch waren ätzend, deshalb hatte er die Sache schleifen lassen und mit der Zeit den Anschluss verloren.

In der Zwischenzeit hatte er darüber nachgedacht wie es weitergehen sollte. Es war gar nicht so einfach Geld zu verdienen, wenn man nichts gelernt hatte, und nach den Wochen hier war er auch gar nicht mehr so sicher, dass er wirklich schon in einem Jahr alleine leben wollte.

Nach der Golfrunde mit der Gräfin hatten sie eine weitere Trainingseinheit am Computer vereinbart. Es machte ihm Spaß, ihr mit seinem Wissen zu imponieren. Beim Abschied hatte sie etwas gesagt, an das er immer noch denken musste. „Du bist ein so begabter Informatiker, schade, dass du dich für das Landleben entschieden hast. Aber ohne Ausbildung wirst du es schwer haben, dich gegen deinen Bruder durchzusetzen."

Max hatte sich nicht für das Landleben entschieden, sein dämlicher Stiefbruder hatte ihn hierher verschleppt. Außerdem war es nicht einfach, Theo als Bruder zu betrachten, er benahm sich ja auch eher wie eine Art Vater. Max hatte nie einen richtigen Vater gehabt. Sein Erzeuger war gelegentlich zu Besuch gekommen, hatte nach den Erfolgen in der Schule gefragt, Lob und Tadel verteilt und dann und wann Geschenke mitgebracht. Selten war etwas dabei gewesen, das Max sich gewünscht hatte. Manche seiner Freunde wussten wenigstens, wie sie nicht werden wollten, nämlich so wie ihre Väter. Er wusste nicht einmal das.

Sich an Theo zu messen war schwer, er wusste so wenig von ihm. Kaum hatte er die Überzeugung gewonnen, dass Theo sich einen

Dreck um ihn scherte, lud der ihn ein, mit ihm zu essen. Dann wieder konnte es sein, dass er ihn einfach übersah – ob der das absichtlich machte?

Und was machte Theo, wenn er in Wien war? Seine Mutter hatte einmal gesagt, er verwaltete das Erbe seiner Väter, ihrer Väter. Er konnte sich darunter nicht viel vorstellen.

Er war geschieden, das waren andere auch. Ob er etwas mit dieser blonden Anwältin hatte?

Seine Mutter hatte Theo stets vertraut und ließ sich von ihm abkanzeln, als wäre er ihr Vormund – das schmeckte Max gar nicht.

Vielleicht sollte er doch studieren. Aber was?

Und wie konnte er das jetzt Theo verklickern?

* * *

Theo erfuhr von all dem erst im Nachhinein und war keineswegs begeistert. „Wie konntest du mit ihm auf den Platz gehen, wenn er noch keine Platzreife hat. Du weißt, dass das nicht erlaubt ist."

„Sei doch nicht so kompliziert. Schließlich gehört der Platz uns."

„Das heißt aber noch lange nicht, dass wir uns nicht an Regeln zu halten haben. Vielmehr sollten gerade wir …"

„… Vorbildwirkung haben", beendete die Gräfin seinen Satz. „Du langweilst mich."

Es war sinnlos, seiner Mutter Dinge zu erklären, die sie nicht verstehen wollte. Das hatte noch keiner geschafft. Außerdem schien sich Max erstaunlich gut mit ihr zu verstehen.

Einsame Entscheidungen

Der Juli ging zu Ende und Yvonne war immer noch in Südfrankreich. Dabei hatte sie doch nur ein paar Tage bleiben wollen, um der Einsamkeit zu entgehen, bis Paula und ihre Mutter wieder zurück waren. Aber dann war alles ganz anders gekommen. Yvonne war wieder verliebt. Die Sache mit dem langhaarigen Frank hatte keine große Bedeutung gehabt. Sie war einsam und er war da gewesen. Wie wenig sie miteinander anzufangen wussten, zeigte sich schon in den ersten Tagen. Yvonne war, dank des verstorbenen Grafen, gewohnt, nur in den besten Häusern abzusteigen. Frank suchte seine Bleibe eher in der zweiten bis dritten Reihe. Die Zimmer waren nicht nur hässlich, sie waren auch dunkel und rochen modrig. So hatte sie sich Südfrankreich nicht vorgestellt.

Sie bekamen Streit, versöhnten sich, reisten weiter. Am nächsten Abend die gleiche Szene. Yvonne bot an zu bezahlen. Frank akzeptierte, aber nur einmal. Das war nicht seine Welt – es war eben nicht nur eine Frage des Geldes. Sie bekamen wieder Streit, diesmal flippte er aus, nannte sie eine Hure, die von anderer Männer Geld lebte.

Yvonne mochte eine Träumerin sein, eine Dulderin war sie nicht. Sie packte ihre Sachen und ging – ins nächste Nobelhotel. Schließlich hatte sie Kreditkarten.

Ihr erster Impuls war, sofort nach Hause zu fliegen. Aber das Wetter war so schön, das Meer so blau, die Sonne so warm.

Sie verschob ihre Abreise von Tag zu Tag. Eines späten Nachmittags, sie saß am Meer und machte Skizzen, lernte sie einen Mann kennen. Schriftsteller. Offenbar ein ganz erfolgreicher, denn er wohnte im selben Hotel. Ihn sehen und sich verlieben war eins gewesen. Yvonne war seit dem Tod des Grafen nie wieder mit einem Mann zusammen gewesen, wenn man von Frank absah, aber der zählte jetzt nicht mehr.

Sie blieben noch zwei Tage am Meer, dann reisten sie weiter.

Einige Tage hielten sie sich in Arles auf und lebten auf seinem Hausboot. Sie genoss jeden einzelnen Tag, als wäre es ihr letzter, wissend, dass sie längst wieder in Wien sein sollte, aber Wien war weit. Anfangs hatte sie noch mit ihrer Mutter und Paulinchen telefoniert. Einmal mit Max, aber dem schien sie in der Zwischenzeit egal zu sein. Dass sie nun mit einem anderen Mann reiste, hatte sie ihnen nicht erzählt. In den letzten Tagen ließ sie das Handy ausgeschaltet – lebte nur noch den Augenblick.

* * *

Günther wusste schon ziemlich genau, wie er die Sache angehen würde. Sobald die ihm verbleibende Kaufsumme auf seinem Konto eingelangt war, ging's los.

Er hatte die Adresse seines alten Brieffreundes gefunden und ihm geschrieben, dass er in den nächsten Wochen in die Staaten käme und sich freuen würde, ihn zu treffen. Vorgestern war tatsächlich eine E-Mail von Michael gekommen. An seiner alten Adresse wohnte nun seine Schwester, so dass er Günters Schreiben ohne Verzug erhalten habe. Er und seine Frau würden sich sehr freuen ihn zu sehen und er solle so bald als möglich mitteilen, wann er denn ankommen würde.

Günther hatte einen Anwalt damit beauftragt, nach seinem Abgang die Mitarbeiter zu kündigen und jene Immobilien zu verkaufen, die er noch besaß. Er rechnete allerdings damit, dass auch dann noch ein nicht unbeträchtlicher Schuldenberg zurückbleiben würde. Hätte er Gelegenheit, die begonnenen Projekte fertigzustellen und die Wohnungen in aller Ruhe zu verkaufen, sähe die Sache anders aus. Gut möglich, dass die Differenz dann gar nicht so dramatisch wäre. Doch der aktuelle Finanzbedarf war zu groß und die Banken waren derzeit nicht besonders splendid. Wäre diese blödsinnige Wirtschaftskrise nicht gekommen, wäre alles kein Problem gewesen.

Von Großmutters Haus sollte er die Hälfte erben, vorausgesetzt, dass seine Mutter das Testament nicht anfocht. In der Zeitung hatte er gelesen, dass in Berlin gute Geschäfte mit Zinshäusern zu machen waren. Also erzählte er Sandra, dass er in den nächsten Wochen nach Berlin wollte, um sich nach einem geeigneten Objekt umzusehen. Bis Berlin würde er noch mit seinem Porsche fahren. Die Leasingfirma konnte den Wagen auch von dort abholen.

Solange er in Deutschland war, würde er noch mit Sandra Kontakt haben, sobald er das Flugzeug nach Amerika bestieg, musste auch das ein Ende haben. Er würde einfach sein Handy auf dem Flughafen zurücklassen.

Etwa vier Wochen blieben ihm noch und er hatte sich vorgenommen, diese Zeit zu nutzen, so gut es eben ging. Wer weiß, wann er wieder eine Frau wie Sandra fände.

Sommerhitze

In der Zwischenzeit war es Anfang August geworden. Nachdem der Sommer sich anfangs etwas geziert hatte, war er nun auf Hochtouren gekommen. Irene war froh, aus der Stadt zu kommen, als sie mit Theo an diesem Freitag Richtung Steiermark fuhr.

Es war erst drei Monate her, dass sie einander kennengelernt hatten und seit wenigen Wochen waren sie ein Liebespaar. Dennoch war eine Vertrautheit zwischen ihnen, wie sie sonst nur zwischen guten, alten Freunden vorkommt. Anderseits gingen sie aber auch noch sehr vorsichtig miteinander um. Jeder hatte eine gescheiterte Beziehung hinter sich und war entschlossen, es diesmal anders zu machen.

Was konnte sie denn besser machen, überlegte Irene. Hatte sie nicht auch bei Jochen ihr Bestes getan? Aber manchmal war das Beste eben nicht gut genug, vor allem dann, wenn man den falschen Partner hatte. Und Jochen war offenbar eben doch nicht der Richtige gewesen.

Gab es ihn überhaupt, den Richtigen? Oder hing alles davon ab, wie man diese Partnerschaft gestaltete. Irene sprach nicht von Liebe, nicht einmal jetzt, als sie mit sich selbst sprach. Liebe ist ein großes Wort. Liebe ist auch ein tolles Gefühl, aber Irene hatte keine Begabung für große Worte und große Gefühle. Für sie zählten Partnerschaft, Freundschaft, Beständigkeit. Wenn Theo ihr all das entgegenbrachte, sollte es an ihr nicht scheitern.

Während sie derart tiefschürfende Überlegungen anstellte, waren sie bereits an Neunkirchen vorbei und Theo fragte:

„So schweigsam heute?"

„Das ist nur die Hitze, legt sich wieder, sobald es Abend wird."

„Hoffentlich!"

„Veralberst du mich?"

„Niemals, meine Schöne!"

„Ich bin froh, der Großstadthitze zumindest bis Montag zu entkommen."

„Und ich glaube, ich verzichte diesmal aufs Golfspielen."

„Also so ein paar Löcher am frühen Morgen wären nicht schlecht. Wenn wir vor dem Frühstück weggehen, da ist es meistens noch herrlich frisch."

Theo sagte dazu nichts, sehr begeistert schien er nicht zu sein. Je näher sie dem Stadler-Gut kamen, umso mehr bewölkte sich der Himmel und wenige Meter vor dem Gut entlud sich ein heftiges Gewitter. Irene wartete gespannt, wie Theo sich aus der Affäre ziehen würde, denn sie wusste inzwischen, dass er es hasste, nass zu werden. Er fuhr so nah wie nur irgend möglich an den Eingang seines Appartements heran, sagte kurz: „Warte!" und stürzte sich mit Todesverachtung in den Regen. Einen Augenblick später kam er mit einem riesigen Schirm wieder und half Irene galant aus dem Wagen. Doch als sie ihn fragte, ob sie denn nicht gleich ihr Gepäck mitnehmen sollte, sagte er ganz ungalant: „Bist du wahnsinnig? Nichts wie hinein!"

Es gewitterte noch den ganzen Abend und die halbe Nacht, doch am Samstagmorgen war der Himmel strahlend blau. Kurz vor sieben Uhr früh machten sie sich auf den Weg und nach neun Löchern Golf schmeckte das Frühstück vorzüglich.

Irene legte sich mit einem Buch in den Schatten und Theo hatte Termine mit Handwerkern, denn die Mängel waren immer noch nicht zu seiner Zufriedenheit behoben.

* * *

Gegen Mittag war auch das erledigt und er gesellte sich mit einer Zeitung zu ihr. Die Zeitung diente ihm allerdings mehr als Alibi, denn nach kurzer Zeit schlief er ein.

Er wachte auf, weil sein Handy läutete. Träge versuchte er erst, es zu überhören, doch als das Klingeln nicht aufhören wollte, nahm er es zur Hand. Die Nummer schien ihm bekannt, also meldete er sich: „Nestelbach."

„Grüß Gott, Herr Doktor. Entschuldigen Sie bitte, dass ich Sie störe, aber ich tät's nicht, wenn's nicht wichtig wäre."

Theo erkannte die aufgeregte Stimme von Oma Brand. Sie hatte ihn in all den Jahren noch nie angerufen.

„Ich weiß, wo brennt's denn, Frau Brand?"

„Also, es ist wegen der Kleinen. Sie hat schon den zweiten Tag so hohes Fieber und ich weiß nicht mehr, was ich machen soll. Ich habe schon alles probiert. Wadenwickel und so. Und ich habe keine E-Card für die Kleine – und heute ist doch Samstag – und Yvonne ist ja noch nicht da."

„Wo ist sie denn?"

„Na, in Südfrankreich – glaub ich wenigstens."

„Wie, immer noch?", fragte Theo verblüfft, dem plötzlich wieder das vor Wochen geführte Gespräch mit Max einfiel. Er hatte seither keinen Gedanken mehr an Yvonne verschwendet und angenommen, sie sei längst wieder zu Hause.

Er spürte Wut in sich aufsteigen. Dieses verantwortungslose Frauenzimmer, trieb sich in der Weltgeschichte herum und überließ anderen die Sorge um ihre Kinder. Na gut, darum würde er sich später kümmern.

„Wie viel Fieber hat sie denn?"

„Na ja, das schwankt, aber seit gestern ständig über vierzig. Sie klagt auch über Halsweh, aber meine Hausmittel scheinen diesmal nichts auszurichten. Ich hab mir gedacht, wo Sie doch auch Arzt sind, vielleicht können Sie uns helfen."

„Frau Brand, ich bin nicht in Wien, sondern auf dem Gut, aber ich werde mich darum kümmern. Ich rufe Sie in ein paar Minuten zurück."

„Danke, Herr Doktor. Sie sind …"

„Schon gut, bis gleich."

Da fiel ihm nur einer ein, der möglicherweise helfen konnte: Irenes Freund, Markus Kofler. Er hatte ihn zwar erst zweimal getroffen, aber aus diesem Kennenlernen und Irenes Erzählungen schloss er, dass er genau der Mann war, den er jetzt brauchte. Also machte er sich erst mal auf die Suche nach Irene. Er fand sie im Pool und schilderte kurz das Telefonat.

„Meinst du, Markus würde sie sich anschauen.“

„Wenn er da ist, sicher.“

Kein Zweifel. Sie erreichten vorerst jedoch nur seine Mailbox.

„Und nun?“

„Warten wir mal ab, vielleicht meldet er sich ja.“

„Wollen wir Max suchen?“, fragte Irene.

„Später. Der hilft uns im Moment nicht weiter. Außerdem hat er sich heute Nachmittag freigenommen.“ Markus rief wenig später zurück. Er hörte sich die Sache an. Er sei im Moment bei Freunden in der Nähe von Wien, aber er würde am Abend vorbeikommen.

* * *

„Dank dir“, sagte Irene. „Rufst du uns dann an?“

„Mache ich. Macht euch keine Sorgen, Kinder fiebern rasch hoch. Aber das weiß der Herr Kollege ja vermutlich.“

Hörte sie da einen zynischen Unterton? Auch egal. Wichtig war, dass der Kleinen geholfen wurde, und wenn sie dabei hilfreich sein konnte, umso besser.

Irene bedankte sich und Theo, der mitgehört hatte, drückte auf seinem Handy schon die Reply-Taste, um Oma Brand zu beruhigen. Die bedankte sich ehrlich erleichtert, aber ohne jeden Überschwang und legte wieder auf. Vor dem Abendessen machten sie sich auf die Suche nach Max und fanden ihn auf dem Balkon seines Zimmers – mit einem Buch.

„Was liest du denn da?“

„Meinst du, nur weil ich die Schule abgebrochen habe, bin ich zu dämlich, ein Buch zu lesen? Aber wenn du es genau wissen willst, bitte: Ich lerne für die Platzreife. Und im Übrigen ist noch gar nicht gesagt, ob ich nicht wieder zur Schule gehe, denn als Hilfsjoschi bin ich mir zu schade.“

Theo zählte im Geist bis drei, bevor er gelassen antworten konnte: „Ich hoffe, du hast dich schon wieder in der Schule angemeldet."

„Wie denn?"

„Internet?"

„Geht das denn?"

„Was weiß ich? Will ich zur Schule gehen? Probier's halt."

„Dazu brauche ich vermutlich Mamas Einverständnis."

„Ich nehme an, sie wird es erteilen. Apropos, wann kommt sie denn zurück?"

„Weiß nicht", murmelte Max.

„Aber geh! Anfangs wolltest du sie schon nach drei Tagen wieder heimholen und jetzt weißt du nicht einmal, wann sie wiederkommt?"

„Interessiert mich nicht mehr."

„Seit wann?"

„Seit wir uns gestritten haben."

„Wann war das?"

„Ein bis zwei Wochen", antwortete er murmelnd.

Wenn Max murmelte, war das immer ein Zeichen größter Unsicherheit, so viel hatte auch Theo schon mitgekriegt. Er beschloss daher, das Thema nicht weiter fortzuführen. „Offenbar weiß niemand, wann sie wiederkommt. Deine Großmutter hat vorhin angerufen. Die weiß es auch nicht."

„Oma hat dich angerufen?" Max war ehrlich erstaunt und plötzlich gar nicht mehr pampig.

„Paula ist krank, sie wollte ein paar Tipps von mir", sagte Theo ganz beiläufig.

„Von DIR?"

„Na schließlich ist Theo doch auch Arzt", schaltete Irene sich ein, die bislang im Hintergrund geblieben war.

„Was hat Paula?"

„Vermutlich eine Erkältung. Ein Freund von Irene wird sie sich ansehen, er ist übrigens auch Arzt."

„Kinderarzt", vervollständigte Irene.

„Und deswegen holt Oma einen Arzt? Das glaub ich nicht. Ich muss sie gleich anrufen."

Theo wandte sich zum Gehen: „Gibst du uns Bescheid, wenn du etwas Neues weißt?"

„Sag bloß, das interessiert dich?"

„Wieso nicht, Paula ist doch auch meine Schwester."

„Stiefschwester," gab Max zurück und betonte das Wort, als ob es der Ursprung alles Bösen wäre.

*

„Ich verstehe nicht, warum mich der junge Idiot behandelt, als wäre ich sein Gefängniswärter."

„Woher weißt du denn, wie man mit seinem Gefängniswärter spricht?", versuchte Irene einen Scherz, erkannte aber selbst, dass er nicht sonderlich gelungen war. Theo ging auch nicht weiter darauf ein.

„Ich stelle es mir so vor, so eine Mischung aus Aggression und Unterwerfung."

„Irgendwie stimmt's ja auch. Du hast ihn hierhergebracht und kommst zur gelegentlichen Kontrolle."

Darauf hätte Theo einiges erwidern können, doch in dem Moment läutete Irenes Handy. Es war Markus, der berichtete, dass Paula eine schwere Angina habe, er hätte ein entsprechendes Antibiotikum verordnen müssen. Es bestünde aber kein Grund zur Sorge, er würde morgen wieder vorbeischauen und erwarte, dass das Fieber schon in wenigen Stunden sinken würde.

Selbiges vermeldete auch Max, der nach einigen Minuten vorbeikam.

„Hast du schon gegessen?", fragte Theo.

„Nein, noch nicht."

„Dann setz' dich doch."

Nach dem Essen sagte Max: „Also ich glaube, ich sollte jetzt doch nach Wien fahren, weil, ich meine, jetzt, wo Mama noch nicht da ist … und dann … und überhaupt."

Theo, der sich angelegentlich seinem steirischen Kürbisschnitzel gewidmet hatte, legte Messer und Gabel beiseite, nahm einen Schluck Wein und sagte: „Das halte ich für eine ausgezeichnete Idee, unter einer Bedingung. Wenn du am Montagvormittag mit uns nach Wien kommst, dann teilst du mir – sagen wir innerhalb einer Woche – mit, wann du wo wieder zur Schule gehst, und bereitest alles so vor, dass deine Mutter, so sie eines Tages doch wiederauftaucht, wovon ich ausgehe, nur noch ihre Unterschrift zu leisten hat."

* * *

Die Wetterprognose sagte für die kommenden Tage eine Abkühlung voraus, die nun auch Max herbeisehnte.

Montagmorgen brach man einträchtig nach Wien auf.

Theo hatte ihn ab sofort wieder freigestellt. Den Lohn hatte er geschätzt – und ein wenig aufgerundet.

Max war froh, wieder heimzukommen.

„Wenn ich wiederkomme, dann nur noch als Gast. Aber davor mache ich noch die Platzreife", hatte er Frau Martens beim Abschied zugerufen.

Gestern Nachmittag, als Theo und Irene schon wieder am Pool lagen, war er noch bei Gräfin Nestelbach gewesen, um sich zu verabschieden.

„Hoffentlich hält der Computer durch, bis ich wiederkomme!"

„Wenn nicht, muss dich Theo einfach mitbringen", hatte die Gräfin geantwortet. Max fühlte sich geschmeichelt. Scheinbar war Theo am Computer nicht einmal halb so fit.

Jetzt, wo sie wieder Richtung Wien unterwegs waren, dachte Max auch wieder an seine Mutter. Seit sie sich am Telefon gestritten hatten, hatte er nichts mehr von ihr gehört, das war schon mehr als zwei Wochen her. Mag sein, dass er – möglicherweise – eine Spur zu cool gewesen war, Oma würde „rotzfrech" dazu sagen, aber er hatte ohnehin am nächsten Tag versucht, sie noch einmal anzurufen, seither aber nur die Mailbox erreicht. Er hatte sogar noch ein SMS geschrieben. Beides war ohne Antwort geblieben.

Erst hatte er gedacht: Soll sie doch bleiben, wo der Pfeffer wächst! Er hatte mit sich ausreichend zu tun gehabt. Die harte Arbeit, die Brünette aus dem Sekretariat und die eventuelle Rückkehr an die Schule hatten ihn vollkommen in Anspruch genommen. Aber jetzt, wo die Sache mit der Schule geklärt, die Brünette weit weg und die Beleidigung geschwunden waren, machte er sich ernsthaft Sorgen. Was konnte er tun? Theo fragen? Aber Theo verstand ihn sowieso nicht. Er würde mit Oma darüber reden.

Als sie in Wien ankamen, fuhren sie zuerst zu Irenes Kanzlei, dann in die Pramergasse. Max hatte vorgehabt, seine beiden Taschen zu schnappen, tschüss zu sagen und abzuschwirren. Doch Theo packte eine der Taschen, verriegelte sein Auto und ging Richtung Haustor.

„Willst du mitkommen?"

„Hast du etwas dagegen?"

Was sollte er da sagen? Max fiel nichts Brauchbares ein, also ging er voran, schloss das Haustor auf und ließ seinem Bruder den Vortritt.

Paulinchen schlief, hatte immer noch Fieber, obwohl Dr. Kofler – wie versprochen – gestern Abend noch einmal hier war und die Dosis noch etwas erhöht hat. Oma Brand war zwar ziemlich angetan von ihm, schien aber immer noch beunruhigt. Theo versprach, sich mit Markus ins Einvernehmen zu setzen, und verabschiedete sich.

Max hatte den Eindruck, dass seine Oma im Moment keine weiteren Aufregungen gebrauchen konnte, und schwieg.

Paulinchen erobert das Gut

Theo war seine Sorge um Paula auch nicht ganz losgeworden. Man sollte doch annehmen, dass es einem Kinderarzt möglich wäre, eine Angina innerhalb von zwei Tagen in den Griff zu bekommen. Er schätzte den Kollegen als vernünftigen Mann, an dessen Kompetenz er in keiner Weise zweifelte. Davon abgesehen, bedurfte es hierzu vermutlich keiner besonderen Begabung. Theo fuhr in sein Büro und begann, sich mit der eingegangenen Post zu beschäftigen. Als seine Gedanken immer wieder abschweiften, rief er Irene an. Sie war in einer Besprechung, er ersuchte um Rückruf und begann erneut, sich mit seiner Post zu beschäftigen.

Es dauerte etwa eine Stunde, bis Irene zurückrief und ihm Markus' Handynummer gab.

Auch Markus rief prompt zurück. Zu Theos Verwunderung schlug er vor, sich doch abends auf ein Glas Wein zu treffen. Theo sagte zu und fragte, ob man Irene mitnehmen wolle.

„Ja, klar, natürlich, ganz wie Sie wollen!"

* * *

Irene bot an, sich auf ihrer Loggia zu treffen.

Dass Theo sie bei diesem Treffen miteinbezog, freute sie, denn es war ihr wichtig, auch die Probleme des Alltags zu teilen, nicht nur das Bett und die Schäferstündchen.

Die Herren waren erstaunlich pünktlich, plauderten einige Minuten belangloses Zeug, dann sagte Theo: „Ich nehme an, Sie haben unser Treffen vorgeschlagen, um über Paula zu reden."

„Ganz richtig. Also prinzipiell, wie gesagt, eine Angina, wenngleich eine sehr ausgewachsene. Ungewöhnlich ist, dass das Antibiotikum nicht so anschlägt, wie man das erwarten dürfte. Haben Sie eine Ahnung, woran das liegen könnte?"

Theo schüttelte stumm den Kopf. „Wie gesagt, ich bin eigentlich nur für die vermögensrechtliche Absicherung zuständig. Zumindest war das bislang so. Aber nun hat sich Yvonne, die Mutter, auf Urlaub begeben. Keiner weiß, wo sie genau ist und wann sie wieder zurückkommt."

„Das könnte natürlich ein Ansatzpunkt sein. Ich habe mir etwas Ähnliches schon gedacht. Hat die Kleine in der letzten Zeit vielleicht schon mehrmals Antibiotika bekommen?"

„Das kann ich nicht genau beantworten, aber ich glaube nicht. Was schlagen Sie vor?"

„Am besten wäre vielleicht, die entsprungene Mutter würde zurückkehren."

„Tja, ich hätte auch nichts dagegen. Aber im Moment weiß keiner genau, wo sie sich aufhält. Auf Mailbox und SMS reagiert sie leider nicht."

„Vielleicht hilft ja fürs Erste, dass der Bruder wieder zurück ist, wenngleich, die Mutter wird er wohl nicht ersetzen können."

Irene brachte eine Platte mit Prosciutto und einen Teller mit Melonen: „Aber die Oma ist ihr doch vertraut und hat, wenn ich das richtig verstanden habe, wohl auch bisher für sie gesorgt."

„Es ist ja auch nicht so, dass das Fehlen der Mutter die Krankheit ausgelöst hätte. Derzeit haben wir eine Vielzahl von ähnlichen Fällen. Auffallend ist nur, dass Paula auf die Medikamente so schlecht anspricht. Wir müssen abwarten, vielleicht wissen wir morgen mehr."

* * *

Yvonne ahnte von all dem nichts. Dennoch machte sich langsam schlechtes Gewissen bei ihr breit. Aber Charles verstand es so hervorragend, sie auf andere Gedanken zu bringen, dass sie gar nicht anders konnte, als sich in diese Liebe hineinfallen zu lassen. Sie hatte das so lange vermisst, schon gar nicht mehr gewusst, wie sehr es ihr fehlte. Körperliche Liebe ebenso wie Zärtlichkeit und Geborgenheit. Sie fühlte sich so gut in seiner Nähe und war süchtig darauf, ihn zu berühren. Sie konnte nicht fort. Jetzt noch nicht. Es war ja auch erst Anfang August. Zu Schulanfang würde sie wieder daheim sein. Aber bis dahin waren es noch mindestens drei Wochen. Und die sollten ihr gehören. Ihr und Charles. Anrufen? Besser nicht. Sie würde ihnen allen etwas Schönes mitbringen. Etwas ganz besonders Schönes.

* * *

Am Dienstag ging es Paula schon ein wenig besser und am Mittwoch war das Fieber endlich weg. Dennoch erholte sie sich nur langsam und Markus meinte, Luftveränderung würde ihr guttun. Theo fragte auf dem Gut nach, ob noch Zimmer frei wären. Nur das kleine, das Max bewohnt hatte, ließ Frau Martens ihn wissen. Er hätte gerne etwas Komfortableres zur Verfügung gestellt, aber zur Not würde es auch dieses tun. Man würde Paula und Oma am Freitag aufs Gut bringen und eine Woche später wieder mit nach Wien nehmen.

Freitagmittag sollte es losgehen. Doch als er und Irene in der Pramergasse läuteten, war Max an der Wohnungstüre.

„Hi."

„Hi", antwortete Theo.

Max machte keine Anstalten, sie hereinzubitten, stattdessen raunte er ihnen zu: „Oma hat Fieber, aber sie sagt's nicht, weil Paula Luftveränderung braucht."

„Dürfen wir trotzdem reinkommen?"

Max gab den Weg frei. Oma Brand sah wirklich nicht besonders gut aus, offenbar hatte Paula sie angesteckt. Dennoch krächzte sie tapfer: „Halb so schlimm, ich kann mich ja draußen ein wenig hinlegen."

Jetzt war Theo ganz Arzt: „Kommt nicht in Frage. Sie legen sich jetzt ins Bett. Paula nehmen wir mit, dann hat sie zumindest drei Tage Luftveränderung und Sie die notwendige Ruhe. Wenn Sie nächste Woche gesund sind, können wir die geplante Woche nachholen."

Dann wandte er sich an Max: „Kommst du auch mit?"

„Ich bleib bei Oma. Jemand muss sie ja pflegen."

„Alles klar", sagte Theo. Dabei war ihm nicht im Geringsten klar, was Irene und er mit einem sechsjährigen, rekonvaleszenten Mädchen anfangen sollten, das sie noch dazu kaum kannte. Wenigstens blieb Max in Wien.

* * *

Auch Irene hatte ihre Zweifel an dem Unternehmen, doch die erste Hürde schafften sie spielend. Bevor Paula richtig mitbekam, was hier gespielt wurde, saß sie schon im Auto. Dank ihrer Rekonvaleszenz und der Behaglichkeit von Theos Mercedes war sie eingeschlafen, ehe sie realisierte, dass sie zum ersten Mal in ihrem jungen Leben ohne Mama oder Oma unterwegs war.

Jetzt endlich fiel Irene das Telefonat mit ihrer Mutter wieder ein, das sie vor über einer Woche geführt hatte und in dem es um Günthers Schulden ging. Sie erzählte Theo davon, fügte aber hinzu: „Ich weiß, das kann tausend Gründe haben."

Als Theo nicht gleich reagierte, bohrte sie weiter: „Was meinst du dazu?"

Er zuckte die Schulter, war an der Sache sichtlich uninteressiert: „Wie du soeben sagtest, das kann tausend Gründe haben."

„Danke, du hast mir sehr geholfen."

„Mach' ich doch gerne."

„Ich hätte dir nicht davon erzählt, wenn ich nicht immer schon so ein seltsames Gefühl gehabt hätte."

„Und ich dachte immer, du bist eher ein Verstandesmensch!"

„Bin ich ja auch. Meistens. Aber ganz soll man sein Gefühl auch nicht missachten."

„Auf keinen Fall!"

Irene überhörte diese Anspielung.

„Das Blöde ist nur, ich kann es nicht begründen. Es fehlt mir jeder Hinweis, der meine Vermutung bestätigen würde."

„Was genau vermutest du? Dass er ein Blender ist?"

„Ja, das vielleicht auch."

„Was noch?"

„Ich weiß es nicht, das macht mich ja so unsicher."

„Dafür scheint Sandra ihrer Sache aber umso sicherer zu sein. Traust du ihr keinen gesunden Menschenverstand zu?"

„Derzeit nicht. Sie ist verliebt bis über beide Ohren. Das sieht doch ein Blinder."

„Das allerdings solltest du verstehen." Wieder dieses schelmische, bezaubernde Lächeln, so mehr mit den Augen. Männer. Aber dieser hier war kein Blender, da war sie ihrer Sache ganz sicher.

* * *

Kaum waren sie auf dem Stadler-Gut angekommen, läutete Theos Handy. Max teilte mit, sie hätten die Tasche mit Paulas Spielsachen vergessen. Super!

In der Zwischenzeit war Paula wach geworden und hatte zu weinen begonnen. Sie wollte zu Mama oder auch zu Oma, jedenfalls heim.

Paula musste abgelenkt werden, doch dazu bräuchte man Fantasie – oder wenigstens geeignetes Spielzeug. Theo mangelte es an beidem und von Irene erwartete er auch keine große Hilfe. Sie beschlossen, ein nahes Shopping-Center aufzusuchen. Ob es dort Spielzeug gab? Keine Ahnung, irgendetwas würden sie schon finden.

Sie fanden ein Papierwarengeschäft. Paula hatte zu heulen aufgehört, dafür aber auch das Reden eingestellt. Immerhin nickte sie gelegentlich. Es gab Buntstifte, Ölkreiden und Zeichenblöcke. Damit ließ sich doch hoffentlich etwas anfangen.

Und dann fanden sie etwas noch viel Besseres. Ein Kindermodengeschäft. Theo meinte, das wäre den Versuch wohl wert – und er hatte sich nicht geirrt.

Bei Bekleidung schienen alle Frauen schwach zu werden, auch die Kleinen. Das immerhin war eine neue Erfahrung. Paula gab ihren passiven Widerstand auf und drehte sich mit den Kleidern, die Irene eifrig für sie aussuchte, freudig im Kreis. Das beschäftigte beide Damen eine geraume Zeit. Ihm blieb es vorbehalten, die vorgeführten Modelle erst zu bestaunen und anschließend die Rechnung zu begleichen. Sie verließen das Geschäft mit einem bunten Sommerkleid, das Paula gleich am Abend anziehen wollte, einem Badeanzug, der davor noch im Pool getragen werden konnte, und einer Kombination aus einem weitschwingenden blauen Rock mit pinkfarbenen Blumen am Saum und einer dazu passenden Bluse in pink. Irene meinte, das wäre genau das Richtige für den ersten Schultag und Paula stimmte begeistert zu.

Als sie zurückkamen, musste man, schon wegen des neuen Badeanzuges, zuerst ins Bad. Da Paula, wie die meisten Kinder, vom warmen Wasser nicht genug bekommen konnte, dauerte das eine geraume Weile. Danach ging's zum Abendessen.

Paula war im Restaurant erst ein wenig eingeschüchtert, ließ sich aber von Frau Martens dazu überreden, ihr zu erzählen, was sie schon alles gemacht hatten, und entschied sich danach für Palatschinken.

Sie verzehrte diese ganz manierlich, scheinbar hatte Yvonne zumindest nicht auf allen Linien versagt. Dann aber wurde sie müde, legte sich schlicht auf die Bank, bettete ihren Kopf auf Theos Schoß und schlief ein. Irene und Theo unterhielten sich nur im Flüsterton, merkten aber bald, dass Paula nicht mehr so leicht zu wecken war.

Als auch die übrigen Gäste gut versorgt waren, setzte sich Frau Martens zu ihnen. Die angenehm kühle Abendluft drang durch die weit geöffneten Fenster und nach diesem anstrengenden Tag genossen sie den leichten Sommerwein ebenso wie die anspruchslosen Geschichten, mit denen Helga Martens sie unterhielt.

Als sie endlich beschlossen aufzubrechen, sagte Theo: „Sorry, Schwesterherz, jetzt wirst du vermutlich aufwachen", und hob sie hoch. Doch Paula war weit entfernt, sich von derartigen Kleinigkeiten aus dem Schlaf reißen zu lassen. Er trug sie in sein Appartement und Irene konnte gerade noch verhindern, dass er sie mitsamt neuem Kleid ins Bett legte.

*

Der nächste Tag begann nicht ganz so verheißungsvoll. Das Wetter hatte ebenso umgeschlagen wie Paulas Stimmung. Sie schlief zwar lange, war dann aber quengelig. Sie wollte zu Oma. Irene erklärte, Oma sei krank. Jetzt wollte sie heim zu Mama. Aber Mama ist doch gar nicht zu Hause. Das gab ihr den Rest, jetzt heulte sie richtig los.

Theo erkundigte sich, wie in Wien die Situation sei, und wäre nur zu gerne bereit gewesen, Paula wieder nach Wien zu bringen. Aber Oma war offensichtlich ernsthaft krank. Max berichtete von Schweißausbrüchen, Schwindel und hohem Fieber. Ob schon ein Arzt da gewesen sei? Nein, Oma wollte keinen Arzt.

„Hör zu", sagte Theo ungeduldig, „du rufst jetzt einen Arzt und sagst uns Bescheid, wenn er da war."

„Aber die Oma möchte keinen Arzt."

„Das interessiert mich nicht. Du tust, was ich dir gesagt habe."

„Warum bist du denn so barsch zu ihm, Max ist doch eindeutig überfordert", kritisierte Irene.

Er funkelte sie an, drückte ihr das Handy in die Hand und sagte: „Mach's besser." Dann warf er seinen Pullover um die Schultern und die Tür hinter sich zu.

* * *

„Wo geht Theo denn hin?", schluchzte Paula.

„Nur etwas frische Luft schnappen", versuchte Irene zu beruhigen.

„Ich auch", jammerte Paula.

„Gute Idee. Du stellst das Weinen ein, putzt dir die Nase und wir gehen."

Irene hatte keine Lust, mit einem laut schluchzenden Kind durch die Gegend zu ziehen. Zu ihrem Erstaunen wurde Paulas Gejammer wirklich leiser. Sie reichte ihr ein Taschentuch. Paula schnäuzte pflichtgemäß, dann zogen sie los. Am besten weit weg von den Golfspielern, dachte Irene und wählte den Weg zum Wehr, der außen am Golfplatz entlangführte.

„Wo ist meine Mama?", fragte Paula.

„Aber Paula, du weißt doch, dass wir keine Ahnung haben, wo sie sein könnte."

„Ich möchte aber auch dahin."

„Wie sollen wir dich …" Weiter kam Irene nicht, denn in diesem Moment bogen sie um eine Kurve und Paula entdeckte Theo, der am Wehr stand und in die tobenden Wassermassen blickte. Paula stieß ein Freudenschrei aus, rannte los und direkt auf den überraschten Theo zu, der sie sicherheitshalber einmal auffing.

„Wie du siehst, wurdest du vermisst." Irenes Stimme klang auch in ihren Ohren gereizt.

„Von dir auch?", fragte Theo, der sich offenbar wieder beruhigt hatte.

„Kaum."

„Nachtragend?"

Da Irene keine Antwort gab, wandte er sich an Paula: „Wollen wir jetzt frühstücken gehen?"

O ja, das wollte Paula. Das Frühstück verlief ohne weitere Zwischenfälle. Theos Appetit hatte offenbar nicht gelitten und nachdem er den letzten Bissen mit einem kräftigen Schluck Kaffee hinuntergespült hatte, fragte er, was die Damen nun zu tun gedächten?

„Also ich habe für elf Uhr eine Massage bestellt. Ich konnte ja nicht wissen …" Irene fühlte sich fast schuldbewusst, ihn jetzt mit Paula allein zu lassen.

„Macht nichts", meinte Theo „dann wird mich eben Paula alleine auf meiner Inspektionsrunde begleiten."

Hilfe naht

Max war ratlos. Nach dem unseligen Telefonat mit Theo war er wild entschlossen, nichts von alldem zu tun, was der angeordnet hatte. Er ging daher erst einmal in die Küche, denn er hatte noch nicht gefrühstückt. Jetzt, wo Mama weit weg und Oma krank war, waren weder Müsli noch Vollkornbrot angesagt. Eine Dose Cola und eine Wurstsemmel taten es auch. Als er an der zähen Semmel kaute – sie war schon seit gestern im Kühlschrank –, fiel ihm ein, dass Oma vielleicht auch Hunger haben könnte. Er ging auf Zehenspitzen in ihr Zimmer. Sie lag mit geschlossenen Augen da, Schweiß auf der Stirn, die Wangen vom Fieber gerötet und zitterte.

Max fragte, ob er etwas für sie tun könne, doch sie schüttelte nur den Kopf. Ratlos verließ er das Zimmer. Vielleicht hatte Theo doch recht. Aber heute war Samstag und wer war eigentlich Omas Arzt? Sollte er die Rettung rufen oder Theo fragen? Da war doch dieser nette Arzt, der Paula behandelt hatte. Wie hieß der gleich? Markus. Aber wie noch?

Ärztenotdienst, das war's! Er ging ins Vorzimmer, um die Nummer aus Omas Telefonbuch zu suchen. Oma hatte immer alle wichtigen Nummern in so ein Büchlein eingeschrieben. Er schlug es auf und fand, lose hineingelegt, die Visitenkarte von Dr. Markus Kofler, Kinderarzt. Spital – Praxis – und eine Handynummer. Max entschied sich für die Handynummer.

„Kofler."

Max erklärte, wer er war, und schilderte kurz, worum es ging.

„Ich bin zwar Kinderarzt, aber ohnehin gerade in eurer Nähe, ich komm gleich vorbei."

Dr. Kofler kam wenig später, untersuchte Oma, schüttelte den Kopf und sagte: „Tut mir leid, Frau Brand, aber Sie müssen ins Spital."

„Wegen einer Grippe, Herr Doktor, das muss doch nicht sein."

„Wegen einer Grippe würde ich Sie nicht einweisen lassen. Aber sie haben eine Lungenentzündung."

„Ja aber, das geht nicht. Morgen Abend kommt Paula wieder heim."

„Wo ist sie denn?"

„Mit Doktor Nestelbach und seiner Bekannten auf dem Gut."

„Da werden die beiden sich halt was einfallen lassen müssen", erwiderte Doktor Kofler gelassen.

* * *

Mittag war längst vorbei, als Markus in einem Schanigarten Platz nahm, ein kühles Bier und seine Lieblingspizza bestellte. Nicht, dass er so lange gebraucht hätte, um seine Einkäufe zu erledigen, aber er hatte Max und Oma Brand natürlich nicht alleine ins Spital fahren lassen.

Während er auf das Essen wartete, blätterte er müßig in seiner Zeitung, aber seine Gedanken waren immer noch bei den Ereignissen des Vormittags. Als er an Irene dachte, musste er schmunzeln. Ausgerechnet seine Irene und dieser Theo würden sich um Paula kümmern müssen. Was Theo wohl für ein Mensch war? Wer war der neue Mann in Irenes Leben, was genau wusste er über ihn – und was ging es ihn an?

Markus war Irenes Freund. Der beste, wie sie ihm kürzlich versichert hatte. Er wusste ja schon lange, dass sie nicht zueinander passten. Irene hatte recht gehabt. Sie hatte das schon mit achtzehn erkannt, aber Frauen sahen in solchen Dingen ja immer etwas klarer. Sie war der stolze Schwan, der durchs Leben glitt, immer kühl und beherrscht, überlegen und zielstrebig. So war sie damals schon gewesen.

Zu ihm passte eben eher die Hausgans, eine Frau wie Hannah.

Nicht dass Hannah eine Gans wäre, beileibe nicht. Er hatte nichts gegen die Hannahs dieser Welt und es konnte ja sein, dass sie besser zu ihm passten. Tatsache war, dass er diesen Typ nie in Erwägung gezogen hatte. Möglichkeiten hätte es schon gegeben.

Er wusste, dass Irene und er nie ein Paar werden würden. Dennoch hatte er jede Frau, die ein ernsthaftes Interesse an ihm gezeigt hatte, mit Irene verglichen und sich dann zurückgezogen. So musste er eben allein bleiben – Irene war nun einmal nicht für ihn gemacht. Dennoch fühlte er sich verantwortlich für sie, als Freund.

Seine Gedanken kehrten zurück zu Theo. Ein Arzt, der lieber Vermögensverwalter war, so etwas konnte er nicht verstehen. Allerdings konnte man ihm deshalb nicht absprechen, ein liebenswürdiger und verantwortungsbewusster Mensch zu sein. War Theo liebenswürdig? Irene nannte ihn charmant. Auch schon was. Aber bitte, sie war halt in ihn verknallt. Obwohl das Wort verknallt weder zu Irene passte noch von ihr verwendet worden wäre.

Max schien seinen Stiefbruder weniger zu schätzen und offenbar fand Theo keinen Zugang zu ihm – falls er einen suchte. Wie hatte er gesagt: Er sei nur für die vermögensrechtlichen Belange zuständig. Seltsame Sicht. Für ihn selbst hatte Geld keine allzu große Bedeutung, vielleicht, weil er nie viel davon gehabt hatte.

Und was war mit dieser Mutter? Die musste doch wieder einmal auftauchen. Er hatte als Kinderarzt schon allerhand erlebt. Aber Mütter, die plötzlich unter- und nie wieder auftauchten, waren noch wenige darunter gewesen. Während er genussvoll seine Pizza verspeiste, keimte eine Idee in ihm auf. Er hatte bis Montag frei. Max war alleine. Warum nicht das Angenehme mit dem Nützlichen verbinden? War sowieso nicht gut, wenn Max allein in Wien blieb. Er nahm sein Handy und drückte auf Wiederwahl. Nach dreimaligem Klingeln meldete sich Max.

„Hier spricht Markus Kofler. Wie geht's dir?"

„Geht so."

„Hast du deinen Bruder schon informiert?"

„Nein, warum?"

Der Junge hatte Nerven.

„Auch gut, dann machen wir beide jetzt einen Ausflug."

Max grunzte.

„Ich hole dich ab, wir fahren auf euer Gut und bringen deiner Familie die Nachricht schonend bei."

„Hm."

„Pack was ein, kann sein, dass wir über Nacht bleiben."

„Wenn's sein muss."

Markus lächelte vor sich hin während er seine Rechnung beglich.

*

Markus konnte nicht sagen, was genau er erwartet hatte. Der Gedanke, Irene und Theo aufgelöst vorzufinden und als hilfreicher Retter aufzukreuzen, hätte ihm gefallen. Sie fanden die drei jedoch in friedlicher Eintracht auf der Liegewiese. Die herumliegende Badekleidung ließ darauf schließen, dass sie vor nicht allzu langer Zeit schwimmen gewesen waren. Irene las, Theo hatte eine Zeitschrift in der Hand, beobachtete aber Paula, die damit beschäftigt war eine Zeichnung anzufertigen und dazu allerhand berichtete.

Die beiden staunten nicht schlecht, als sie Max und ihn sahen, und Irene rief: „Das glaube ich jetzt nicht, was macht denn ihr da?"

Theo erhob sich und ging ihnen entgegen. „Herr Doktor Kofler, welch freudige Überraschung." Die beiden reichten einander die Hände.

„Ich hoffe, wir verdanken ihr Kommen nur einem glücklichen Einfall."

„Nicht ausschließlich. Wir musste Frau Brand heute früh ins Spital bringen. Lungenentzündung." Und etwas leiser: „Ich dachte mir, es wäre Ihnen lieber, den jungen Mann nicht ganz allein in Wien zu wissen."

„Das ist mir in der Tat lieber, danke. Können Sie über Nacht bleiben?"

„Tja, wenn Sie mich unterbringen können, gerne."

Dann ging er zu Irene, küsste sie zur Begrüßung auf die Wange und ließ sich von Paula erklären, was sie da zeichnete. Sie zeichnete

Theo, Irene und die Schaukel. Max schien von dieser Reihenfolge nur mäßig begeistert.

Da nur ein Zimmer freistand, mussten Markus und Max gemeinsam untergebracht werden, aber das nahm Markus gerne in Kauf, wenn er sich den Laden hier mal näher ansehen konnte. Er schwamm ein paar Längen und machte sich dann für das Abendessen fertig.

Zum Glück hatte Paula sich in den letzten Tagen doch besser erholt, als er dies noch Anfang der Woche für möglich gehalten hätte. Als sie müde wurde, legte sie sich einfach auf die Bank, Theo als Polster nutzend, und schlief ein.

„Praktisches Kind", meinte Markus.

Max war gleich nach dem Essen abgeschwirrt, sie blieben noch eine ganze Weile sitzen und plauderten über dies und das, bis Irene fragte: „Und wie soll das jetzt weitergehen?"

„Geht doch ganz gut", stellte sich Markus naiv.

„Na ja, am Wochenende kommen wir über die Runden. Aber wie soll das ab Montag werden?"

„Gibt es denn sonst keine Verwandten?"

„Soviel ich weiß nicht", entgegnete Theo. „Yvonne hat keine Geschwister, ihre Freunde oder sonstigen Bekannten kenne ich nicht. Ich habe auch schon bei Max nachgefragt, aber außer einer patzigen Antwort ist nichts dabei herausgekommen. Wenn ich dieses verantwortungslose Weib unter die Finger bekomme …"

„Was dann? Wirst du ihr das Sorgerecht entziehen lassen?", fragte Irene.

„Das wäre kontraproduktiv, aber ich könnte sie erwürgen. Theoretisch. Praktisch ist auch das wenig hilfreich."

„Und strafrechtlich bedenklich."

„Vielleicht kann ich Max einreden, eine Woche hier zu bleiben", sinnierte Theo. „Er könnte für die Platzreife lernen und üben. Mit Paula allein kämen wir sicher besser zurecht. Meine Sekretärin, ein weiteres Erbstück meines Vaters, wird sich tagsüber sicher gerne um die Kleine kümmern. Mit mir ist sie ohnehin nicht ausgelastet."

„Wieso denn das? Sind Sie zu selbständig?"

„Einerseits ja. Mit den modernen Medien macht man heute ja gleich vieles selber, was früher die Sekretärin erledigt hat. Anderseits war sie mir aber eine unschätzbare Hilfe, als ich nach dem Tod meines Vaters so unvorbereitet alles übernommen habe. Ich hatte ja von Immobilien wenig Ahnung. Genau genommen gar keine."

„Dann wäre das Problem doch so gut wie gelöst", meinte Markus und prostete den beiden zu.

„Du bist vielleicht gut", gab Irene zurück und tat einen kräftigen Schluck.

* * *

Vilma Nestelbach, deren Terminkalender während des Jahres immer voll war, fühlte sich zurzeit etwas einsam. Ihre Freunde waren entweder auf Urlaub oder von der Hitze zur Untätigkeit verurteilt. Sie selbst fand die Hitze auch nicht ganz so toll wie früher. Früher war sie eine Sonnenanbeterin gewesen, jetzt blieb sie lieber im Haus, in dessen dicken, alten Mauern es noch angenehm war, wenn man überall sonst schon unter der Hitze stöhnte.

Sie nahm die Mitteilung, dass Theo am Sonntagvormittag nicht allein kommen würde, daher gnädig auf. Außerdem sagte sie sich, wenn sie nun schon mit dem Ergebnis des ersten Seitensprungs ihres Mannes Freundschaft geschlossen hatte, gab es wohl keinen vernünftigen Grund, das Ergebnis des zweiten nicht wenigstens kennen zu lernen.

Gegen Irene und Doktor Kofler hatte sie sowieso keinen Einwand. Der Besuch verlief dann auch ganz erfreulich. Paula war ein ruhiges, fast scheues Kind und offensichtlich ganz damit zufrieden, mit ihrer Limonade auf der Hollywood-Schaukel zu sitzen. Max war nicht mitgekommen, er trainierte auf der Driving-Range.

„Bei der Hitze!", war die Gräfin entsetzt. „Der Junge wird sich noch einen Sonnenstich holen. Was meinen Sie, Herr Doktor?"

„In seinem Alter hält man schon eine ganze Menge aus. Außerdem hat die heutige Jugend ja mit dem Tragen von Schirmkappen kein Problem."

„Stimmt, eher mit dem Abnehmen", erwiderte die Gräfin. Markus lachte und zwinkerte ihr fröhlich zu.

„Hat Max sich schon in seiner Schule wieder angemeldet?", fragte sie weiter.

„Das dürfte ihm schwerfallen, das Sekretariat ist erst in der letzten Ferienwoche besetzt."

„Und ist sichergestellt, dass die ihn wieder aufnehmen?"

„Aber ja. Ich habe schließlich vorgesorgt."

Als die Gräfin ihn ebenso fragend ansah wie Irene, setzte er hinzu: „Man brauchte dort dringend ein neues Rudergerät für den Turnsaal."

„Du warst also ziemlich sicher, dass er wieder zur Schule gehen wird?"

„Schon. Wenn nicht, wär's eben eine gute Tat gewesen."

„Oder Bestechung", setzte Irene hinzu, aber die Gräfin achtete nicht auf ihren Einwurf, wichtiger war ihr festzuhalten: „Dabei hättest du es ohne meine Hilfe gar nicht geschafft."

„Apropos Hilfe", sagte Theo, ohne auf Details einzugehen. „Die würden wir auch heute wieder benötigen."

„Das kann ich mir kaum vorstellen", versuchte sie Theo Einhalt zu gebieten. Doch der Versuch scheiterte, denn er sprach unbeeindruckt weiter: „Aber ja doch. Du solltest dein Licht nicht unter den Scheffel stellen. Könntest du Max nicht dazu motivieren, in der kommenden Woche seine Platzreife zu machen? Damit wäre uns wirklich geholfen."

„Das kann ich natürlich versuchen. Und die Kleine?" fragte sie und dachte bei sich: „Wenn ich mich nicht vorsehe, sitze ich morgen mit zwei Kindern da."

„Nein, nein, die nehmen wir wieder mit", beeilte sich Irene. „Das ist sicher besser", schaltete sich auch Doktor Kofler ein. „Ein neuerlicher Wechsel der Bezugspersonen schiene mir nicht hilfreich, wenngleich Sie, gnädige Frau, sicher weit mehr Geschick mit Kindern hätten als die beiden."

Er nahm seinen Worten die Spitze, indem er Theo und Irene zuzwinkerte, die neben Paula in der Hollywoodschaukel saßen.

Das hörte die Gräfin zwar gern, dennoch blieb sie auf der Hut und antwortete durchaus nicht undiplomatisch: „Ich finde es auch erstaunlich, außerordentlich erstaunlich sogar, aber Paula scheint sich tatsächlich einigermaßen wohl zu fühlen."

* * *

Max hatte nichts dagegen, eine Woche zu bleiben, vielleicht auch, weil ihm der Vorschlag von Markus unterbreitet wurde. Er wendete zwar ein, dass er kaum Kleidung mitgenommen hätte und Oma im Spital besuchen müsse. Doch als Theo dreihundert Euro für Poloshirts und Wäsche herausrückte und Markus meinte, Oma würde sich über seinen Anruf sicher ebenso freuen, blieb Max auf dem Gut.

Günther

Günther durchforstete seinen Schreibtisch. Da gab es Dinge, die unbedingt für den ihn später vertretenden Anwalt wichtig waren, die man also finden musste. Dann gab es andere, die keiner finden sollte.

Was war das denn? Sieh an, Unterlagen von seinem Betriebswirtschaftsstudium. Leider hatte es nur drei Semester gedauert. Vielleicht hätte er doch studieren sollen, aber in seiner jetzigen Situation hätte ihm auch kein akademischer Grad geholfen. Er war kein schlechter Geschäftsmann, er war sogar ein ganz guter! Es waren nur unglückliche Umstände – war es dann gar so eine Schande? Konnte er nicht versuchen, hier wieder auf die Beine zu kommen?

Nein, alles bloß Hirngespinste. Sentimentale Hirngespinste. Er musste weg und irgendwo anders neu beginnen. Diesmal würde er Erfolg haben und er würde neue Freunde finden – und eine neue Frau. Aber es tat weh, alles zurückzulassen. Verdammt weh!

Ein paar Tage hatte er noch. Das Geld für seine Wohnung lag schon auf dem Konto des Treuhänders, aber noch konnte es nicht ausbezahlt werden. Sobald er darauf zugreifen konnte, würde er sich aus dem Staub machen.

Er hatte die Sache mehrfach geplant, wieder verworfen und war dann zu seinem ursprünglichen Plan zurückgekehrt. Er würde Sandra erzählen, er fahre nach Berlin. Bis dahin wollte er die Tage mit ihr genießen, doch es fiel ihm von Tag zu Tag schwerer, ihr diese Posse vorzuspielen.

Am liebsten würde er noch heute aufbrechen, aber der blöde Notar ließ sich jede Menge Zeit, und er brauchte nun mal das Geld aus dem Wohnungsverkauf. Es wurde zunehmend mühsamer, Geld für das tägliche Leben aufzutreiben. Er hatte zwar immer noch monatliche Einnahmen, aber er hatte auch monatliche Lohnkosten – und an denen führte kein Weg vorbei, sonst konnte er seine Zahlungsunfähigkeit gleich in der Zeitung inserieren. Die Mietzahlungen für sein Büro war er schon einige Monate schuldig geblieben, und er wusste genau, dass es bis zur Delogierung nicht mehr lange dauern würde.

Er hatte dieses Geschäft gegründet, weil er davon überzeugt war, dass sich damit gutes Geld verdienen ließ. Leute zu prellen war nicht seine Absicht gewesen. Doch als die finanziellen Mittel hinten und vorne nicht mehr reichten, hatte sich eines zum andern gefügt und er hatte erstaunt festgestellt, wie leicht es ihm fiel, Menschen von Dingen zu überzeugen, an die er selbst nicht glaubte.

Sandra zu belügen war eine andere Geschichte. Er würde versuchen, so bald wie möglich wegzukommen.

* * *

Sandra hätte Günther gerne auf seiner Reise nach Berlin begleitet und hatte gemeint, sie könnten anschließend an die Ostsee fahren. Aber er hatte das schlichtweg abgelehnt und seine Begründungen erschienen ihr fadenscheinig. Sie würde sich in Berlin ohnehin nur langweilen und für anschließenden Urlaub hätte er keine Zeit.

Unsinn! Sie hatte sich noch in keiner Großstadt gelangweilt und für ein paar Tage Urlaub musste immer Zeit sein.

Er blieb bei seiner Weigerung, allein zu fahren, und versprach, so rasch als möglich zurückzukommen. Vielleicht brauchte er ja weniger Zeit als angenommen. Möglicherweise nur zwei, drei Tage.

Dann zahle es sich doch überhaupt nicht aus, die weite Strecke mit dem Auto zu fahren, hatte sie argumentiert. Darüber wollte er nachdenken – immerhin.

Als sie die Geschichte ihrem Vater erzählte, meinte der nur: „Ein Mann muss auch mal ein paar Tage allein sein. Eine kluge Frau versteht das."

„Dann bin ich eben eine ganz dumme Frau", hatte sie gesagt und gelacht.

* * *

Sandra lachte viel und gerne, doch diesmal klang ihr Lachen in den Ohren ihres Vaters seltsam hohl.

Als sie das Büro verließ, um sich mit einem Klienten zu treffen, blieb er in zwiespältiger Gemütsverfassung zurück.

Er hatte diesen Günther schon bisher misstrauisch beäugt und einige Nachforschungen anstellen lassen, die nicht sehr positiv ausgefallen waren. Der Mann steckte ganz eindeutig in finanziellen Schwierigkeiten. Das einzig Positive war, dass es offenbar keine andere Frau gab und dass er bislang unbescholten war. Wäre es jetzt an der Zeit, Sandra diesbezüglich einen Wink zu geben? Aber wie sollte er das anstellen? Wenn sie erfuhr, dass er einen Privatdetektiv bemüht hatte, würde sie ihm die Hölle heißmachen und tödlich beleidigt sein. Er kannte seine Tochter und fühlte sich selbst nicht besonders gut dabei, aber wenn es um ihr Glück ging …

Was also tun? Solange Sandra sich an Günthers Geschäften nicht beteiligte und keinerlei Haftungen übernahm, konnte es ihm egal sein, ob der Mann Geld hatte oder nicht. Seine Tochter konnte sich notfalls auch einen Liebhaber leisten, den sie durchfüttern musste. Er bezweifelte allerdings, dass Günther sich aushalten lassen würde, was möglicherweise das kleinere Übel wäre.

Wenn Günthers Geschäfte nur halb so schlecht standen, wie es dem Bericht zu entnehmen war, dann hatte er nur zwei Möglichkeiten: Entweder er brauchte dringend einen Finanzier oder er musste Konkurs anmelden.

Er verstand zugegebenermaßen wenig vom Immobiliengeschäft, hatte aber in den letzten Wochen alle Artikel verfolgt, die sich in den Wirtschaftsseiten einschlägiger Zeitungen dazu fanden. Er schloss daraus, dass sich die Krise, in der sich sein zukünftiger Schwiegersohn befand – Sandra sprach ja immer öfter auch von Heirat -, nicht allein durch ein allgemeines Tief erklären ließ.

Wenn er auch nicht verstand, was Sandra und seine Frau an diesem geleckten Affen fanden, so musste er doch, wenn auch widerwillig, zugeben, dass er Sandra offenbar glücklich machte und sie zum ersten Mal ernsthaft Zukunftspläne schmiedete.

Ausgerechnet! Was hatte sie nicht schon für ernstzunehmende Bewerber in die Flucht geschlagen. Warum musste es gerade dieser Günther sein – und was zum Teufel sollte er tun?

* * *

Im täglichen Kampf gegen den allzu jähen Untergang akzeptierte Günther nun Geschäftsmethoden, die er selbst vor nicht allzu langer Zeit empört von sich gewiesen hätte.

Er sollte längst weg sein. Seit gestern stand das restliche Geld aus dem Verkauf der Wohnung zu seiner Verfügung. Er hatte abends erwähnt, dass der Kollege aus Berlin, der ihm einige Objekte zeigen wollte, vom Urlaub zurück sei und er in den nächsten Tagen nach Berlin fliegen würde. Leider hatte sich Sandra in den Kopf gesetzt mitzukommen. Das musste er natürlich ablehnen. Jetzt war sie beleidigt.

Konnte ihm grundsätzlich egal sein, ob sie deswegen eingeschnappt war, er würde ohnehin nicht zurückkommen. Außerdem war sie nicht die Einzige, die er verärgert zurückließ. Wie verärgert würden erst seine Geschäftspartner sein.

Er saß in seinem Büro und wusste, er musste jetzt einen Flug buchen, am besten direkt nach Ohio. Aber das wäre zu leicht nachvollziehbar, vorausgesetzt, es würde sich jemand die Mühe machen nachzuforschen. Immer noch war kein strafrechtlich relevantes Verfahren anhängig. Was genau passieren würde, sobald er fort war, wusste er nicht, denn er hatte nicht den Mut gefunden, sich im Vorfeld mit seinem neuen Anwalt zu besprechen. Er hoffte, dass es möglich sein würde, ihm das Erbteil aus Großmutters Nachlass zukommen zu lassen. Nahezu sämtliche Immobilien, die er besaß, gehörten seiner Firma, waren also mit ziemlicher Sicherheit verloren, da die Belastungen weit höher waren als deren aktueller Wert. Eine Eigentumswohnung, die sich in der Eile nicht hatte verkaufen lassen, war noch in seinem Privatbesitz. Vielleicht konnte er auch dieses Geld noch lukrieren. Er versuchte, den Gedanken an seinen Hausverwalter zu verdrängen, der ihm soeben mitgeteilt hatte, dass er selbst in ernstliche Schwierigkeiten käme, wenn Günther seine Anteile an den Betriebskosten nicht bezahlte, als neuerlich das Telefon läutete.

„Ich bin nicht zu sprechen, das wissen Sie doch!", schnauzte er seine Sekretärin an.

„Ja schon." Die Verblüffung war ihr anzuhören, es war nicht seine Art, seine Mitarbeiter grob anzufahren, schon gar nicht die weiblichen.

„Aber ich dachte, … wo es doch Herr Giller ist."

„Sie meinen Frau Giller", antwortete er automatisch und schon etwas besänftigt.

„Nein, es ist ein Herr Doktor Giller."

Sandras Vater hatte noch nie bei ihm angerufen, es wird doch hoffentlich nichts passiert sein! Günther ließ das Gespräch durchstellen.

*

Zwei Stunden später betrat er das Lokal, in dem er sich mit Sandras Vater verabredet hatte. Wie es dem gelungen war, ihn zu diesem Treffen zu bewegen, konnte er immer noch nicht verstehen. Tatsache war, dass er da war und das einige Minuten vor dem Termin. Er fühlte sich wie ein unvorbereiteter Schüler vor einer wichtigen Prüfung und hätte gute Lust gehabt, sich einen Whisky zu bestellen, entschied sich aber für Campari.

Doktor Giller kam nur wenige Minuten später. Er schien hier gut bekannt zu sein, begrüßte Günther und riet ihm, sich für das Kalbsbeuschel zu entscheiden, das sei hier eine echte Spezialität. Günther bedankte sich für die Empfehlung und bestellte gebackenen Kalbskopf.

Sandras Vater zündete eine Zigarette an, lehnte sich scheinbar behaglich zurück und plauderte über das Wetter.

Günther antwortete einsilbig. Doktor Giller wechselte das Thema und fragte, ob er zum Kalbskopf nicht vielleicht doch einen leichten Weißwein trinken wolle.

Günther verneinte und bestellte Bier. Daraufhin begann Doktor Giller die neuesten Fußballergebnisse zu besprechen. Günther interessierte sich nicht für Fußball – jetzt schon gar nicht. Er wollte sein Gegenüber eben dazu auffordern, auf den Grund des Treffens einzugehen, doch da brachte der Kellner das Essen. Immerhin hatte er bei ihren bisherigen Zusammentreffen schon kapiert, dass Sandras Vater während des Essens nur Smalltalk tolerierte, so er überhaupt sprach. Er musste sich also gedulden, bis der Kellner die Teller abserviert hatte.

Ob Günther Kaffee möchte? Ja bitte. Kognak? Nein danke.

Endlich sagte Sandras Vater: „Sie werden sich vielleicht über meine Einladung gewundert haben."

„In der Tat."

„Meine Tochter hat mir erzählt, Sie dächten daran, in Berlin zu investieren."

„Ja, das ist richtig."

„Nun, ich wollte Sie fragen, wie Sie die Objekte Ihrer Begierde zu finanzieren gedenken?"

„Ich denke, die Bank wird einen Eigenmittelanteil von 30 Prozent plus Nebenspesen akzeptieren."

„Möglich, aber woher nehmen Sie diesen Eigenmittelanteil? Soviel ich weiß, sind Sie doch pleite."

Günther fühlte sich, als hätte ihm jemand einen Schlag in die Magengrube versetzt, fing sich aber rasch wieder und versuchte Zeit zu gewinnen.

„Und woher haben Sie diese – übrigens unzutreffende – Information?"

„Wissen Sie, ich habe lange nachgedacht und mich dazu entschlossen, Ihnen die Wahrheit zu sagen: Ich entnehme diese Information dem Bericht einer Wirtschaftsdetektei, die ich mir erlaubt habe zu beauftragen."

Günther spürte, wie ihm das Blut in den Kopf stieg und sich seine Wangen färbten. Er ging zum Angriff über: „Wie kommen Sie dazu? Das ist ja … unerhört!"

Sandras Vater nickte. „Meine Tochter wird auch empört sein, aber sie will Sie heiraten und ich habe nicht die Absicht, tatenlos zuzusehen, wie sie sich finanziell ruiniert."

„Dann nehmen Sie bitte zur Kenntnis, dass ich nicht die Absicht habe, Ihre Tochter zu heiraten."

„Das mag ja sein, aber sie hat die feste Absicht, Sie zu heiraten. Und ich zweifle nicht daran, dass sie ihren Willen durchsetzen wird."

„Nun, dazu wird es nicht kommen, weil …"

„Weil Sie sich absetzen wollen?"

„Wie kommen Sie denn auf diese Idee?"

„Wenn Ihre finanzielle Situation nur halb so bescheiden ist, wie der Bericht es darstellt, wäre das für Sie sogar eine ganz gute Lösung."

„Und wie wollten Sie mich – wenn es tatsächlich so wäre – daran hindern?"

„Ich – Sie daran hindern? Ich denke nicht daran. Alles, was ich will, ist, dass Sie meiner Tochter reinen Wein einschenken, weil ich es sonst tun werde. Kognak?"

Günther nickte geistesabwesend. Was sollte er nur tun? Hatte es Sinn zu leugnen? Wie gut waren die Informationen, die Sandras Vater hatte? Damit hatte er nun wirklich nicht gerechnet. Er wartete schweigend, bis der Ober den Kognak brachte, und widerstand dem Impuls, das Glas auf einen Zug hinunterzustürzen. Stattdessen nahm einen winzigen Schluck und sah Sandras Vater ins Gesicht. Er konnte jetzt leugnen und versuchen, alles als einen großen Irrtum darzustellen. Vielleicht würde man ihm sogar glauben, er konnte ja angeblich sehr überzeugend sein. Aber wie lange? Bis morgen, bis übermorgen?

Vielleicht aber war das hier seine Chance, seine letzte, seine allerletzte Chance. Er nahm noch einen Schluck und bedeutete dem Kellner, er möge noch zwei Gläser bringen. Dann sagte er: „Sie haben in allen Punkten recht. Meine finanzielle Situation erscheint mir selbst ausweglos. Nach Berlin wollte ich wirklich, allerdings nur um von dort in die Staaten weiterzufliegen. Deshalb konnte ich Sandras

Angebot, mich zu begleiten, auch nicht annehmen, falls sie Ihnen auch das schon erzählt hat."

„Hat sie. Es war aber auch das Einzige, das sie mir erzählt hat. Aber gemeinsam mit dem Bericht, den ich kurz zuvor erhalten hatte, bekam diese Kleinigkeit – die mich ansonsten nicht im Geringsten interessiert hätte – plötzlich ein anderes Gewicht."

„Darf ich Ihnen erklären, wie es dazu gekommen ist?"

„Ich bitte sogar darum."

* * *

Doktor Giller hörte schweigend zu und als Günther zu Ende gekommen war, fragte er: „Sie sind sicher, dass die Sache aussichtslos ist?" Günther nickte. „Wenn ich Zeit hätte, die begonnenen Projekte fertigzustellen, dann könnten die Wohnungen natürlich weit lukrativer veräußert werden. Aber die Bank stellt mir weder die notwendigen Mittel für den Ausbau zur Verfügung, noch ist sie bereit, mir sonst irgendwie entgegenzukommen."

„Haben Sie schon die Möglichkeit eines privaten Finanziers erwogen?"

„Erwogen wohl, aber es geht immerhin um zwei Millionen Euro."

„Das ist zwar viel Geld, aber letztlich doch eine Frage des Gegenwertes. Wenn die Substanz stimmt, würde ich es nicht von vorneherein ausschließen. Ich könnte Ihnen möglicherweise behilflich sein."

„Und warum sollten Sie das tun?"

„Blöde Frage – wirklich. Aber ich knüpfe vorerst eine Bedingung daran. Sie informieren meine Tochter, heute noch."

„Ich fürchte, nach einem solchen Gespräch werden Sie keine Veranlassung mehr haben mir zu helfen."

„Da kennen Sie Sandra schlecht. Oder denken Sie, es geht ihr ums Geld?"

„Das nicht, aber wird sie mir den Verrat verzeihen?"

„Ach, hören Sie doch auf mit diesem pathetischen Geschwafel. Das dumme Ding liebt sie wirklich."

Sandra greift ein

Alles in allem gab es weniger Probleme, als Theo erwartet hatte. Paula war es gewohnt, sich alleine zu beschäftigen, und sobald seine Sekretärin, Frau Kastner, etwas Zeit fand – wofür wiederum er sorgte –, ging sie mit ihr in den Park, oder sie nahm sie mit nach Hause, wo Paula dann in dem kleinen Gärtchen, das zu Frau Kastners Wohnung gehörte, spielte, bis er oder Irene sie abholte.

Am Dienstag waren sie zu Oma ins Spital gefahren, auf einen kurzen Besuch, wie der Arzt es geraten hatte. Auch das war kein Problem gewesen.

Umso erstaunter waren sie, als sie sich am Donnerstagabend mit Sandra und Günther beim Heurigen trafen und Paula plötzlich in Tränen ausbrach. Sie brauchten geraume Zeit, um herauszufinden, dass der Anblick einer Mutter mit Tochter sie derart aus der Fassung gebracht hatte. Die Frau erinnerte tatsächlich ein wenig an Yvonne. Sie war schlank und dunkelhaarig wie Yvonne auch. Theo konnte darüber hinaus zwar keine Ähnlichkeit erkennen, aber Paula bestand darauf, dass Mama genauso aussähe.

* * *

Günther tat die Kleine zwar leid, ansonsten aber war er mit der Unterbrechung ganz zufrieden. Seit er Sandra die Wahrheit über seine Situation eröffnet hatte, hatte sie die Führung übernommen, und zu ihrem Plan gehörte es, Irene und Theo zu informieren. Sie war der Meinung, niemand könnte ihn besser beraten als Irene, in Theo sah sie einen möglichen Investor. Er hatte sich dagegen gewehrt, aber das hatte wenig genützt.

Überhaupt hatte sie auf sein Geständnis ganz anders reagiert, als er sich das vorgestellt hatte. Das Einzige, was sie ihm wirklich übelnahm war, dass er vorgehabt hatte, sie zu verlassen. Aber Sandra war nicht die Frau, die sich lange mit Dingen beschäftigte, die nicht mehr zu ändern waren. Sie hatte kurz aber heftig getobt, ihm ausführlich vergeben und dann die Sache in die Hand genommen.

Nun war ihm also eine Unterbrechung vergönnt. Paula, die urplötzliche losgeheult hatte, ließ sich nur langsam beruhigen, dann aber war sie von ihrem Ausbruch dermaßen mitgenommen, dass sie kurz darauf einschlief.

Sandra kehrte zum Thema zurück und schilderte kurz und emotionslos seine wirtschaftliche Situation. Kein Wort von der geplanten Flucht, keine Rede vom Privatdetektiv und der Rolle ihres Vaters. Sie war schon eine tolle Frau.

* * *

Sandra verstand nichts von Günthers Geschäft – noch nicht. Aber sie würde sich einarbeiten. Sie hatte vor, ihren Vater zu bitten, selbst einen Batzen Geld zu investieren, wusste aber auch, dass der niemals Geld in eine aussichtslose Sache stecken würde. Das würde Theo vermutlich auch nicht tun. Sie mussten also dafür sorgen, dass die Sache nicht aussichtslos war.

Sie hatte zwar Psychologie studiert, arbeitete aber schon seit zehn Jahren im Betrieb ihres Vaters. Gut, der Betriebsgegenstand war ein anderer, aber um Gewinn ging es da wie dort. Sie hatte auch nicht vor, sich um Details zu kümmern, das konnte Günther machen, aber sie wollte versuchen, private Finanziers zu finden, die ihr Geld in Günthers Unternehmen stecken sollten. Theo war einer ihrer möglichen Kandidaten.

Sie hatte nicht vor, ihn gleich heute nach einer möglichen Beteiligung zu fragen. Vielleicht kam er selbst darauf, wenn nicht, würde man weitersehen, sobald sie einen genauen Überblick über den tatsächlichen Wert der vorhandenen Immobilien gewonnen hatte.

Für heute sollten einmal die Freunde informiert werden. Gleichzeitig wollte sie wissen, ob Irene sich vorstellen konnte, Günthers

Vertretung weiterhin zu übernehmen. Natürlich musste sie bezahlt werden wie jeder andere auch.

Sandra hatte sich keine genaue Vorstellung vom Verlauf des Gespräches gemacht, aber dass die beiden so wenig Erstaunen zeigten, verwunderte sie nun doch.

„Eine wirtschaftlich schwierige Zeit", meinte Theo bedächtig. Sandra hätte ihn für diese Bemerkung küssen mögen.

„Was habt ihr jetzt vor?"

„Wir haben einen Sachverständigen mit der Bewertung der vorhandenen Immobilien beauftragt", erklärte Günther. „Die Außenstände sind ja bestens bekannt. Es gibt auch eine Grobkostenschätzung über die notwendigen Sanierungsarbeiten. Wenn es gelingt, jemanden zu finden, der diese Sanierungen finanziert, sodass ein lukrativer Verkauf möglich wird, wäre schon viel gewonnen. Es sind auch Mieteinnahmen vorhanden, die zwar eine marktübliche Rendite erbringen, aber nicht hoch genug sind, um die ausständigen Darlehen zu bedienen. Die Banken ziehen einfach nicht mit."

Sie diskutierten dieses Thema noch eine Weile, sprachen über die wirtschaftliche Situation im Allgemeinen und als sie gegen Mitternacht endlich aufbrachen – die Nacht war angenehm mild und Paula schlief immer noch –, hatte Sandra ein gutes Gefühl. Es hatte gutgetan, mit Irene und Theo zu reden, auch wenn sie ihnen nicht die ganze Wahrheit erzählt hatte.

Günther würde es schaffen – er musste es schaffen!

* * *

Theo und Irene besprachen die Neuigkeit erst, als sie am nächsten Tag wieder in Richtung Gut unterwegs waren.

„Komisch, ich habe immer das Gefühl gehabt, dass Günther irgendetwas vor uns allen verborgen hält, an Geldschwierigkeiten habe ich dabei nicht gedacht", sagte Irene.

„Hättest du ihm eher zugetraut, mit Gift zu handeln?"

„Das habe ich nicht gesagt."

„Natürlich nicht, schließlich bist du Anwältin", schmunzelte Theo.

„Ja, ich weiß, die sagen nie, was sie wirklich denken. Ich kenne diesen Satz, auch wenn er meistens nicht stimmt."

„Ist dir übrigens aufgefallen, dass nicht Günther uns seine Misere erklärt hat, sondern Sandra?"

Darüber hatte Irene nicht nachgedacht. „Und was schließt du daraus?", fragte sie.

Theo dachte scheinbar eine Weile nach, dann sagte er:

„Also aus deiner Gegenfrage schließe ich, dass es dir nicht aufgefallen ist, und aus der Tatsache, dass Sandra die Katze aus dem Sack ließ, schließe ich, dass Frauen kommunikativer sind – und mutiger."

„Sonst nichts?"

„Ist doch eine ganze Menge."

„Sind wir schon bald da?" fragte Paula.

Irene drehte sich zu ihr um: „Eine knappe Stunde noch."

„Dauert eine Stunde lange?"

„Das hängt davon ab, wie man sie verbringt."

Paula war vermutlich jetzt auch nicht gescheiter, dachte Irene und überlegte, wie man einem sechsjährigen Kind erklären konnte, wie lange eine Stunde dauerte.

Die Reise nach Frankreich

Als Theo aus dem Wagen stieg, eilte ihm Frau Martens entgegen, um zu fragen, wie es der Oma denn ginge.

„Den Umständen entsprechend. Aber die übergangene Erkältung scheint auch das Herz angegriffen zu haben."

„Aber es besteht keine Lebensgefahr?"

„Keine akute, nein."

„Gott sei Dank! Max war schon sehr besorgt. Bleibt er jetzt in Wien?"

Theo, der gerade mit dem Ausräumen des Autos beschäftigt war, hielt abrupt inne.

„Wie bitte?"

Frau Martens sah ihn erstaunt an: „Sie haben ihn doch gestern angerufen?"

„Gestern? Nein. Ich habe am Dienstag mit ihm telefoniert, nachdem wir bei Frau Brand im Spital waren."

„Aber ...", Frau Martens schien sichtlich erregt: „Er ist gestern nach dem Frühstück gekommen und hat gesagt, seiner Großmutter ginge es schlechter und er solle dringend nach Wien kommen."

„Und das haben Sie geglaubt?"

„Ja, natürlich!"

„Was sollte ich denn mit dem jungen Narren in Wien? Ich bin froh, wenn er hier ist."

„Ja, ... aber ... hier ist er nicht. Mein Mann hat ihn selber zur Bahn gefahren, weil er doch eh nach Graz musste."

„Und jetzt?", fragte Irene.

„Jetzt brauche ich erst einmal einen Schnaps. Kommt, lasst das Zeug im Auto, wir gehen zu Frau Martens auf einen Drink."

Zum Glück saß das Kindermädchen des Clubs mit ihren Sprösslingen auf der Wiese vor der Terrasse. So konnte Paula überredet werden, sich der kleinen Gruppe anzuschließen. Doch bevor sie ging, hatte sie Theo ziemlich ängstlich angesehen und gefragt: „Wo ist Max jetzt?"

„Keine Ahnung, aber wir finden ihn schon, mach dir keine Sorgen."

Keine Sorgen! Das war gut. Jetzt hatten sie schon zwei Abgängige, eine kranke Großmutter und Paula.

Theo und Irene ließen dem Schnaps noch ein Bier folgen, aber die rechte Erleuchtung brachte ihnen das auch nicht.

„Wir müssen systematisch vorgehen", belehrte ihn Irene.

„Tolle Idee."

„Zuerst versuchen wir, Max auf dem Handy zu erreichen."

„Du meinst, er wird abheben und uns genau erklären, wo er gerade ist? Wenn er das wollte, hätte er uns sicher bereits verständigt."

„Wir müssen es zumindest versuchen", ließ sich Irene nicht beirren.

Theo behielt recht.

„Ich gehe jetzt unser Zeug auspacken", sagte Irene. „Heute können wir ohnehin nicht mehr weiterfahren", und warf einen Blick auf die leeren Schnapsgläser.

„Und ich nehme mir einmal seine Freunde vor, vielleicht wissen die etwas."

Die Befragung verlief ohne Ergebnis.

Als nächstes machten sie sich auf den Weg zu Vilma Nestelbach.

Ja, Max wäre hier gewesen, am Mittwoch, oder war es schon dienstags gewesen? Nein, er hatte nichts gesagt, was darauf schließen ließ, dass er beabsichtigte abzuhauen. Nein, er habe auch nicht von seiner Mutter gesprochen. Warum denn auch? Was er hier gemacht hatte? Er hatte ihr gezeigt, wie man einen Brief schreibt, auf dem Computer, versteht sich, das habe er, Theo, ja bis heute nicht fertiggebracht. Danach haben sie gemeinsam zu Abend gegessen. Grete hatte gebackene Hühnerkeulen gemacht, die aß Max doch so gerne.

In der Zwischenzeit war es Abend geworden und Paula fragte zum x-ten Mal: „Wann kommt Max denn wieder?"

„Gute Frage", meinte Theo. „Irene, weißt du, wann Max wiederkommt?"

Irene wusste es auch nicht.

„Und wann kommt Mami?"

Theo schaute Paula eine Weile sinnend an, während sie geduldig auf Antwort wartete.

„Was meinst du?", sagte er schließlich mehr zu sich, als zu Paula: „Sollen wir die beiden suchen?"

Paula nickte eifrig und Theo spann sein Garn weiter.

„Dazu bräuchten wir aber Urlaub. Meinst du, Frau Kastner kann auf uns verzichten?"

Ja, das meinte Paula.

„Aber wir können doch nicht ohne Irene fahren und ich glaube kaum, dass Irene Urlaub bekommt."

„Irene wird es zumindest versuchen", versprach Irene.

*

Nachdem sie sich einmal entschlossen hatten nicht länger herumzusitzen, ging alles ganz schnell. Irene telefonierte mit einem Kollegen, der schon früher ihre Vertretung übernommen hatte, dann fuhren sie zurück nach Wien, packten ihre Koffer und besuchten Frau Brand im Spital. Theo hatte alle darauf eingeschworen, keinesfalls zu erzählen, dass nun auch Max abgängig sei. Sie wollten ein paar Tage Urlaub machen, warum nicht in Südfrankreich. Wenn man dabei auf Yvonne stieße, umso besser. Vermutlich machte Frau Brand sich schon die längste Zeit große Sorgen um ihre Tochter, so etwas hatte die schließlich noch nie gemacht.

Theo und Irene versuchten ihr Bestes, Omas Ängste zu zerstreuen. Wäre etwas passiert, hätte man sicher davon erfahren, lautete ihre Devise. Eine simple Logik, sie wussten es selbst. Außerdem mussten sie darauf achten, dass Paula sich nicht doch noch verplapperte.

Von Oma erfuhren sie, dass Yvonne bei ihrem letzten Anruf mit einem Hausboot auf irgendeinem Kanal unterwegs gewesen war. Sie hatte etwas von alten Stadtmauern erzählt. Theo kannte sich in der Provence ganz gut aus, denn seine Exfrau hatte Nizza und Cannes ebenso geliebt wie St. Tropez und St. Paul de Vence. Ihm persönlich konnten Nizza und Cannes gestohlen bleiben, aber über St. Tropez und St. Paul konnte man mit ihm reden. Theo also vermutete, dass es sich bei den alten Stadtmauern um Aigues-Mortes handeln könnte.

Niemals wäre er anhand derart diffuser Beschreibungen aufgebrochen, um Yvonne zu suchen. Aber jetzt ging es um Max.

Max wusste über den Aufenthaltsort seiner Mutter vermutlich nicht mehr als Theo, aber er war seit Tagen unterwegs, höchst wahrscheinlich per Anhalter. Sie hingegen würden fliegen.

Flug und Leihwagen waren per Internet gebucht worden. Als sie im Flugzeug saßen, Paula am Fenster, Irene auf der Gangseite und Theo in der Mitte eingeklemmt, ergriff er Irenes Hand und sagte voll Inbrunst: „Unseren ersten Urlaub habe ich mir ein bisschen anders vorgestellt."

Irene grinste: „Du Ärmster!"

Nicht einmal Erste-Klassetickets hatte er in der Eile bekommen.

*

Der Leihwagen stand bereit und Theo wäre am liebsten gleich losgefahren, doch ein Blick auf Irene und Paula hatte ihn eines Besseren belehrt. Also schlug er vor, ein Quartier für die Nacht zu suchen.

„Wolltest du nicht gleich los?", fragte Irene.

„Kein Grund zur Eile. Wer weiß, ob unser romantischer Held überhaupt schon da ist, wo er doch vermutlich per Anhalter unterwegs ist.

Theo kannte ein Landhaus zwischen Cannes und St. Tropez, direkt am Meer und in einem traumhaften Park gelegen, das schien ihm das Richtige. Irene war begeistert und erholte sich zusehends bei einem kühlen Drink, den sie im Schatten genossen. Paula aber schien ihm merkwürdig still, nicht einmal das Cola hatte sie aufgemuntert.

Plötzlich schniefte sie: „Wo ist Mama?"

Da Theo diese Frage beim besten Willen nicht beantworten konnte, zog er es vor, sie zu überhören und sagte stattdessen: „Ich glaube, wir haben uns alle eine Mittagspause verdient. Wollt ihr an den Strand oder lieber ins Zimmer?"

„Wenn's nach mir geht, ins Zimmer."

„Also dann." Theo erhob sich, Irene stand ebenfalls auf, nur Paula rührte sich nicht. Kein gutes Zeichen. Kurz entschlossen hob er sie hoch und trug sie ins Zimmer. Noch bevor sie dort angekommen waren, war sie eingeschlafen.

Als es Zeit zum Abendessen war, schlief Paula immer noch.

„Ich kann mir nicht vorstellen, dass sie sehr fröhlich sein wird, wenn wir sie jetzt wecken", meinte Irene flüsternd.

„Ich auch nicht. Aber ich habe eine Idee. Wir lassen uns das Abendessen auf unserer Terrasse servieren. Voilà, Madame, die Karte."

Sie aßen eine köstliche Bourride, diese herrliche Fischsuppe der Region, und ließen einen in der Salzkruste gegarten Fisch folgen. Dazu gab es Salat, knuspriges Baguette, einen leichten Weißwein und Sonnenuntergang.

Es dämmerte schon, als Paula aufwachte. Sie war noch immer nicht besonders gut drauf und wollte weder essen noch trinken. Immerhin ließ sie sich später zu Pommes frites überreden und ausnahmsweise gab's noch eine Cola.

Während sie den Sonnenuntergang bewunderten, erzählte Theo von seinen früheren Urlauben. Es war das erste Mal, dass er über seine Zeit mit Katrin sprach. Paula schien das weniger zu berühren, denn kaum hatte sie gegessen, schlummerte sie wieder ein. Irene aber hörte mit großem Interesse zu. Als er eine Pause einlegte und sinnend das Meer betrachtete, fragte sie: „Und du hast deine Ex nie wiedergesehen?"

„Schlimmer noch, ich weiß nicht einmal, wo und wie sie lebt."

„Meinst du, dass sie immer noch mit diesem Buchhalter zusammen ist?"

„Das kann ich nur für sie hoffen. Sie hat seinetwegen auf eine Stange Geld verzichtet."

„Was war sie von Beruf?"

„Beruf?" Theo lachte. „Sie hat keinen. Erst hat sie so eine Höhere-Töchter-Schule besucht und später ein wenig studiert, dann haben wir geheiratet."

„Also Ehefrau von Beruf", sagte Irene. Es klang sarkastisch.

Theo lächelte: „Tja, so wie du es sagst, klingt's seltsam. Aber zu Katrin hat es irgendwie gepasst."

*

Am nächsten Tag fuhren sie weiter nach Aigues-Mortes. Der Kanal war da, die Stadtmauern waren da, nur Yvonne und Max waren nicht da. Es wäre aber auch zu einfach gewesen!

Sie waren früh aufgebrochen, als es noch einigermaßen angenehm war. Irene bekam die Hitze nicht sehr gut, deshalb waren sie am Nachmittag schwimmen gewesen. Am Abend waren alle todmüde und nach dem Abendessen war nicht nur Paula schläfrig, auch Irene sagte: „Ich habe heute nur noch einen Wunsch: ganz ruhig im Bett zu liegen."

„Dann mach das doch. Ich werde noch ein wenig durch die Stadt spazieren, vielleicht noch einen Pernod schlürfen und dann euren Schlaf bewachen."

„Mir ist alles recht", meinte Irene.

Während Theo durch das malerische Städtchen wanderte, fiel ihm ein, dass er mit Katrin hier einmal in einer hübschen Auberge gewohnt hatte. Ob es die noch gab?

Er setzte sich in eines der kleinen Straßencafés, bestellte einen Pernod und beobachtete die vorüberbummelnden Touristen. Gegenüber befand sich ein sehr hübsches Restaurant. Wenn sie morgen noch da wären, könnten sie dort zu Abend essen.

Dann sah er sie.

Er dachte erst, an einer Halluzination zu leiden und rieb sich die Augen – es half alles nichts. Dort drüben eilten sein ehemaliger Buchhalter und Katrin umher und bedienten die Gäste. Entgegen seiner sonstigen Gewohnheiten stürzte Theo den Pernod hinunter und bestellte gleich noch einen.

Sein erster Impuls war, sich umgehend zu verdrücken, aber warum sollte er? Er hatte weder eine Ehefrau noch Sparbücher gestohlen.

Theo bezahlte und hatte es plötzlich sehr eilig, auf die andere Straßenseite zu kommen. Das Lokal war gut besucht, doch ein kleines Tischchen fand sich noch, an dem er Platz nahm. Er nahm die Speisekarte zur Hand und las darin. Erst als man ihn fragte, was er denn wünsche, hob er den Kopf und sah Robert Moosburger direkt in das entsetzte Gesicht.

Theo, der sich oft und inbrünstig gewünscht hatte, seinem ehemaligen Buchhalter – zumindest – eine Ohrfeige zu verpassen, stellte erstaunt fest, dass ihn die Situation nun eher erheiterte. Anstatt aufzustehen und ihn wortlos ins Gesicht zu schlagen, saß er da und fragte: „Hallo Robert, wie geht's?"

* * *

Theo hatte damals geschworen, dass sein Buchhalter in der Heimat keinen Fuß mehr auf den Boden bekommen würde. Katrin und Robert – vom schlechten Gewissen gepeinigt – hatten ihm geglaubt. Ihre Zukunft schien in der Fremde zu liegen. Und da Katrin Südfrankreich immer schon liebte – was wäre nähergelegen, als dorthin zu reisen.

Ursprünglich hätte es nur eine kurze Auszeit werden sollen, doch dann ergab sich die Sache mit dem Bistro.

Sie hatten einige Male dort zu Abend gegessen und sich mit dem Maître unterhalten, der ihnen sein Leid geklagt hatte.

Die Tochter hätte das Unternehmen weiterführen sollen. Doch das undankbare Ding war lieber nach Marseille gegangen und hatte dort einen Job in einem Büro angenommen. Man stelle sich das vor: seine Tochter. Ein Mensch, der sich lieber hinter einem Computer verschanzte, als in dieser herrlichen Gegend dieses wunderbare Restaurant zu führen! Mon Dieu, was es nicht alles gab. Er hätte ja noch gerne weitergearbeitet, aber die Beine machten nicht mehr mit und seine Frau – die in der Küche stand – auch nicht.

Nun suchte er also einen Käufer für sein Lokal. Aber entweder hatten die jungen Leute kein Geld oder sie wollten nicht arbeiten.

Katrin und Robert hatten ein wenig Geld – und sie suchten dringend einen neuen Lebensinhalt. Also hatten sie zugeschlagen.

Katrin war immer eine hervorragende Gastgeberin gewesen, ein Sprachentalent dazu. Robert? Nun, es war nicht seine Absicht gewesen Kellner zu werden – aber was hätte er tun sollen? Sportlich und fesch war er immer gewesen, ein wenig Französisch hatte er bald gelernt und sein ausländischer Akzent tat bei den weiblichen Gästen das Übrige.

Heute waren sie auf dem besten Weg, ein In-Lokal zu werden.

Das alles erfuhr Theo an diesem Abend.

Klar, dass Mitternacht längst vorbei war, als er das Hotelzimmer betrat. So sehr er auch versuchte, sich leise zu verhalten, so rasch war Irene aufgewacht: „Wie spät ist es denn?"

„Zu spät, um dir all die Neuigkeiten zu erzählen. Schlaf weiter."

„Was für Neuigkeiten?"

„Viel – aber nichts, das uns weiterhilft."

* * *

„Und du hast wirklich keine Ahnung gehabt, dass die beiden hier sind?", fragte Irene beim Frühstück.

„Nicht die leiseste, ich schwöre es dir."

„Komischer Zufall. Und du sagst, es ist ein hübsches Restaurant."

„Ein sehr hübsches und ich schlage vor, dass wir drei heute Abend dort essen."

„Und was machen wir jetzt?", fragte Paula, die ihr Frühstück beendet hatte und sich bereits langweilte.

„Jetzt", antwortete Theo „fahren wir in der Gegend herum und suchen deinen unglücklichen Bruder."

„Wieso ist Max unglücklich?", kam die besorgte Gegenfrage.

Theo seufzte. Man musste verdammt aufpassen, was man sagte.

„Theo meint …", setzte Irene an, schien dann aber nicht so recht weiter zu wissen.

„Na, was meint Theo?", fragte er interessiert nach.

Zum Glück sah Paula in diesem Moment einen Schmetterling, der ihr Interesse fesselte.

* * *

Sie fuhren noch zwei Tage in der Gegend herum, ohne Plan, ohne Ziel. Was hatten sie auch erwartet? Dass sie Max an der nächsten Straßenkreuzung aufgabelten und Yvonne gleich noch mit dazu?

Abends hatten sie bei „Chez Cathrin" gegessen, gut gegessen, wie Irene zugeben musste. Dennoch fühlte sie sich dort nicht allzu wohl – und sie wusste warum.

Katrin war sehr schlank, sah blendend aus und war insgesamt eine charmante, intelligente Person.

Sie selbst war weder hässlich noch blöd und hatte sich im Übrigen noch nie über das rein Äußerliche definiert – dennoch blieb da ein ungutes Gefühl.

Theo hatte ihr wahrhaftig keinen Grund zur Eifersucht gegeben. Er hatte Katrin nicht einmal mit besonderer Höflichkeit behandelt, aber es war so eine Vertrautheit zwischen den beiden. Vielleicht fand Irene ihn auch zu gelassen, zu unbeteiligt. Dazu kam die Hitze, die immer noch brütend über der Provence lastete.

Die Heimkehr

Max war eine Woche nach seiner Abreise wieder in Wien. Einerseits war ihm schlicht und ergreifend das Geld ausgegangen, anderseits hatte er Panik bekommen. Sein Französisch war recht dürftig und als ihn am dritten Tag ein junger Mann auf Deutsch ansprach, war er heilfroh gewesen. Er war etwa dreißig und schlug vor, Max könnte bei ihm im Zelt schlafen. Das nahm er dankbar an. Doch in der folgenden Nacht näherte sich der Mann Max in einer Weise, an die Max nicht einmal im Traum gedacht hatte. Jetzt hatte er endgültig die Nase voll, er zählte seine Barschaft und trat die Heimreise an.

Seine stille Hoffnung, Yvonne oder Oma daheim anzutreffen, wurde nicht erfüllt, also fuhr er ins Spital.

Da er keine Ahnung hatte, ob Oma von seiner Heldentat erfahren hatte, versuchte er diplomatisch zu sein. Oma hatte zwar keine wie immer geartete Reifeprüfung abgelegt, aber sie war nicht dumm. Ganz im Gegenteil besaß sie eine ordentliche Portion Hausverstand und es dauerte keine zehn Minuten, bis sie wusste, was hier gespielt worden war.

Wenn sie auch noch nicht gänzlich wiederhergestellt war, bestand sie doch resolut darauf, dass Max unverzüglich seinen Bruder anrufen sollte, und als er sich zierte, griff sie selbst zum Telefon. Das wollte Max aber erst recht nicht zulassen und da man mit Kranken bekanntlich nicht streiten sollte, blieb ihm nichts anderes übrig, als das gefürchtete Gespräch zu führen.

In der Zwischenzeit hatte er Zeit genug gehabt zu bedenken, was er angerichtet hatte – das Wiedersehen mit Theo hatte er ohnehin gefürchtet. Zu wissen, dass dieser ihm nachgereist war, machte die Sache nicht besser.

Blieb die Hoffnung, dass Theos Handy auf Mailbox geschaltet war, doch schon nach dem zweiten Klingelton meldete er sich.

* * *

Es war früher Nachmittag, die drei hatten eben ihren Mittagsimbiss beendet und Theo lehnte sich gerade entspannt zurück, als sein Handy läutete.

„Nestelbach.“

„Hi.“

Er erkannte Max' Stimme sofort und war heilfroh, dennoch verhielt er sich abwartend.

„Tja, ich bin wieder zu Hause. Ich dachte, das interessiert dich.“

„Mäßig.“

„Ja ... ich ... ich wollt's dir nur sagen.“

„Ich hätte es vorgezogen, rechtzeitig von deiner Abreise zu erfahren.“

Grunzen.

„Hast du wenigstens deine Mutter mitgebracht?“

Neuerliches Grunzen.

„Und wo warst du?“

„In Südfrankreich“

„Ja, das haben wir schon vermutet. Weißt du's ein bisserl genauer?“

„Ja, verdammt! Ich bin doch kein Idiot!“

„Dann beantworte einfach nur meine Frage: Wo – genau – warst du?“

„Warum interessiert dich das?“

„Damit wir wissen, wo wir – eventuell – nicht mehr suchen müssen.“

„Du suchst meine Mutter? Warum? Was geht denn das dich an?“

Theo zählte wieder einmal bis drei, holte tief Luft, stand auf und entfernte sich vorsichtshalber einige Meter vom Tisch, um Paula nicht gleich wieder auf den Plan zu rufen.

„Erstens: Weil du eine knapp sechsjährige Schwester hast, die eine Woche vor ihrer Einschulung steht und verdammt gerne ihre Mutter dabei hätte. Und zweitens, weil es mir angenehm wäre, wenn deine MUTTER“, er gab diesem Wort einen ganz besonderen Klang,

„endlich wieder die Verantwortung für ihre Kinder übernehmen würde. Darum, mein Freund."

„DU brauchst dich nicht um uns zu kümmern!", erwiderte Max pampig.

Nach einigem Hin und Her folgte ein ungefährer Bericht seines Trips. Theo folgerte daraus, dass diese Reise nicht weiter hilfreich war.

„Und jetzt?", fragte Max abschließend etwas kleinlaut.

„Jetzt", wiederholte Theo seufzend, „weiß ich auch nicht weiter. Wir werden morgen oder übermorgen wieder zurückfliegen. Irene muss in die Kanzlei. Und du bleibst, wo du bist. Verstanden?"

„Im Spital?"

„Von mir aus gerne auch im Spital."

* * *

In der letzten Ferienwoche wurde Frau Brand endlich aus dem Spital entlassen, jedoch mit der Auflage, sich unbedingt noch zu schonen, und mit der Empfehlung, eine Kur zu machen.

Irene, Theo und Paula waren aus Südfrankreich zurückgekehrt.

Irene war keine Mutter, hatte auch nie eine sein wollen, aber sie konnte sich einfach nicht vorstellen, dass ein Mensch, der seine fünf Sinne einigermaßen beisammen hatte, seine Kinder einfach im Stich ließ. Mag ja sein, dass man kurzfristig einmal genug hatte, eine Auszeit brauchte. Aber Yvonne war nun schon seit sechs Wochen fort und seit drei Wochen hatten sie praktisch keine Nachricht.

Wenn Theo und Irene es auch nicht vor den Kindern oder Oma Brand ausgesprochen hatten, so fragten sie sich doch ernsthaft, ob Yvonne überhaupt noch am Leben war.

Theo hatte die Abgängigkeitsanzeige erstattet und beim Vormundschaftsgericht einen Antrag auf einstweilige Übertragung der Vormundschaft gestellt.

Das hatte natürlich wieder einen Auftritt mit Max zur Folge gehabt, aber letztendlich musste auch er einsehen, dass es so das Beste war, denn seiner Oma konnte man diese Behördenwege vorerst nicht zumuten.

Zudem musste Max wieder in seiner Schule angemeldet werden.

Vier Tage vor Schulbeginn stellte sich heraus, dass Paula noch nicht einmal eine Schultasche besaß, geschweige denn all die anderen Dinge, die ein Erstklässler so brauchte.

Um nichts falsch zu machen, begab Theo sich mit Paula in eines der renommiertesten Papierfachgeschäfte der Stadt.

„Kann es sein, dass die nette Verkäuferin dabei ein wenig übertrieben hat", fragte Oma Brand lächelnd, als sie all die Herrlichkeiten vor ihr ausbreiteten.

Das letzte Ferienwochenende verbrachten dann alle gemeinsam auf dem Stadler-Gut und am darauffolgenden Montag war Paulas erster Schultag.

Von Yvonne immer noch keine Spur. Jetzt glaubte kaum noch jemand daran, dass sie es sich einfach nur irgendwo gut gehen ließ.

Adventsüberraschung

Irene hielt mit einer Hand das Weihnachtspapier um die Schachtel gewickelt und bemühte sich mit der anderen, über das Klebeband Herr zu werden. Warum widersetzte sich aber auch jedes Geschenkpapier gerade ihren Händen?

Sie kaufte leidenschaftlich gerne Weihnachtsgeschenke, aber das Einpacken war nicht ihre Stärke. Und jedes Jahr wieder stellt sie es sich so gemütlich vor: eine Weihnachts-CD, gedämpftes Licht, ein Eierlikör und pure Vorfreude.

Nun ja, weihnachtliche CDs hatte sie bereits mehrere gehabt und das gedämpfte Licht hatte sich eher als hinderlich erwiesen. Dabei hatte sie heuer so viele Päckchen wie noch nie. Diesmal waren nicht nur ihre Eltern, ihr Bruder samt Familie, Sandra, Markus und Frau Zimmer zu beschenken. Heuer waren da auch noch Theo – der ganz besonders –, Paula, Max, Oma Brand und Vilma, wie sie Theos Mutter seit neuestem nennen durfte. Nicht zu vergessen die Haushaltshilfe hier, die Martens am Gut und, und, und.

Auf Theo konnte sie auch nicht zählen. Er hatte sie zwar zweimal beim Einkauf begleitet und bereitwillig die Kreditkarte gezückt, damit war die Angelegenheit dann für ihn aber erledigt.

Heute durfte sie allerdings nicht murren, denn er war mit Paula unterwegs auf dem Weihnachtsmarkt. Irene zweifelte nicht, dass bei diesem Unternehmen der eine oder andere Punsch für ihn heraussprang, aber das durfte man nun wirklich nicht bereden. Wichtig war, dass Paula beschäftigt gehalten wurde, denn immer noch war Yvonne verschwunden.

Jeder versuchte auf seine Weise, damit zurechtzukommen, und es war schwer zu sagen, wen der Verlust am härtesten traf.

Vielleicht war Max deshalb noch ruppiger, Paula noch sensibler und Oma Brand noch kränklicher.

Theo und Irene versuchten zu helfen, mehr konnten sie nicht tun. Markus war ihnen eine wichtige Stütze geworden und hatte sich einmal mehr als echter Freund erwiesen. Diesmal war er aber nicht nur für Irene da. Er war der ärztliche Ratgeber in Sachen Oma, der psychologische Ratgeber in Sachen Paula und darüber hinaus der Einzige, der mit Max ein einigermaßen vernünftiges Gespräch führen konnte.

Bei allem Beistand verursachte Irene der Gedanke an das bevorstehende Weihnachtsfest ein unangenehmes Gefühl in der Magengegend. Dabei mochte sie diese Jahreszeit so sehr. Es gab ja auch viel Schönes. Die Lichter überall, die vielen Einladungen, Weihnachtsmusik, frohe Vorbereitungen und – über all dem schwebend – eine wehmütige Erinnerung an Kindertage.

Doch spätestens an diesem Punkt angelangt, fragte sie sich, wie man diese Tage für Paula und Max, aber auch für Oma Brand erträglich gestalten konnte.

Frau Brand hatte ja noch eine letzte Hoffnung gehabt: „Wenn meine Tochter noch lebt", hatte sie zu Allerheiligen gesagt, „dann kommt sie spätestens Anfang Dezember. Denn bei all ihren Flausen, aber Weihnachten ohne ihre Kinder – nein, das würde sie nicht machen."

Heute war der dritte Adventsamstag, von Yvonne keine Spur.

Irene hatte das letzte Päckchen mit Weihnachtspapier umwickelt und sah sich nun vor die Aufgabe gestellt, diese durch Bänder, Maschen und allerlei Zierrat zu verschönern. Sie hatte dazu manch Hübsches eingekauft, aber … na ja. Schade, dass Sandra keine Zeit hatte. Unter ihren Fingern entstanden auch aus den einfachsten Materialien die herrlichsten Schleifen, während Irene selbst mit den teuersten Bändern nur mittelmäßige Ergebnisse erzielte.

Aber Sandra musste arbeiten und diesmal arbeitete sie wie eine Biene, sie arbeitete, wie Irene sie in ihrem Leben noch nicht arbeiten gesehen hatte. Es schien Irene, als hätte Sandra in all den Jahren Energie gespart, um jetzt Günther vor dem Ruin zu retten.

Bislang hatte sie auch einen gewissen Erfolg gehabt, wenn man die Tatsache, dass Günther noch nicht Konkurs anmelden musste, als Erfolg werten wollte.

Irene hatte eben mit der Beschriftung der Geschenkanhänger begonnen, als sie am Gang Schritte hörte. Sie warf einen besorgten Blick auf die Uhr: Erst knapp nach fünf, Theo hatte versprochen, nicht vor sechs zurück zu sein.

Manchmal nächtigte Paula am Wochenende bei ihnen, um Oma Brand ein wenig Ruhe zu gönnen.

Es klingelte. Irene war nicht unfroh, in ihrer mühseligen Arbeit unterbrochen zu werden, und öffnete die Tür. Draußen stand eine Dame in einem braunen Nerzmantel – bei näherem Hinsehen erkannte sie Katrin.

Mehr als „Oh, das ist aber eine Überraschung", brachte Irene nicht zustande.

„Ich hoffe, eine angenehme", versetzt Katrin.

„Theo ist leider nicht hier."

„Darf ich trotzdem reinkommen?"

„Selbstverständlich." Irene hatte sich wieder gefasst.

„Wollen Sie ablegen?"

Katrin gab darauf nicht einmal eine Antwort und schlüpfte aus ihrem überaus aparten Mantel, wobei sie es Irene überließ, diesen auf den Kleiderhaken zu hängen, und ging schnurstracks auf den Wohnsalon zu.

„Wenn Sie mir bitte in die Bibliothek folgen wollen", sagte Irene. „Ich bin gerade dabei, Weihnachtspäckchen zu schnüren."

„Wie romantisch", flötete Katrin und wandte sich nach rechts. Doch die Bibliothek war in der Zwischenzeit in Katrins ehemaliges Zimmer verlegt worden und befand sich nunmehr links des Einganges, so dass Irene vorübergehend im Vorteil war. „Diese Richtung. Ich darf vorausgehen."

Katrin lehnte Tee und Kaffee dankend ab, ließ sich aber zu einem kleinen Sherry überreden.

„Ich kann die Pause gut gebrauchen", versuchte sich Irene in zwangloser Unterhaltung, „handwerkliches Geschick gehört nicht zu meinen hervorragendsten Talenten."

„Man kann eben nicht alles können", erwiderte Katrin trocken.

Dagegen ließ sich zwar nur schwer argumentieren, dennoch widerstand Irene nur ungern dem Impuls, Katrin eines der mühsam eingewickelten Päckchen an den Kopf zu werfen, am besten Max' Driver.

„Ich fürchte, Theo wird nicht vor sechs hier sein."

„Damit müssen unangemeldete Gäste rechnen."

Da Irene nichts weiter einfiel, nahm sie ihre Beschäftigung wieder auf und versuchte, die ebenso geistreich wie liebevoll beschrifteten Geschenkanhänger mittels der teuren Bänder auf den Päckchen zu befestigen.

Katrin schlürfte ihren Sherry und beobachtete Irene, nicht ohne einen gewissen Hochmut, wie es schien. Doch plötzlich stellte sie das Glas zur Seite, trat neben Irene und drückte ihren Daumen gerade in jenem Moment gegen die eben entstehende Masche, in dem sich Irene zumindest eine dritte Hand gewünscht hatte.

In der folgenden Stunde stellte sich heraus, dass Katrin ähnlich talentiert war wie Sandra, und so verbrachten die Damen eine ebenso harmonische wie produktive Stunde.

*

Theo hatte Wort gehalten und erschien mit Paula gegen viertel sieben. Wenn er auch verwundert schien über den Besuch, konnte Irene kein Anzeichen von Unsicherheit an ihm entdecken. Er begrüßte Katrin, indem er sie auf beide Wangen küsste und meinte zu Irene gewandt, dass Paula und er jetzt Hunger hätten, da sie sich – im Hinblick auf ihre verheißungsvollen Andeutungen – von Langos und ähnlichen Genüssen ferngehalten hätten.

„Wir haben nur Pünsche getrunken", ließ sich Paula vernehmen.

„Es heißt Punsch", korrigierte Irene.

„Es waren aber mehrere!"

„Petze", murmelte Theo und griff zur Mineralwasserflasche.

Irene hatte noch nicht gefragt, welchem Umstand man Katrins Besuch zu verdanken habe, aber sie hatte ihrerseits berichtet, dass Yvonnes immer noch verschwunden war.

„Ich darf doch hoffen, dass Sie zum Abendessen bleiben", fragte sie nun, ganz Hausfrau und gegen ihre Überzeugung.

„Gerne."

„Ja dann gehe ich jetzt einmal in die Küche."

Katrin verwickelte Paula in ein Gespräch über den Christkindlmarkt und so folgte Theo Irene schon nach wenigen Augenblicken.

„Was will sie denn hier?", fragte er halblaut.

„Das hat sie mir nicht verraten. Ich habe aber auch nicht gefragt."

„Und seit wann ist sie da?"

„Sie kam so gegen fünf."

„Und was habt ihr in der Zwischenzeit geredet, wenn du noch nicht mal weißt, warum sie da ist?"

„Wenig. Wir haben Päckchen gemacht."

„Ihr habt was gemacht?"

„Wir haben Päckchen gemacht. Deine Exfrau ist in solchen Dingen wirklich geschickt. Das müsstest du doch wissen?"

„Woher denn? Wir haben manches zusammen gemacht – aber niemals Päckchen."

* * *

Als Theo wieder ins Wohnzimmer kam, hörte er Paula eben sagen: „Und wenn ich am Wochenende bei Theo bin, kann Oma ausspannen und Max tschielt."

„Max schielt?", fragte Katrin erstaunt.

Paula nickte ernsthaft.

„Max chillt!", erklärte Theo.

„Das macht mich jetzt aber auch nicht klüger!"

„Er hängt ab, er spannt aus, er chillt eben. Sagt man das in Südfrankreich nicht so?"

„Nie gehört", gab Katrin zu.

Nach dem Abendessen hatten sie für Paula eine Videokassette mit einem Weihnachtsmärchen eingelegt und es sich in der Bibliothek gemütlich gemacht.

Katrin sah sich um: „Ihr habt die Bibliothek in mein Zimmer verlegt, aber sonst ist doch alles unverändert."

„Hattest du gedacht, dass ich nach deinem Abgang meine schöne Chesterfield Garnitur aus dem Fenster werfe?"

„Natürlich nicht!" Sie nahm eine Zigarette, schlug die Beine grazil übereinander und sagte: „Sicher fragt ihr euch, warum ich hier bin. Nun, gegen Ende der Saison habe ich mit Robert Streit bekommen, einer Touristin wegen. Einzelreisende, sehr rothaarig, sehr rassig und geschätzte zwanzig Jahre jünger als ich."

„Dann muss sie ja noch zur Schule gegangen sein", murmelte Theo.

„Das wird hinkommen", versetzte Katrin zustimmend.

„Nun, eins kam zum anderen, Robert packte seine Sachen, alles Bargeld und verschwand – wieder einmal."

„Das wird ja zur Manie", entfuhr es Irene.

„Scheint so. Jedenfalls stand ich vorerst wieder einmal ohne Bargeld da."

„Und dann?"

„Dann habe ich meine Eltern angerufen und mir Geld schicken lassen."

„Ich dachte, ihr hattet seit unserer Scheidung keinen Kontakt mehr."

„Stimmt, aber das heißt ja noch nicht, dass sie mich in Südfrankreich verhungern lassen."

„Und das Restaurant?"

„Ist vorerst geschlossen. Aus familiären Gründen. Ich werde es wohl verkaufen müssen. Das war ja auch der Deal mit Robert. Er bekam das Bargeld und ich das Restaurant."

„Tja, das ist sicher alles nicht einfach. Was können wir für dich tun?"

Irene hätte Theo für dieses WIR küssen mögen, stattdessen schenkte sie Wein nach. Katrin lehnte sich zurück und sagte vorerst nichts. Also fasste Theo nach: „Was wirst du jetzt tun?"

„Also, ich habe gehofft, dass du das weißt."

„Ich?"

„Du weißt doch sonst immer alles."

„Ein sehr intelligenter Satz. Könnte glatt von Max stammen", entfuhr es Theo.

„Wirklich? Ich freue mich schon, ihn kennen zu lernen."

Theo schwante Übles.

„Also im Gästezimmer residiert Paula", stellte er deswegen gleich einmal klar.

„Das ist kein Problem", erwiderte Katrin zuckersüß. „Fürs Erste habe ich mich im HILTON einquartiert. Ist übrigens sehr schön saniert worden."

„Und warum bist du nicht bei deinen Eltern geblieben?"

„Im Waldviertel?", fragte Katrin in einem Ton, als hätte man ihr zugemutet, im Keller zu nächtigen.

„Fürs Erste?", gab Theo zurück.

„Aber da war ich doch schon drei Wochen!"

„Woraus ich schließe, dass das gute Einvernehmen bereits wieder Geschichte ist."

Katrins Familiensinn nahm, wie Theo wusste, mit jedem Kilometer der Distanz zu und erschöpfte sich blitzartig, sobald sie mehr als drei Stunden mit ihrer Familie zusammen war.

„Du wirst dir einen Job suchen müssen."

„Arbeiten? Aber ich habe doch keine fertige Ausbildung, wie du wohl weißt."

„Was hast du dir sonst vorgestellt? Reich heiraten?" Theo war während der letzten Sätze sichtlich gereizter geworden.

Zum Glück kam in diesem Moment Paula und verkündete, dass der Film zu Ende sei.

Katrin tritt auf

Als Katrin etwa eine Stunde später ins Hilton zurückfuhr, war sie mit dem Erfolg ihrer Mission gar nicht so unzufrieden.

„Schade nur, dass diese Irene eine so sympathische Person ist, aber was sein muss, muss sein", sagte sie am nächsten Tag zu ihrer Freundin.

„Und du bist sicher, dass er zu dir zurückkommt?"

„Hundertprozentig! Das steht für mich fest, seit er im August plötzlich im Restaurant aufgetaucht ist. Oder glaubst du wirklich, dass er dieser Yvonne nachgereist ist?"

„Und dazu hat er diese Irene mitgenommen? Also ich weiß nicht. Wie hast du übrigens dein Wiederauftauchen begründet?"

„Ich habe ihnen die Wahrheit erzählt!"

„Vermutlich nur die halbe."

„Möglich, aber selbst wenn es so ist, wird Theo es nie erfahren."

„Du warst launisch und ungerecht gewesen zu Robert."

„Vielleicht war ich, nachdem Theo wieder abgereist war, ein wenig gereizt, aber deswegen hätte er sich nicht gleich eine andere anlachen müssen. Außerdem hatte er gegen Theo auf Dauer eben keine Chance."

„Liebst du Theo wirklich noch oder nur sein Geld?"

„Ich habe ihn immer geliebt – und er mich. Wir waren das ideale Paar. Theo ist attraktiv, und dass er Geld hat, schadet ja nicht!"

„Das habe ich auch schon einmal anders gehört."

„Eine kurzzeitige Verwirrung, vergiss es!"

„Ob Theo es auch vergessen kann?"

„Bestimmt. Er hat zugesagt, mir bei der Suche nach einer Wohnung behilflich zu sein."

Sie wusste zwar schon ziemlich genau, wo sie wohnen wollte, aber die gemeinsame Suche nach einer Wohnung bot ihr vorerst einen guten Grund, den Kontakt zu halten. Für heute hatte sie sich auch ins Programm gedrängt, in dem sie die beiden zum Essen eingeladen hat. Sie hatten sich zwar geziert, aber sie hatte alle Einwände vom Tisch gefegt und letztendlich war ihnen gar nichts anderes übriggeblieben, als zuzustimmen, wenn sie nicht allzu unhöflich sein wollten.

Erst wollte sie die beiden zum Mittagessen einladen. Doch Irene hatte gemeint, dass sie sonntags immer ausgiebig frühstückten und das Mittagessen ausfallen ließen.

Also hatten sie sich für Sonntagnachmittag in der Stadt verabredet.

* * *

Paula sollte Sonntagvormittag wieder bei Oma Brandt abgegeben werden. Doch da sie keinerlei Neigung zeigte, sich schon nach Hause bringen zu lassen, erwarteten sie Katrin nun zu dritt.

Theo konnte es recht sein, auch er wollte das Treffen so kurz wie möglich gestalten. Sollte Katrin das nicht gefallen haben, so war sie viel zu gerissen, um sich etwas anmerken zu lassen.

Sie spazierten von der Oper über die Kärntnerstraße, den Graben, machten einen Abstecher in die Krippenausstellung der Peterskirche und ließen sich etwas später bei einem Italiener nieder.

Während sie auf die Vorspeise warteten, brachte Theo das Gespräch auf das Thema Wohnung.

„Irenes Wohnung steht leer und wir haben schon daran gedacht, sie zu vermieten. Doch Irene hatte Bedenken, da die Wohnung komplett eingerichtet ist. Dir würde sie die Wohnung natürlich vermieten. Wenn du willst, kannst du nächste Woche einziehen."

Katrins anfängliches Zögern bestärkte Theo in seiner Überzeugung, dass Katrin nicht einfach nur so vorbeigekommen war. Letztendlich willigte sie aber doch ein.

„Für den Anfang ist das vielleicht gar nicht so schlecht. Das Hilton ist für die Dauer doch etwas teuer."

Das befürchtete Theo allerdings auch – und er zweifelte keine Sekunde, wer die Rechnung begleichen würde.

* * *

Die vorletzte Arbeitswoche des Jahres war, wie sie sein musste – hektisch. Dennoch hatte Irene das Bedürfnis, mit Sandra zu tratschen. Sie plauderten über dies und das, dann erzählte Irene von Katrins Besuch.

„Und was sagt Theo?"

„Genau genommen gar nichts. Er ist mäßig begeistert, scheint sich aber auf geheimnisvolle Weise verantwortlich zu fühlen."

„Für seine Exfrau? Man kann's ja auch übertreiben. Ich denke, sie hat ihn verlassen."

„Hat sie ja auch. Aber im Moment schaut das für mich aus, als täte es ihr leid, sehr leid."

„Kein Wunder. Wenn der Kerl, für den sie alles aufgegeben hat, ihr davongelaufen ist!"

„Also ich weiß nicht. Damals, in St. Paul de Vence, schien er noch sehr verliebt zu sein und machte überhaupt nicht den Eindruck eines Casanovas."

„Na ja, stille Wasser sind bekanntlich tief."

„Das ist aber ein sehr alter Spruch."

„Nicht alles, was alt ist, ist schlecht."

„Das sind ja ganz neue Töne."

Einen Moment blieb es still. Dann sagte Sandra: „Ach, ich bin einfach müde. Es vergeht kein Tag, an dem ich nicht an die Grenzen meiner Möglichkeiten stoße. Es fehlt mir an Fachwissen, an Erfahrung und am notwendigen Geld sowieso.

„Und was macht Günther?"

„Er unterstützt mich nach Kräften. Aber was er mir an Fachwissen voraus hat, fehlt ihm an Überzeugungskraft gegenüber Kunden, Banken und Handwerkern. Es war wohl etwas zu viel, was er ihnen in den Wochen und Monaten vor seinem geplanten Abgang vorgeschwindelt hat. Also muss ich diese Gespräche führen. Papa hat mir in der Agentur so viel Arbeit wie nur möglich abgenommen. Dafür musste ich ihm versprechen, dass ich kein eigenes Geld in Günthers Firma investiere. Er meint, wenn die Bank nicht mitzieht, wäre alles nur eine große Fehlinvestition. Erst wenn die Bank die Fälligstellung der Kredite zurücknähme – und zwar endgültig –, wäre es sinnvoll, sich als stiller Teilhaber zu engagieren. Günther sieht das übrigens auch so. Deshalb freue ich mich diesmal ganz besonders auf Weihnachten. Vor allem wegen der freien Tage."

„Macht ihr über Weihnachten zu?"

„Ja, bis über Drei-König. Ich habe mich noch nie so sehr aufs Nichtstun gefreut."

„Kein Wunder, du hast ja auch noch nie so viel gearbeitet. Aber Silvester kommt ihr doch?"

„Klar. Ich freue mich schon sehr darauf und auf unser Vorweihnachtstreffen."

„Darauf freue ich mich auch. Aber an den Heiligen Abend und die Feiertage will ich diesmal noch gar nicht denken."

*

Irenes Bedenken galten Paula, Max und Oma Brand. Niemand konnte sagen, wie sie dieses Weihnachtsfest ohne Mutter, ohne Tochter verkraften würden.

Aber nicht im Traum hatte Irene daran gedacht, dass auch Katrin sich ihnen aufdrängen würde. Aufdrängen – anders konnte man es beim besten Willen nicht nennen.

Und was tat Theo? Er tat nichts.

Gut, kein Mensch konnte ihm vorwerfen, dass er Katrin ermutigte, er entmutigte sie aber auch nicht. Er nahm sie hin. Es schien für ihn keine große Sache zu sein, und er erwartete von Irene, dass sie es ebenso sah. Schließlich, so sagte er, sei sie doch eine vernünftige Frau.

Dieser Satz ging Irene hinunter wie Öl. Wohltuendes, wärmendes Öl. Und sie machte sich ihn zur Verpflichtung – sie war ja so vernünftig.

Leicht fiel es ihr trotzdem nicht und manchmal war sie den Tränen näher, als sie selbst – oder auch sonst jemand – das für möglich gehalten hätte.

Dabei wusste Irene nicht, worüber sie sich mehr ärgern sollte. Über Katrins Kühnheit oder über Theos Gleichmut. Katrin hatte nicht etwa darum gebeten, die Feiertage mit ihnen verbringen zu dürfen, sie hatte es vielmehr vorausgesetzt.

„Schau, Liebes", hatte Theo zu Irene gesagt: „Wir haben schon meine Mutter, Max, Paula, Oma Brand und deine Eltern auf dem Hals. Auf Katrin kommt's nun auch nicht mehr an."

Das Dumme war, dass er irgendwie recht hatte – aber irgendwie auch wieder nicht.

Die Tage bis zum Weihnachtsfest vergingen dennoch wie im Tiefflug. Die Arbeit in der Kanzlei, die letzten Vorbereitungen und dann wollte Katrin partout noch vor den Feiertagen umziehen – Theo unterstützte sie diesbezüglich. Anscheinend war er dankbar, dass er nicht auch noch die Zeche dieser Nobelherberge bezahlen musste.

Dann ging es Oma Brand nicht sehr gut, so dass Paula auch am letzten Wochenende zu ihnen übersiedelte. Dummerweise waren an diesem Samstag Theos Freunde Hans und Ilse bei ihnen eingeladen.

Bei all dem Durcheinander hatte Irene keine Kraft mehr dagegen zu protestieren, dass Katrin auch an diesem Abend anwesend war.

Doch sie wurde für ihre Mühen entschädigt. Nicht nur durch Theos anerkennenden Blick, nicht nur durch Hans' Lob für ihren Rehbraten, vielmehr durch Ilse.

„Was machst du denn hier?", war noch eine der harmlosesten Fragen gewesen, die sie Katrin gestellt hatte.

Katrin erwiderte honigsüß: „Ich bin hier zu Gast."

Doch damit ließ sich Ilse nicht abspeisen. „Ich habe schon gehört, dass dieser Buchhalter dich hat sitzen lassen. Aber das ist doch kein Grund, bei deinem Ex-Mann unterzuschlüpfen."

„Unterschlüpfen ist nicht das richtige Wort. Theo steht mir zur Seite."

„Na schön, und was hast du jetzt vor? Schließlich kannst du nicht für den Rest deiner Tage zu Gast sein?"

Ilses direkte Art war Irene schon bekannt, dennoch hätte Katrin ihr beinahe leidgetan, hätte sie sich nicht so unverschämt an Theo herangeschmissen.

Patchwork-Weihnacht

Irgendwie war es Weihnachten geworden und irgendwie würden sie dieses Fest überstehen, dachte Irene. Einfach würde es nicht werden. Nicht nur wegen Max, Paula oder Oma Brand. Sie hatte auch noch darauf bestanden, dass ihre Eltern mit ihnen feiern sollten. Es würde ihr erstes Zusammentreffen mit Vilma Nestelbach sein. Irenes Mutter hatte zwar offen bekundet, dass sie den Heiligen Abend viel lieber im Kreise ihrer Familie verbringen würde. Das waren für sie ihr Mann, ihre Kinder, Hannah und die Enkerl. Das war ihre Familie, das waren die Menschen, die sie liebte. Was scherte sie ein Doktor Nestelbach, was dessen Anhang?

Doch diesmal war Irene unerbittlich geblieben und wurde dabei – erstaunlicherweise – von ihrem Vater unterstützt.

Man hätte, so sagte er, die letzten Jahre Weihnachten immer bei Christoph verbracht. Irene war erst bei Jochen und ihren Schwiegereltern geblieben und später mit ihnen gekommen. Heuer war es eben einmal anders.

Irene glaubte zwar insgeheim, dass ihm der Trubel im Hause ihres Bruders mehr auf die Nerven ging, als er zugeben wollte, aber sie freute sie über seine Unterstützung.

Dennoch wäre die Sache damit noch nicht entschieden gewesen, denn ihre Mutter war es gewohnt, in solchen Angelegenheiten das letzte Wort zu haben. Die Entscheidung hatte Christoph herbeigeführt, der zu seiner Mutter gesagt hatte: „Da ihr auf dem Gut feiert, seid ihr maximal eine Stunde von uns entfernt. Dann kommt ihr eben am Christtag alle gemeinsam zu uns."

„Ja spinnst du?", hatte seine Mutter gefragt. „Das kannst du Hannah doch nicht zumuten."

„Alles schon besprochen. Hannahs Eltern kommen diesmal am Heiligen Abend zu uns, dann sind sie am Christtag bei Hannahs Schwester. Und wir gehen einfach zum ‚Kirchenwirt' essen. Den

Kaffee können wir dann ja bei uns trinken. Weihnachtsbäckerei haben wir schon für eine ganze Kompanie."

„Du wirst doch nicht einen Haufen Geld ausgeben, nur damit …"

„Nur damit was? Als Hannah und ich im Herbst zu meinem Klassentreffen in Wien waren, hat Theo uns sehr großzügig eingeladen."

„Er kann sich's ja leisten."

„Ist es deshalb weniger wert?"

Also war es beschlossene Sache: Ihre Eltern feierten mit ihnen auf dem Stadler-Gut. Irene zweifelte in der Zwischenzeit daran, dass das eine gute Idee gewesen war. Warum nur war sie so versessen darauf gewesen?

*

Am Vormittag des 24. Dezembers fuhren sie los. Auf dem Gut hatte man über die Feiertage bloß ein paar Stammgäste, ältere Leute, meist Golfer, die entweder allein waren oder den Familienfeierlichkeiten entkommen wollten. Jeder hatte da seine eigene Geschichte.

Die „Großfamilie Nestelbach", wie Theo das Unternehmen mit einem Augenzwinkern bezeichnete, hatte jedenfalls den Wintergarten für sich alleine und Herr Martens würde ein kaltes Buffet zubereiten.

Als sie zu Mittag ankamen, gab's erst einmal Würstelsuppe, das war so Tradition. Anschließend ging man noch eine Runde spazieren, dann zogen sich alle auf ihre Zimmer zurück. So gegen 18 Uhr wollte man sich zum Aperitif treffen, danach gab es Abendessen und anschließend Bescherung.

Als Theo und Irene einige Minuten vor sechs in den Wintergarten kamen, fanden sie nicht nur einen wunderschön in Dunkelrot und Gold gedeckten Tisch vor, sondern auch Max, der gerade dabei war, das Foto seiner Mutter auf den einzig überzähligen und nicht gedeckten Platz zu stellen. Deswegen also hatte er es zu Mittag so eilig gehabt, zu Frau Martens zu kommen.

Theos Blick verdüsterte sich, als er dieses Arrangement sah. Auch Irene schwante Übles. Während sie sich das Bild besah, erschien

Vilma Nestelbach. Irene stellte das Bild wieder an seinen Platz und fragte: „Und wer soll daneben sitzen?"

„Ich auf der einen, Paula auf der anderen Seite."

Das ging Theo zu weit. „Du bist alt genug, du kannst machen, was du willst. Von mir aus nimmst du dir ein Bild zum Tischnachbarn. Aber Paula sitzt sicher nicht neben dem Bild ihrer Mutter."

„Du hast mir gar nichts zu sagen", konterte Max.

Vilma Nestelbach legte im Vorbeigehen eine Hand auf Theos Arm, um ihm zu bedeuten, er möge den Mund halten, ging auf Max zu und sagte, ohne jeden Vorwurf: „Ich kann dich gut verstehen. Aber möchtest du das Paula wirklich zumuten? Oder deiner Oma? Ich bin sicher, die beiden haben es heute ohnehin schwer genug. Jeder denkt heute an deine Mutter – auch ohne Bild."

Max starrte das Foto an, stand einige Sekunden unentschlossen da und nahm es in dem Moment vom Tisch, als Oma Brand mit Paula an der Hand den Wintergarten betrat.

Während die Damen einander begrüßten und Paula aufgeregt berichtete, dass das Christkind sicher schon da war, weil es im Vorraum Lametta verloren hatte, hatte Max Zeit, dass Bild rasch einzustecken.

So war also die erste Klippe umschifft.

Während Theo für sie und seine Mutter Champagner einschenkte, kamen ihre Eltern, dicht gefolgt von Katrin. Damit war die Runde komplett.

Begrüßung, Vorstellung, Einschenken, Zuprosten, das alles schaffte fürs Erste Beschäftigung und Gespräch. Es war Vilma und Katrin zu verdanken, dass das Gespräch nicht ins Stocken geriet. Die beiden hielten ein unverbindliches Gespräch am Laufen. Man mag über diese Art, viel zu reden und wenig zu sagen, urteilen wie man will, dachte Irene, aber es gibt Situationen, da ist nichts wohltuender als ein Gesprächspartner, der diese Kunst beherrscht.

Als Theo dann zu Tisch bat, war das Eis zwar noch nicht gebrochen, aber doch ein wenig angetaut, und das köstliche Essen tat ein Übriges. Sogar Oma Brand schien eine Zeit lang ihren Kummer zu vergessen und plauderte ganz angeregt mit Irenes Vater. Irene tat es fast leid, die angenehme Stimmung zu unterbrechen, aber Paula war schon ziemlich zappelig.

* * *

Während Irene das Weihnachtsevangelium vorlas, hatte Theo immer ein Auge auf Paula geheftet, übersah dabei jedoch Max, der schon während des Essens ziemlich still gewesen war. Bislang hatte Theo das als eher wohltuend empfunden. Als man nun begann, einander Päckchen zu überreichen und bei leiser Weihnachtsmusik ein frohes Fest zu wünschen, stürzte er aus dem Wintergarten und knallte die Tür hinter sich zu. Theo hatte zuerst Paula mit einem Päckchen versorgt und war gerade dabei, Irene den Ring zu überreichen, der mehr sagen sollte als nur „frohe Weihnachten", als er Max' Verschwinden bemerkte und ebenso, dass ausgerechnet Katrin ihm nachgegangen war. Theo wollte ihnen ebenfalls folgen, doch seine Mutter hielt ihn zurück und meinte gelassen:

„Lass sie. Wenn deine Exfrau sonst nichts kann, aber mit Kindern umgehen, das kann sie."

Als Max und Katrin nach wenigen Minuten wiederkamen, waren die anderen schon dabei, ihre Geschenke auszupacken. Theo überreichte seinem Bruder das Golf-Set, das er vorhin so trickreich hinter dem Christbaum versteckt hatte, und tat im Übrigen, als hätte er nichts bemerkt. Vilma hatte einen großzügigen Gutschein aus dem Pro-Shop dazu gelegt, von Oma bekam er einen Pyjama und einen Pullover und von Irene einen E-Book-Reader.

Plötzlich fragte Paula: „Glaubst du, Mami ist jetzt beim Christkind?"

„Das wollen wir doch nicht hoffen", murmelte Theo, aber das war definitiv die falsche Antwort, denn Paula schaute fragend in die Runde und weil niemand etwas sagte, fragte Irene: „Möchtest du etwas trinken? Cola vielleicht?"

„Im Sektglas?", fragte Paula interessiert.

„Im Sektglas", bestätigte Theo und schenkte ein.

Alle griffen zu ihren Gläsern und prosteten Paula und einander zu. Manchmal hilft eben auch der gute Wille.

*

Es hat noch eine ganze Weile gedauert, ehe Theo und Irene endlich allein waren. Irene entledigte sich ihrer Ohrclips, des schwarzen Blazers und der hochhackigen Schuhe und machte es sich auf dem Sofa bequem.

„Noch ein Schlummertrunk gefällig?"

„Gerne. Ich habe ohnehin die letzte Stunde nur noch Wasser getrunken."

Während Theo die beiden Gin-Tonics mixte, nahm sie das Schächtelchen mit dem Ring, betrachtete ihn und steckte ihn an den Finger.

„Gefällt er dir?"

„Was denkst du?", fragte sie lächelnd.

„Ich denke, es geht so."

„Dummkopf. Er ist einfach toll. Nur noch zu übertreffen von deiner Weihnachtskarte."

„Hast du meine Frage eigentlich schon beantwortet?"

„Nein. Ich warte noch."

„Worauf?"

„Dass du mit deinen Drinks endlich zu mir kommst."

Als er bei ihr saß, fragte sie: „Und du bist ganz sicher?"

„Hätte ich sonst gefragt?"

„Aber wir kennen uns doch kaum ein dreiviertel Jahr.

„Es ist ja auch erst ein Verlobungsring."

„Verlobung ist altmodisch."

„Ich auch", sagte Theo und küsste sie auf eine Art, die ihr keine Zeit ließ, darüber weiter nachzudenken.

* * *

Auch Yvonne war reich beschenkt worden an diesem Weihnachtsabend. Dennoch war sie nicht ganz glücklich – zum ersten Mal hatte sie Weihnachten ohne ihre Kinder gefeiert. Was die wohl machten ohne sie? Sie hatte Charles deren Existenz noch immer nicht eingestanden. Das war ihr Hauptproblem.

Anfangs lebten sie nur ihre Liebe, doch dann war auch bei ihnen der Alltag eingezogen. Und im Alltag zeigte sich, dass Charles nicht nur der philosophierende Romantiker war, den sie in der Camargue kennen gelernt hatte. Seit sie in seinem Haus am Gardasee waren, hatte sie langsam begriffen, dass er auch ganz bürgerliche Seiten hatte. Und sie hatte berechtigte Zweifel, dass er es gut finden würde, wenn er erfuhr, dass sie ihm seit einem halben Jahr die Existenz ihrer Familie verschwiegen hatte. Was, wenn er sie dann nicht mehr liebte? Sie brauchte ihn doch so sehr, ihn und seine Liebe. Sie konnte es einfach nicht riskieren!

* * *

Am Stadler-Gut ließ der angekündigte Schneefall zwar auf sich warten, so dass weder Langlauf noch Schifahren möglich war, aber dafür konnte man Golf spielen.

Max übte eifrig auf der Driving Range und da um diese Zeit kein richtiger Golf-Betrieb war, gab Theo seine Einwilligung, ihn ausnahmsweise auch ohne Platzreifeprüfung spielen zu lassen.

Oma Brand schien sich ein wenig zu erholen und Paula war sowieso dann am glücklichsten, wenn alle beisammen waren.

Über Yvonne wurde nicht gesprochen. Es half ja auch nichts. Wie oft hatte man in den vergangenen Monaten nicht über ihren Verbleib gemutmaßt. Doch da weder die österreichische noch die französische Polizei irgendetwas herausgefunden hatten, und auch der von Theo engagierte Privatdetektiv außer einer geschmalzenen Rechnung nichts erbracht hatte, schien nun jeder darauf bedacht, das Thema zu meiden.

Erkenntnisse

Max hatte oft das Gefühl, etwas unternehmen zu müssen, aber was sollte er tun? Er hätte gerne jemanden für das Verschwinden seiner Mutter verantwortlich gemacht. Theo zum Beispiel, doch dafür ließ sich auch nicht der geringste Hinweis finden. Außerdem mochte er Theos Mutter. Sie behandelte ihn wie einen Erwachsenen, sprach mit ihm wie mit ihresgleichen. Sie versäumte auch nie, ihm für irgendetwas einen Geldschein zuzustecken – und war der Anlass noch so gering. Dagegen ließ sich nichts sagen. Außerdem hatten ihre Worte am Weihnachtsabend ihre Wirkung nicht verfehlt. Er war alt genug zu erkennen, wie sehr Oma unter der Ungewissheit litt, und wenn er auch oft schreien hätte können, wenn er beobachten musste, wie schnell sich Paula mit der neuen Situation anzufreunden schien, musste er nicht froh sein, dass es so war? Mit einer weinenden Paula war ihm schließlich auch nicht geholfen.

Trotzdem war ihm schleierhaft, wie man sich mit zwei so Spießern wie Theo und Irene derart verbrüdern konnte. Für ihn waren sie der Inbegriff all dessen, was er nie sein wollte. Einzig Katrin war okay, die machte ihm wenigstens keine blödsinnigen Vorschriften und war auch sonst ganz lässig.

* * *

Am 30. Dezember wurden die Silvester-Gäste erwartet. Sandra und Günter kamen schon am Vormittag, Hans und Ilse am Nachmittag und abends kam Markus. Katrin war auch immer noch auf dem Gut, aber da sie sich allen gegenüber ausgesprochen liebenswürdig benahm, nahm niemand daran Anstoß.

Schon beim Frühstück war Theo aufgefallen, dass Herr Martens unter einer ausgewachsenen Verkühlung litt.

„Legen Sie sich um Gottes Willen ins Bett, Sie stecken uns ja noch alle an", hatte er gesagt, ohne sich weiter Gedanken zu machen.

Zu Mittag sah man Frau Martens eilig in der Küche herumeilen und hektisch telefonieren.

Am Nachmittag läutete Theos Telefon.

„Herr Doktor, eine Katastrophe", rief Helga Martens.

„Und zwar?"

„Mein Mann, 38,7 Grad Fieber."

„Ich hab' mir so etwas schon gedacht. Er war in der Früh schon schlecht beisammen. Aber da wir in Kürze auch noch einen zweiten Arzt hier haben werden, nehme ich an, es kann ihm noch geholfen werden."

„Ja schon, aber das Schlimmste kommt noch. Die Maria, die sonst in der Küche aushilft, die hat's auch erwischt. Jetzt steh ich da mit zwei Lehrbuben. Und ich kann doch nicht g'scheit kochen."

„Tja dann", meinte Theo gedehnt, „haben wir scheinbar ein Problem."

„Heute Abend kommen wir noch über die Runden. Mein Mann hat für solche Fälle immer etwas eingefroren. Und die paar Beilagen, das schaffen wir schon. Aber morgen ist doch Silvester!"

„Allerdings."

„Tja, also, ich werd' jetzt halt versuchen, jemanden aufzutreiben oder noch ein Catering zu organisieren. Viel Hoffnung habe ich nicht, schließlich ist morgen …"

„Silvester, ich weiß."

Theo beschloss abzuwarten und vorerst spazieren zu gehen. Da er gerne ein perfekter Gastgeber war, hatte er zwar ein unangenehmes Gefühl, wenn er an das bevorstehende Abendessen dachte, vertraute aber im Übrigen, wenn schon nicht auf Helga Martens' Kochkunst, so doch auf ihr Organisationstalent.

Doch es sollte sich herausstellen, dass diesmal auch das bekannte Organisationstalent von Helga Martens nicht ausreichte. Als man sich zum Abendessen zusammenfand, war immer noch keine Hilfe in Sicht.

*

Irene und Theo standen mit Frau Martens an der Bar, als Katrin zu ihnen stieß.

„Haltet ihr Kriegsrat?"

„Kriegsrat ist gut", meinte Irene. „Herr Martens ist krank und Frau Martens konnte keinerlei Hilfe auftreiben, weder einen Koch noch ein Catering."

„Ab wann haben wir ein Problem?"

„Das klingt ja, als ob wir das Wasser rationieren müssten!", warf Theo ein, doch die Damen ignorierten ihn.

„Heute Abend und Frühstück ist kein Thema, aber der morgige Abend. Wie der über die Bühne gehen soll, ist mir ein Rätsel", klagte Helga Martens.

„Dann koche eben ich."

Alle starrten Katrin ungläubig an.

„Was schaut ihr mich so an? Habe ich in Südfrankreich ein Restaurant betrieben oder nicht?"

„Ja, wenn du das wirklich machen würdest, wäre ich dir natürlich sehr dankbar. Ich biete auch gerne meine Hilfe an", freute sich Theo.

So viel Dankbarkeit wollte Irene nicht alleine auf Katrin sitzen lassen. „Ich helfe selbstverständlich ebenfalls!"

„Zwei Lehrbuben haben wir auch noch", ergänzte Helga Martens sichtlich hoffend, dass man auf ihre Dienste dann verzichten konnte.

„Dann machen Sie uns einmal eine Liste, welche Lebensmittel wir zur Verfügung haben, und dann überlegen wir, was wir daraus machen können", übernahm Katrin das Kommando.

„Sicher kann man das ein oder andere morgen noch besorgen", ergänzte Theo und folgte den Damen in den Speisesaal. Ganz wohl war ihm nicht bei der Sache.

Die Tatsache, dass der Koch ausgefallen war, war Thema des Abends. Nach dem Essen erschien Frau Martens mit zwei Listen. Auf der einen hatte Herr Martens die Lebensmittel aufgeschrieben, die er geordert hatte, auf der anderen waren die Dinge aufgeschrieben, die er daraus machen wollte.

Katrin griff sich die Liste mit den geplanten Speisen als Erste und sagte nach kurzem Überfliegen: „Also dieses Menü werden wir nicht machen, da stünden wir ja den ganzen Abend in der Küche. Was haben wir denn an Zutaten?"

Irene, die sich bereits in den Besitz der diesbezüglichen Liste gebracht hatte, las vor: „Frischer Lachs, frischer Thunfisch, Matjes und Garnelen werden morgen frisch geliefert. Dann gibt's da Landhenderln, Schweinsfilet, geräucherte Gänsebrust und Beinschinken.

Dazu jede Menge Gemüse, verschiedene Kräuter, Salate, Obst, verschiedene Milchprodukte und Käse. Ja und das Gebäck, das wird auch noch geliefert."

„Damit kann man doch etwas anfangen", meinte Katrin.

Während sich in der Folge die Tischrunde in zwei Gruppen teilte und zwar in jene, die Ahnung vom Kochen hatte, das waren Katrin, Irene, Theo und Oma Brand, und in die andere, die darüber nachdachten, wie sie erstere unterstützen konnten, hörte Theo Markus zu Irene sagen: „Du hast mir diese Katrin immer als arrogante, kleine Luxusbiene beschrieben, aber die ist ja richtig nett!"

Theo lächelte. Doch, nett konnte sie auch sein.

* * *

Ob Katrin nun eine Luxusbiene war oder nicht: Vom Kochen versteht sie etwas, dachte Irene. Während sich die Gruppe der Nicht-Köche bald wieder anderen Themen zuwandte, verbrachten Irene und Katrin einen Gutteil des Abends damit, in friedlicher Eintracht den Speiseplan zu entwickeln.

Bislang hatte Irene sich zwar bemüht, mit Katrin nicht die Klingen zu kreuzen, doch bei aller vordergründigen Harmonie war ihr bald klar gewesen, dass sie zu verschieden waren, um einander zu verstehen. Darüber hinaus traute sie Katrin nicht über den Weg, zu offensichtlich schien ihr, dass die immer noch entschlossen war, Theo für sich zu gewinnen.

Nichts von all dem war zu bemerken, seit sie die Sturmspitze einer kurzfristig zusammengestellten Küchenbrigade bildeten. Assistiert wurden sie von Theo, Oma Brand und den beiden Kochlehrlingen, die im Übrigen nicht schlecht staunten, als der Herr Graf samt Exfrau und Freundin noch am Abend in der Küche einzogen, um Umschau zu halten.

*

Das Gesamtkunstwerk Silvester begann bereits mit dem Frühstück, bei dem jedem sein Part übertragen wurde.

Sandra sollte sich mit Günther um die Raumdekoration kümmern, Hans und Ilse wurden ausgesandt, um noch einige Kleinigkeiten einzukaufen, und Markus sollte sich um Paula kümmern, denn auch Oma Brand wollte in der Küche nicht fehlen. Irene meinte zwar, dass das nicht notwendig sei und sie möge sich doch lieber ausruhen, aber Aurelia Brand sagte nur, dass sie sich nun genügend ausgeruht hat und Lust hätte zu helfen.

„Wo ist eigentlich Max?", fragte sie im Laufe des Vormittags.

„Eben mit dem Rad weggeflitzt", konnte Katrin berichten, die gerade am Fenster stand. „Sah aus, als ob er's eilig hätte."

„Das kann ich mir denken", ließ Theo sich vernehmen, während er auftragsgemäß die Petersilie hackte. „Er hat doch diese Brünette aus dem Sekretariat wieder getroffen. Diesmal schien sie einem kleinen Flirt nicht abgeneigt." Irene warf ihm einen tadelnden Blick zu, doch zu ihrem Erstaunen meinte die eben noch besorgte Oma gelassen: „Na endlich. Ich dachte schon, er interessiert sich nicht für Mädchen."

* * *

Herr Martens lag derweil, immer noch fiebernd, im Bett, aber Markus, der neben Paula auch noch den Patienten betreute, war der Meinung, dass es ihm schon morgen oder übermorgen wieder bessergehen würde.

Sandra war ihrem Ruf als kreative Handwerkerin einmal mehr voll und ganz gerecht geworden, und als Theo am Abend den Speisesaal betrat, glichen dieser und der Wintergarten einem fröhlichen Traum.

Sandra hatte einen Teil der Weihnachtsdekoration belassen und in diese Neujahrsymbole in fröhlichen Farben eingearbeitet.

„Nicht schlecht", murmelte Theo.

Außerdem hatte sie die Küchenbrigade bei der Aufstellung des Buffets unterstützt und auch hier ihr Gefühl für Farben und Formen unter Beweis gestellt.

Katrin, die eben in einem enganliegenden Paillettenkleid hereinschwebte, hatte in der Küche ebenfalls ganze Arbeit geleistet. Das Kleid, das ihre schlanke Figur ebenso vorteilhaft zur Geltung brachte wie ihre schlanken Beine, war in einem warmen Orangeton gehalten und hatte vermutlich eine Kleinigkeit gekostet. Die dazu passenden Schuhe mit den hohen Stilettos waren vermutlich auch nicht billig gewesen.

Silvester

Schon toll, wie Katrin das macht, dachte Theo. Schließlich hatten sie alle die Küche erst vor einer knappen Stunde verlassen und Katrin sah aus, als hätte sie den ganzen Tag im Beauty-Point verbracht. Während sie auf ihn zukam, dachte Theo einen kurzen Augenblick: Arme Irene. Sie war hundemüde gewesen.

Katrin schien sich ihrer Wirkung durchaus bewusst und lächelte ihn verführerisch an: „Bekomme ich schon mal ein Glas Champagner?"

„Selbstverständlich. Das hast du dir heute wahrhaft verdient", meinte Theo, während er einschenkte und ihr das Glas reichte.

„Ich bitte dich. Ist doch klar, dass die Familie in solchen Fällen zusammensteht. Außerdem war es mir eine Freude, wieder einmal mit dir zu kochen. Das haben wir doch immer gerne getan."

„Ja, es hat mir auch Spaß gemacht, wenngleich es heute etwas anstrengender war."

„Wir waren ja auch nicht ganz so entrez-nous wie früher. Aber vielleicht sollten wir …"

„Nicht einmal dran denken", vollendete Theo den Satz und ging lächelnd den ersten Gästen entgegen.

* * *

Während Irene zum dritten Mal ausprobierte, welche Ohrclips wohl am besten passten, klopfte es. Wer will denn jetzt schon wieder etwas von mir, dachte sie und rief: „Ja bitte!"

Es war Markus, schon im Anzug und mit zwei Krawatten in der Hand. Er hielt beide vor sie hin und fragte: „Was meinst du?"

„Die linke, die ist frecher. Aber seit wann machst du dir über so etwas Gedanken?"

„Na ja, dein Theo und die anderen sind immer so geschniegelt, da will man nicht ganz danebenstehen."

„Die Herren würden sich bedanken, wenn sie wüssten, dass du sie als geschniegelt bezeichnest."

„Silvester im Abendanzug. Ich habe gehofft, ich kann in Jeans und Hemd erscheinen."

Irene lachte: „Das wagt nicht mal Max. Außerdem ist es wirklich unpassend. Wir Damen ziehen uns nun mal gerne hübsch an – gerade zu solchen Gelegenheiten."

„Ja, ich weiß, das ist deine Welt."

„Deine denn nicht?"

„Sagen wir so: Die Leute sind trotzdem ganz nett. Können wir gehen?"

Irene hielt ihm ihre Schmuckauswahl hin.

„Die – die – oder die?"

„Das fragst du mich nicht ernsthaft?"

„Nein, eh nicht", seufzte sie und entschied sich für das auffälligste Paar.

Sie kamen gerade rechtzeitig, um eine kleine Katastrophe zu verhindern.

* * *

Max hatte es am Vormittag nicht nur wegen der Brünetten so eilig gehabt, sondern auch noch Zeit gefunden, eine Menge Raketen zu erstehen, mit denen er eben erschienen war.

„Das kommt ja überhaupt nicht in Frage", hatte Theo ihn beschieden und es war wieder einmal einen Ton barscher ausgefallen, als er es eigentlich gemeint hatte.

„Wieso? Alle schießen zu Silvester Raketen ab. Da ist doch nichts dabei. Und außerdem …"

„Es ist gefährlich und ich habe gesagt, es kommt nicht in Frage."

Max holte eben tief Luft für eine gesalzene Erwiderung, da trat Markus dazwischen: „Also alleine ist es wirklich gefährlich, aber ich könnte ja helfen."

Theo blickte ihn erst etwas verärgert an, meinte aber dann: „Tja, wenn du das kannst." Dann half er Irene aus dem Mantel.

* * *

Während Vilma Nestelbach plauderte, dachte sie, dass nichts den Unterschied zwischen Katrin und Irene deutlicher hätte machen können als die Art, wie sie sich für diesen Abend zurechtgemacht hatten.

Während Katrin mit dem orangefarbenen Kleid ihre Weiblichkeit ebenso unterstrichen hatte wie ihre zarte Figur, die sie jünger aussehen ließ, hatte Irene mit dem schwarz-weißen Zweiteiler ihre sachliche Eleganz vorteilhaft zum Ausdruck gebracht. Der schmale schwarze Rock ließ sie schlanker erscheinen und das schwarz-weiße Oberteil war an Nüchternheit kaum zu überbieten. Das Ganze wurde nur durch ein paar auffallender Ohrringe etwas gemildert. Dazu trug sie klassische schwarze Wildleder-Pumps mit einem niedrigen Absatz, fesch und bequem.

Ganz anders, aber auch sehr hübsch, dachte Vilma mit Genugtuung. Als Theo mit dem Sektglas in der Hand auf sie zuschlenderte, murmelte sie: „Junge, Junge, sie machen es dir nicht leicht." Und mit einem ganz kleinen Anflug mütterlicher Besorgnis setzte sie hinzu: „Hoffentlich wählst du diesmal die Richtige."

* * *

Zwanzig Minuten vor Mitternacht begab sich Irene auf die Suche nach Paula und Max. Max hatte sich gleich nach dem Essen in die oberen Clubräumlichkeiten zurückgezogen, um dort – Gott weiß mit wem – zu chatten und Irene vermutete, Paula wäre bei ihm. Doch als sie durch die Halle ging, fand sie die Kleine schlafend, zusammengerollt auf einer Bank.

Irene hatte wenig Erfahrung mit Kindern, aber sie konnte sich nicht erinnern, je eines kennengelernt zu haben, das, wann immer es müde war, sich hinlegte und schlief. Lärm, Licht, Rauch, alles kein Problem. Hauptsache, sie hatte das Gefühl, alle waren da. Während Irene gerade überlegte, ob sie die Kleine wecken sollte, bog Max um die Ecke und hatte bereits sein Raketenarsenal mit dabei.

„Hast du Markus gesehen?"

„Ich glaube er tanzt gerade."

„Er tanzt?", fragte Max ungläubig.

„Markus ist ein sehr guter Tänzer."

„In echt?" Max sah sie an, als hätte sie ihm gestanden, Markus wäre ein Außerirdischer. Sie beschloss, Paula schlafen zu lassen, und kehrte in den Wintergarten zurück.

Während das Personal bereits Sekt einschenkte wurde noch eifrig getanzt. Sie stellte wohlwollend fest, dass Markus sich heute wieder selbst übertraf, denn sie hatte ihn gebeten, sich ein wenig um Katrin zu kümmern. Aber sie hatte doch nicht gemeint, dass er den ganzen Abend mit ihr tanzen musste. Er war wirklich der verlässlichste Freund, den man haben konnte.

Drei Minuten noch, zwei, eins – Prosit Neujahr!

Jeder fiel jedem in die Arme.

Nun war das für Irene eine Wonne, als es sich um Theo handelte, eine liebe Gewohnheit bei Sandra und Markus, aber musste sie wirklich auch Katrin küssen? Keine Zeit darüber nachzudenken: Donauwalzer. Erst ein paar Runden mit Theo, abgeklatscht, nun Markus, dann Günther, Hans und als sie sich gerade überlegte, ob sie Max in Verlegenheit stürzen würde, wenn sie ihn aufforderte, sah sie, dass Katrin ihr bereits zuvorgekommen war.

Max schien zwar etwas mürrisch bei der Sache zu sein, aber er drehte seine Runden ganz ordentlich. Irene hätte gerne weiter getanzt, doch dann hieß es: in fünf Minuten auf der Terrasse – Feuerwerk!

Als sie ihre Mäntel holen wollten, fanden sie eine weinende Paula.

„Wo ist meine Oma?", heulte sie.

„Die schläft längst, du wolltest ja nicht mitkommen. Na komm, jetzt schauen wir uns erst mal das Feuerwerk an."

Also hatten sie die Schlaftrunkene in ihren Anorak gepackt und hinausgetragen. Theo hatte sie auf einem Sessel gestellt und einen Arm um ihre Schulter gelegt, während der andere Irenes Taille umfing. So begrüßten sie das neue Jahr.

Was es ihnen wohl bringen würde?

Ein neues Jahr beginnt

Während auf dem Stadler-Gut zu Neujahr die Sonne schien, war es am Gardasee grau und nebelig. Dieses Wetter, verbunden mit dem Kater, der der vergangenen Nacht unweigerlich folgen musste, drückte auf Yvonnes Stimmung.

Plötzlich hatte sie das dringende Bedürfnis, mit ihren Kindern zu reden. Zumindest ihre Stimmen wollte sie hören. Sie würde vom Festnetz anrufen und sich nicht melden, sie wollte einfach nur wissen, dass es ihnen gut ging.

Erwartungsvoll wählte sie die vertraute Nummer. Als sich auch nach mehrmaligem Läuten niemand meldete, beschloss sie, es am Abend wieder zu versuchen.

Doch auch am Abend blieb ihr Anruf ohne Erfolg. Das gab's doch gar nicht, wo konnten die denn sein? Plötzlich machte sie sich Sorgen – sechs Monate nach ihrer ungeplanten Flucht. Wovor war sie geflohen? Vor der Einsamkeit, der Gewohnheit, dem Alltag?

Alltag gab es auch hier, auch Gewohnheit, aber einsam war sie nicht mehr. Seit sie Charles begegnet war, hatte sie sich nie mehr einsam gefühlt. Er war eine verwandte Seele, ein Künstler, ein Träumer, aber auch einer, der den Alltag ganz gut im Griff hatte. Gewiss, er war sehr stolz auf das, was er da schrieb, aber er verstand es auch, das Geschriebene und sich selbst zu vermarkten. So hatte er es zu ansehnlichem Wohlstand gebracht, der Bäckersohn aus München.

Auch er lehnte alles Bürgerliche ab. Familienfeste, das war nichts für ihn. Aber er schickte seinen Eltern monatlich eine nette kleine Summe, sie sollten es nicht schlechter haben als er. Er konnte es sich spielend leisten, hatte sein Hausboot, das Haus am Gardasee, einen Jaguar in der Garage und seine Jeans, Hemden und Sakkos waren erster Güte.

Für dieses Glück hatte sie ihre Familie geopfert, ihre Kinder verleugnet. Dabei fragte sie sich immer öfter, ob das wirklich notwendig gewesen war und glaubte immer weniger, dass er ihr Handeln gutheißen würde, wenn sie ihm nun gestand, dass sie zwei Kinder hatte.

Aber sie konnte sich auch nicht vorstellen, dass er den Familienvater mimen würde, das schon gar nicht.

Gab es denn nie den Richtigen für sie? Erst der Graf, den sie mit seiner Ehefrau hatte teilen müssen. Dann die Jahre der Einsamkeit. Einer Einsamkeit, die kaum einer bemerkt hatte, und jetzt Charles. Hätte sie ihn aufgeben sollen, damals, im Spätsommer? Sie hatte doch vorgehabt, nach Hause zu fahren. Aber dann war sie hierhergekommen. Alles war noch so bunt und fröhlich gewesen und sie so verliebt.

* * *

Kaum eine Stunde nachdem Aurelia Brand mit Paula und Max vom Gut zurückgekehrt war, läutete das Telefon.

„Brand."

Niemand meldete sich.

„Wer war's denn?", rief Max aus seinem Zimmer, der offenbar befürchtete, dass er die Brünette versäumt hatte.

„Keiner. Da hat sich wahrscheinlich jemand verwählt."

Aurelia Brand hatte sich gut erholt. Die frische Luft hatte ihr gutgetan. Aber es war nicht nur die gute Luft gewesen, das wusste sie. Wesentlich bedeutsamer war, dass sie in diesen Tagen erlebt hatte, mit den Kindern nicht allein zu sein.

Sie konnte sich auf das Verschwinden ihrer Tochter noch immer keinen Reim machen und das belastete sie. Aber noch mehr hatte sie das Gefühl belastet, mit den Kindern völlig allein zu sein. Sie war nicht mehr die Jüngste, heuer würde sie siebzig werden. Das war zwar noch nicht ganz alt, aber jedenfalls zu alt, um zwei Kinder großzuziehen. Die Tage auf dem Gut hatten ihr – mehr als alles bisher – vor Augen geführt, wie sehr sich Theo für seine Halbgeschwister verantwortlich fühlte. Und nicht nur er, sie waren eingebettet in eine neue Familie. Das war nahezu unvorstellbar. Diese Anwältin, mit der er lebte, und die anfangs einen so kühlen, distanzierten Eindruck gemacht hatte, war nicht weniger bemüht gewesen als seine Exfrau Katrin. Und dass die Gräfin sie alle so freundlich aufgenommen hatte, das konnte sie schon gar nicht begreifen. Schließlich waren diese Kinder einer Verbindung entsprungen, die sie nicht gutheißen konnte. Nobel, wirklich nobel, dachte Aurelia bei sich.

Sie hatte nicht vor, sich ihnen mehr aufzudrängen, als notwendig war, aber sie wusste nun, dass man sie und die Kinder nicht im Stich lassen würde.

Auch die Kinder hatten sich verändert. Paula – bislang eine der Stillsten ihrer Klasse – hatte diesmal einiges zu erzählen gehabt, wie die Lehrerin ihr berichtete. Max tat seine Verliebtheit auch ganz gut, denn er war fast wieder wie früher – nicht auffallend höflich, aber auch nicht mehr auffallend unmöglich. Ein ganz normaler Siebzehnjähriger eben.

* * *

Auch Markus hatte seinen Dienst wieder angetreten. Ein Dienst, der ihn immer voll ausgefüllt hatte. Doch nun musste er feststellen, dass seine Gedanken gelegentlich abschweiften und dann war da so eine adrette Brünette in seiner Erinnerung, die beim Tanzen so biegsam in seinem Arm lag, und er erinnerte sich an Augen, rehbraun, in die wollte er bald wieder einmal schauen. Auch jetzt, auf dem Weg zum Büro des Chefarztes, fielen sie ihm ein, diese rehbraunen Augen.

Unsinnigerweise pfiff er vor sich hin: „Rehbraune Augen hat mein Schatz!"

Schön wär's, vermutlich griff er wieder nach den Sternen, wie bei Irene. Aber träumen, träumen würde man ja noch dürfen. Im Moment tat ihm dieser Gedanke besonders gut, schließlich wusste er, was auf ihn zukam. Eine neue Auseinandersetzung zum Thema Komplementär-Medizin. Er hasste diese Auseinandersetzungen, wie er Streit generell lieber aus dem Weg ging. Doch wenn es um seine Patienten ging, musste es eben sein. Er ließ sich doch von diesen verknöcherten, alten Bürokraten seine Überzeugung nicht ausreden. Für seine Überzeugung war er immer schon eingetreten – und es war ihm schon früher nicht immer gut bekommen.

In einer eigenen Praxis könnte er seine Ideen umsetzen. Der Gedanke war ihm in letzter Zeit schon öfter gekommen. Er musste das einmal durchrechnen, aber kaufmännisches Denken gehörte nicht zu seinen Stärken. Er würde es mit Irene besprechen, die war in solchen Dingen immer schon gut gewesen, oder mit ihrem Theo, wenn es ihn nun schon mal gab.

* * *

Weniger schwungvoll hatte Sandra das neue Jahr begonnen. In den vergangenen zwei Wochen hatte sie wieder so gelebt wie früher. Kein 14-Stunden-Tag, keine unangenehmen Gespräche, keine Buchhaltung, keine Listen, ja nicht einmal leere Wohnungen.

Immer noch saßen sie auf schön sanierten Altbauwohnungen, die keiner haben wollte. Mal war die Terrasse zu schattig, mal das Bad zu klein oder der Straßenlärm zu laut. Es gab offenbar unzählige Gründe, warum man eine Wohnung nicht kaufen wollte. Dabei hatten sie einen so vorteilhaft aussehenden Deal mit der Bank ausgehandelt. Wenn es ihnen gelingen sollte, in der ersten Jahreshälfte eine bestimmte Summe zurückzuzahlen, dann könnte Günther hinsichtlich der verbliebenen Darlehen Umschuldungen durchführen, so dass die Last der monatlichen Rückzahlungen durch die Verkäufe und durch Laufzeitverlängerungen wieder tragbar wäre. Gelänge das, wäre seine Firma saniert.

Aber es klang einfacher, als es war. Um die notwendige Summe bis Ende Juni zur Verfügung zu haben, mussten sie einen wesentlichen Teil der vorhandenen Wohnungen verkaufen – und zwar zu einem vernünftigen Preis. Wie fröhlich und unbeschwert war sie zu den Feiertagen gewesen – jetzt fiel ihr schon das Aufstehen am Morgen schwer.

* * *

Sandras Veränderung war auch Günther nicht entgangen.

Was sie im vergangenen Jahr für ihn getan hatte, hatte ihm Bewunderung abgerungen, aber er liebte nun mal die fröhliche Sandra, die unbeschwerte, freche und er würde es begrüßen, wenn sie weniger arbeitete. Schließlich war es seine Firma – immer noch und trotz allem. Wenn sie ihm helfen wollte, gut und schön. Langsam war er in den letzten Wochen wieder er selbst geworden. Fast ein kleines Wunder, wenn er bedachte, wie paralysiert er im Sommer gewesen war.

Das größte Wunder aber war, dass Sandra bei ihm geblieben war. Viel war von seinem Bekanntenkreis nicht übrig. Allerdings war das auch seine Schuld, weil er es nicht über sich gebracht hatte, ihnen die Wahrheit zu sagen. Vielleicht konnte er im kommenden Sommer, wenn alles geglückt war, den einen oder anderen Kontakt wiederaufleben lassen. Und dass es glücken könnte, daran glaubte er nun wieder. Sie würden es schaffen. Sie mussten es schaffen, auch um ihrer gemeinsamen Zukunft willen. Er war nicht der Mann, der zusehen konnte, wie seine Frau das Geld verdiente. Das könnte er niemals aushalten.

Anonym

Diesmal würde sie Hühnerschnitzel mit Erdäpfelsalat machen, entschied Aurelia Brand.

Im neuen Jahr hatte es sich eingespielt, dass Theo und Irene einmal in der Woche in die Pramergasse zum Abendessen kamen. Schuld daran war Paula.

Als Irene und Theo die drei nach dem Weihnachtsurlaub zu Hause absetzten und nichts anderes im Sinn hatten, als nach Hause zu kommen, hatte Paula eine Träne zerdrückt und letztendlich so herzzerreißend geheult, dass Theo in seiner Not versprochen hatte morgen – oder auch übermorgen – wiederzukommen. Oma Brand hatte im Gegenzug ein Abendessen versprochen.

„Machen Sie sich doch keinen Stress", hatte Theo gesagt. Aber kochen war für Aurelia kein Stress, sie kochte, seit sie denken konnte, und nie hatte es ihr Stress gemacht.

Auch diesmal verlief der Abend ganz angenehm. Die Hühnerschnitzel hatten allen geschmeckt, Paula war glücklich und Max zumindest erträglich. Während sie beim Essen saßen, hatte das Telefon geläutet. Max hatte abgehoben, aber es hatte sich niemand gemeldet.

In der darauffolgenden Woche hatte Aurelia Gulasch gemacht. So richtig mit Schweineschmalz und viel Zwiebeln, dazu frische Semmeln und ein kühles Bier für die Erwachsenen. Theo und Irene waren begeistert gewesen. Kurz bevor sie sich verabschiedeten, läutete neuerlich das Telefon. Max stürzte hin: „Hallo?"

Kurze Pause.

„Welcher Schwachsinnige ruft denn jetzt schon wieder an? Warmduscher!"

Mit lautem Knall legte er den Hörer auf. „Bei dem Knaben piept's wohl!"

Diesmal tadelte in Aurelia nicht für seine Ausdrucksweise.

„Wir haben da wirklich einen Depperten", sagte sie an Theo gewandt. „Seit ein paar Wochen ruft fast täglich jemand bei uns an, ohne sich zu melden."

* * *

„Was hältst du von diesen anonymen Anrufen?", fragte Theo, während er seinen Mercedes ausparkte.

„So etwas kommt immer wieder vor", meinte Irene nachdenklich.

„Schon, aber es könnte doch sein, dass jemand mit seinen Anrufen einen bestimmten Zweck verfolgt."

„Du denkst an Yvonne?"

„Wäre doch möglich."

„Aber wozu?"

„Das weiß ich auch nicht, aber ich kann mich ohnehin nicht in jemanden hineindenken, der einfach verschwindet."

Jedenfalls rief Theo am darauf folgenden Tag Frau Brand an: „Ich möchte Ihnen wirklich keine falschen Hoffnungen machen, aber ich würde Sie bitten, darauf zu achten, ob Ihr ominöser Anrufer im Display eine Nummer hinterlässt und wenn ja welche. Es ist natürlich möglich, dass der Anrufer oder die Anruferin verschiedene Anschlüsse benützt. Deswegen würde ich Sie bitten, alle Nummern aufzuschreiben, die Sie am Display erkennen."

„Mach ich."

„Noch etwas: Sagen Sie nichts zu Max. Es ist ja nur ein Verdacht, und vielleicht handelt es sich ja wirklich nur um einen ganz gewöhnlichen Irren."

„Aber Sie glauben, es könnt' meine Tochter sein."

„Nun, das wäre immerhin möglich."

„Komisch. Daran habe ich auch schon gedacht."

In der darauffolgenden Woche kamen vier Anrufe, zweimal mit der gleichen Nummer. Theo befragte neuerlich den Privatdetektiv. Der Anschluss gehörte einem gewissen Karl Schultz, wohnhaft in Riva, am Gardasee. Kurz darauf hörten diese Anrufe auf, wie sie begonnen hatten.

Der Jägerball

Irene bekam für gewöhnlich vom Fasching nicht viel mit, aber dieses Jahr war alles ein wenig anders. Paula hatte für das Schulfest und eine Kinderparty als Sonnenblume ausstaffiert werden müssen und Max war zum ersten Mal betrunken nach Hause gekommen.

„Was sagn's denn dazu Herr Doktor?", hatte die Oma in ehrlicher Erschütterung gefragt.

„Hoffentlich ist ihm ausreichend schlecht gewesen", hat Theo geantwortet. Sonst verlor er kein Wort darüber, was ihm bei Max anscheinend einmal einen Pluspunkt eingebracht hatte.

Gemeinsam mit Hans und Ilse hatten sie einen Ball in der Hofburg besucht, und am Faschingssamstag mussten sie nach Graz zum Jägerball, dass sei Pflicht, sagte Theo.

Eine Pflicht, die sie an seiner Seite gerne wahrgenommen hätte, wäre da nicht Katrin gewesen. Denn Katrin war es gelungen, für diesen Ball ebenfalls eine Einladung zu ergattern.

„Ich kann dir auch nicht sagen, wie sie das angestellt hat. Jedenfalls muss sie sich eine Menge Mühe gemacht haben, denn es ist gar nicht so einfach, an Karten zu kommen. Man kann sie nicht einfach im nächsten Kartenbüro kaufen und meine Mutter hat ihr ganz sicher keine besorgt."

Diese Versicherung besänftigte Irene ein wenig, dennoch fand sie die Situation unmöglich.

„Das ist doch kein Problem", hatte Theo nur gesagt.

„Ach, ist es nicht?"

„Nein, ist es nicht. Wir müssen eben einen passenden Begleiter für sie finden."

„Das heißt aber, wir brauchen eine zusätzliche Einladung, es ist ja keine gewöhnliche Ballveranstaltung, wie du mir soeben erklärt hast."

„So ist es. Fast so, wie seinerzeit bei Almack. Ich organisiere die Karte, du den Begleiter."

„Du denkst an Markus?"

„Ich glaube nicht, dass er sich lange bitten lässt."

* * *

Markus tauschte sogar seinen Dienst dafür. Da das Stadler-Gut noch im Winterschlaf lag, reservierte Theo drei Zimmer im Grand Hotel. Außerdem begleitete er Irene beim Kauf eines sündteuren Abenddirndls. Als er anschließend die Rechnung bezahlen wollte, sagte Irene: „Das ist wirklich lieb von dir, aber ich bezahle meine Kleidung gerne selbst."

„Und ich würde dir dieses Dirndl gerne schenken."

„Sei mir nicht böse, aber gerade dieses Dirndl würde ich gerne selber kaufen!"

„Sei mir nicht böse, aber das finde ich albern. Willst du vielleicht eines Tages auch noch dein Brautkleid selber kaufen?"

„Eigentlich schon!"

„Das Dirndl von mir aus, das Brautkleid niemals!"

Damit steckte er seine Geldbörse wieder ein und Irene zückte ihre Kreditkarte. Schweigend verließen sie das noble Innenstadtgeschäft.

„Spendierst du mir jetzt ein Glas Sekt?", fragte Irene und hängte sich bei ihm ein.

„Denkst du wirklich, dass du das annehmen kannst?"

„Aber ja! Ich würde ohne Bedenken auch noch ein halbes Dutzend Austern annehmen."

„Soll ich mich jetzt geschmeichelt fühlen?"

„Ach komm, sei kein Frosch!"

„Ich bin es nicht gewöhnt, dass man meine Geschenke zurückweist."

„Und ich wollte dich bestimmt nicht kränken. Vielleicht stärkt ein selbst bezahltes Abenddirndl einfach mein Selbstvertrauen, wenn ich Katrin gegenüberstehe."

„Muss ich das verstehen?"

„Nicht unbedingt."

„Also schön. Gehen wir ins Firenze?"

„Gern!"

Als sie wenig später vor dampfend heißen Trüffelnudeln saßen, fragte Irene: „Hat Katrin ihre Trachtenmoden auch bei Postmann gekauft? Du schienst dort gut bekannt zu sein."

„Könnten wir das Thema Katrin für heute streichen?"

„Du hast recht, die Frage war unzulässig, ich ziehe sie zurück."

Wenn Theo auch Irene gerne ein Abenddirndl gekauft hätte, so hätte er auf das Vergnügen, seiner Exfrau eines zu bezahlen, doch gerne verzichtet. Irene hatte ja recht. Die Verkäuferin bei Postmann hatte ihn erkannt, natürlich, schließlich hatte Katrin all ihre Trachtenmoden dort gekauft.

Theo hatte auch das Gefühl gehabt, dass sie ihn irgendwie scheel betrachtet hatte. Als er wenige Tage nach dem denkwürdigen Einkauf mit Irene eine Rechnung der Firma Postmann über ein Abenddirndl zugestellt erhielt, konnte er sich erst keinen Reim darauf machen, aber dann war ihm ein Licht aufgegangen.

Ein Abenddirndl „Helena" Größe 38. Katrin hatte sich offenbar ebenfalls bei Postmann eingekleidet und es vorgezogen, ihre Rechnung nicht selbst zu bezahlen. Er konnte sich gut vorstellen, dass ihr in der Zwischenzeit langsam das Geld ausgegangen war. Alleine das Kleid, das sie zu Silvester getragen hatte, musste ein kleines Vermögen verschlungen haben.

Sie hatte bei der Scheidung auf alle Ansprüche verzichtet, um Robert das Gefängnis zu ersparen. Jetzt hatte sie weder Robert noch eine standesgemäße Versorgung. Schon allein deshalb würde sie versuchen, ihn wieder für sich gewinnen, auch damit hatte Irene recht.

Theo zweifelte keine Sekunde daran, dass das ihr Plan war, und zwar seit jenem Samstag im Advent, an dem sie so unangekündigt bei ihm aufkreuzte.

Vielleicht konnte er einen geeigneten Kandidaten finden, der ihr Interesse auf sich zog. Der pummelige Markus würde es leider nicht sein. Schade eigentlich. Aber in der Zwischenzeit würde seine Anwesenheit als Katrins Begleiter zumindest Irene zufrieden stellen.

Theo wusste auch schon, wie Katrin an die Ballkarte gekommen war. Aber das würde er Irene besser nicht erzählen. Katrin war dafür eigenes nach Graz gefahren und mit dem Herrn von Kreuzingen essen gegangen. Das war nun wirklich ein Opfer gewesen, denn der Herr Baron Kreuzingen war schon etwas ältlich und ihr immer schon nachgestiegen. Aber seine Frau war nun mal die Ballmutter, und von der hätte sie nicht einmal eine Einladung zu einem Kinderfasching bekommen. Nicht nach ihrem französischen Abenteuer.

Auch seine Mutter war ihr nicht behilflich gewesen, obwohl Katrin sie ausdrücklich darum ersucht hatte, auch das wusste Theo.

„Ich fürchte, das steht nicht in meiner Macht", hatte Vilma gesagt, was eine faustdicke Lüge gewesen war, wie Theo ebenfalls wusste, da sie mit den Kreuzingens bestens befreundet war.

Immerhin hatte seine Mutter sich damit nicht nur auf seine, sondern auch auf Irenes Seite geschlagen. Das wunderte ihn. Er wusste zwar, dass seine Mutter Katrin ihr französisches Abenteuer nicht verziehen hatte, aber er hätte nicht gedacht, dass sie so eindeutig Stellung beziehen würde.

Nun gut, Katrin hatte die Einladung. Aber was wollte sie auf einem Fest, auf dem keiner sie wollte? Die Dame Kreuzingen nicht, ihre Ex-Schwiegermutter nicht und Irene schon gleich dreimal nicht.

Zumindest Markus würde sich freuen. Der war zwar vermutlich nicht ganz ihr Stil, aber immerhin Akademiker – und tanzen konnte er auch. Zu Silvester hatte sie ganz schön heftig mit Markus geflirtet, vermutlich wollte sie Theo eifersüchtig machen. Der Plan war gescheitert und das hatte sie fürs Erste zur Kenntnis genommen, aber Theo ahnte, dass sie nicht so leicht aufgegeben würde.

* * *

Es konnte doch nicht sein, dass Theo gar nichts mehr für sie empfand, dachte Katrin, während sie sich für den Ballabend zurechtmachte. Na schön, sie hatte ihn verletzt und er hatte sich anderweitig getröstet. War ja sein gutes Recht. Aber jetzt war sie doch wieder da!

Natürlich hatte sie nicht erwarten können, dass er mit fliegenden Fahnen zu ihr überlaufen würde, dazu war er zu stolz. Aber jetzt war sie schon mehr als zwei Monate hier.

Wie hatten sie sich nicht geliebt. Und sie war doch immer noch dieselbe, dachte sie, während sie sich im Spiegel betrachtete. Sie sah immer noch blendend aus, keine Falte, kein graues Haar. Was wollte er denn mit dieser blonden Emanze?

Eine eigene Kanzlei, vielleicht ein bisschen eigenes Geld, na schön. Aber kein Tropfen blaues Blut in ihr. Und jetzt ließen die beiden auch noch diesen kleinen Arzt für sie antanzen, lächerlich! Nun gut, sie würde sich heute Abend mit ihm amüsieren – zumindest würde es so aussehen.

Sie waren für zwanzig Uhr in der Hotelbar verabredet. Also erschien Katrin etwa zehn Minuten später. Auch zu spät kommen will gelernt sein, dachte sie, während sie auf die drei zueilte: „Ihr Lieben, welch eine Freude!"

Dann küsste sie der Reihe nach Theo, Markus und Irene.

„Möchtest du noch etwas trinken?"

„Gerne."

Ohne nachzufragen bestellte Theo ein Glas Champagner. Das Gespräch zog sich dahin, wie mühsam. Doch kaum hatte sie den Fuß in den Ballsaal gesetzt, ergriff sie ein Gefühl beschwingter Heiterkeit. Sie war gerne in Gesellschaft, liebte es zu plaudern, zu scherzen, zu flirten und zu tanzen und sie genoss die bewundernden Blicke der Männer, die immer wieder auf ihr ruhten.

Theo und Irene? Nach dem zweiten Glas Sekt sah sie das nicht mehr so eng, nach dem dritten war es ihr egal. Sollte er mit seiner Irene doch glücklich werden! Blaues Blut? Pah! In welcher Zeit lebten sie denn? Dennoch konnte sie es sich nicht verkneifen, Irene gegenüber im Laufe des Abends zu erwähnen, wie dankbar sie Theo doch für die Einladung war und wie lieb von ihm, dass er ihr auch noch ein Dirndl geschenkt hatte. Die Saat war gesät, nun konnte sie den Abend in vollen Zügen genießen.

Markus war natürlich nicht so attraktiv wie Theo, dafür aber ganz offenbar sehr in sie verliebt. Der liebe Markus. Wie hätte sie ihn abweisen können?

* * *

Katrins wie zufällig hingestreute Bemerkungen über die Ballkarten und das Dirndl waren Irene ohne Umwege in die Magengrube gefahren. Katrin hätte ihr ebenso gut einen Boxhieb versetzen können. Irene war diszipliniert genug, es sich nicht anmerken zu lassen, aber das kostete sie enorm viel Kraft. Theo hatte vorhin mit seiner Mutter getanzt, dann hatte sie ihn aus den Augen verloren. Mit Katrin war er jedenfalls nicht unterwegs, die flirtete gerade mit Markus. Auch das noch! Nicht genug, dass sie ständig versuchte, einen Keil zwischen sie und Theo zu treiben, verdrehte sie nun auch noch Markus den Kopf. Mit dem meinte sie es doch nie und nimmer ernst.

Irene lächelte freundlich in die Tischrunde und entschuldigte sich kurz. Im Waschraum zog sie ihren Lippenstift nach und betrachtete sich im Spiegel. Das royalblaue Brokatdirndl, das ihr im Geschäft so gut gefallen hatte, und der pinkfarbige Lippenstift, den sie heute Nachmittag noch so toll fand, ließen sie alt aussehen. Katrin, in ihrem roten Seidendirndl, sah daneben aus wie das blühende Leben. Irene straffte die Schultern und ging aufrecht und lächelnd in den Ballsaal zurück. Die Musik spielte gerade einen Walzer, von Theo immer noch keine Spur. Nach einer schier endlosen Zeit kam er zurück. „Entschuldige, aber ich hatte hier etwas zu erledigen, erzähl' ich dir später", raunte er ihr zu.

Sie fühlte sich davon seltsam beruhigt. Es war nicht so sehr das, was er gesagt hatte, vielmehr die Art, wie er gesagt hatte, ließ sie eine Vertrautheit empfinden, die nicht einmal der Gedanke zunichtemachen konnte, dass er Katrins Abenddirndl bezahlt hatte. Dennoch brannte ihr die Frage auf der Zunge, sie löschte vorerst mit einem Glas Wein. Erst als sie aufs Zimmer kamen, machte sie ihrem Ärger Luft.

„Hast du Katrins Abenddirndl auch bei Postmann gekauft?"
Ihre Stimme zitterte dabei vor unterdrückter Wut, sie hätte sich ohrfeigen können.

„Ich habe es nicht gekauft, ich habe es bloß bezahlt."

„Den Unterschied musst du mir erklären."

„Das ist einfach. Katrin hat die Rechnung zu mir schicken lassen. Was blieb mir anderes übrig, als sie zu bezahlen. Hat sie dir das erzählt?"

„Nicht direkt, sie hat einfach nur erwähnt, dass sie dir so dankbar sei, weil du ihr die Einladung verschafft und das Kleid gekauft hast."

„Halbwahrheiten – und davon wird meine toughe Anwältin eifersüchtig?"

„Quatsch! Ich ärgere mich nur." Irene fetzte ihr teures Dirndl in die nächste Ecke.

„Den Unterschied musst du mir erklären", lächelte Theo.

Yvonne

Der Februar war durchs Land gezogen und auch der März schon fortgeschritten, als Yvonne wieder mit ihren stummen Anrufen begann.

Sie waren von einer Reise in die Staaten zurückgekehrt. Es war eine wunderbare Zeit gewesen. Aber jetzt hatte sich Charles hinter seinen neuen Roman geklemmt, er wollte die gewonnenen Eindrücke so rasch wie möglich verarbeiten.

Auch Yvonne hatte drüben einige recht brauchbare Skizzen gemacht, doch nun setzte sie diese nur zögernd um. Wie gut, dass Charles viel zu sehr mit seinem neuen Roman beschäftigt war, um danach zu fragen.

Sie hatte gehofft, dass der Frühling schon ins Land gezogen sei, wenn sie zurückkamen. Doch nun regnete es und solches Wetter drückte Yvonne bekanntlich aufs Gemüt.

Sie hatte ein einfaches Abendessen zubereitet, das immerhin hatte sie in der Zwischenzeit gelernt, aber Charles ließ auf sich warten. Er sei gerade mitten in einem Gedanken und wollte diesen noch zu Ende bringen, hatte er sie wissen lassen. Sie hatte tagsüber ein wenig gemalt, aber nicht viel zustande gebracht.

Jetzt war er wieder da, der Gedanke an ihre Familie. Durfte sie sie noch so nennen? Vermutlich nicht. Sie hatte ihre Kinder und ihre Mutter im Stich gelassen. Sie hatte kein Anrecht mehr auf sie, sie würde sich jetzt nicht in ihr Leben drängen. Aber zumindest wollte sie wieder einmal eine vertraute Stimme hören. Sie wählte die Wiener Nummer – diesmal war Paula am Apparat: „Ja bitte! Wer spricht denn bitte? Hier spricht Paula."

Yvonne biss sich auf die Lippen, um nicht zu antworten.

„Oma! Da ist schon wieder der anomyse Anrufer."

Zack, aufgelegt. Im gleichen Moment kam Charles und küsste sie verführerisch auf die Schulter.

„Was gibt's denn Cherie?"

„Ach nichts."

„Nichts? Ich dachte du hast gekocht."

„Ach das. Penne – Penne arrabiata."

„Was du schon alles kannst."

„Ja, nicht wahr", lächelte Yvonne, aber ihr Herz war gerade in Wien.

* * *

Theo ersuchte Oma Brand, wieder auf die Telefonnummern zu achten. Es war die gleiche italienische Nummer, die er schon einmal überprüfen hatte lassen. Die Nummer von Karl Schultze aus Riva.

„Das kann kein Zufall sein", meinte nun auch Irene, und für Theo war klar, dass es jetzt an der Zeit war, zu handeln.

„Den Karl schau ich mir an."

„Nimmst du mich mit?"

„Dich auf jeden Fall. Die Frage ist, wen wir sonst noch mitnehmen."

„Katrin vielleicht?"

„Sei nicht kindisch!", erwiderte er ungewohnt brüsk.

Irene schluckte, aber jetzt war nicht der geeignete Zeitpunkt, um den einen oder anderen Giftpfeil in Richtung Katrin zu schleudern.

„Du meinst die Kinder?"

„Ja, aber ich bin nicht sicher."

„Vielleicht sollten wir unseren Hauspsychologen befragen."

„Rufst du ihn an?"

„Ich denke du hast Hunger."

„Gut, dann mach ich das."

„Ich mach einstweilen den Auflauf und ich lasse grüßen."

Als sie beim Abendessen saßen, fragte Irene: „Und? Was meint Markus?"

„Er kommt nachher auf ein Glas Wein vorbei."

„Heute noch? Und ich habe mich auf einen gemütlichen Fernsehabend gefreut."

„Ich dachte, dein alter Freund ist dir immer willkommen. Deinen Krimi kannst du dir auch morgen noch anschauen." Eine Stunde später saßen sie zu dritt bei einem Glas Wein im Kaminzimmer: „Wissen die Kinder von eurer Vermutung?"

„Paula keinesfalls, bei Max sind wir nicht sicher. Wir haben nicht mit ihm darüber gesprochen, auch Frau Brand nicht. Aber wenn er nicht ganz doof ist, könnte er selbst darauf kommen."

„Und da er nicht doof ist", entgegnete Markus „sollten wir davon ausgehen. Trotzdem fände ich es besser, wenn ihr alleine das Terrain sondiert. Wir wissen ja nicht, was euch dort erwartet."

„Richtig. Um diese Zeit hat auch noch kein vernünftiges Hotel geöffnet. Die Saison beginnt erst Anfang Mai."

„Klingt verlockend!", warf Irene ein.

„Trotzdem müsst ihr hinfahren."

„Oh, mach dir keine Sorgen", entgegnete Theo. „Nichts kann mich abhalten, dieses Weib zu suchen. Und jetzt haben wir zum ersten Mal eine Spur." Theo sah beim Gedanken an Yvonne richtig grimmig drein.

„Wenn du sie so ansiehst, ergreift sie die Flucht, und ich könnte es ihr nicht einmal verdenken", lästerte Irene.

„Ich bringe sie zurück, vertrau mir. Und wenn ich sie an den Haaren nach Wien schleifen muss."

Markus konnte sich ein kleines Lächeln nicht verkneifen. „Interessante Variante."

Später sprachen sie über sein neues Projekt. Er erwog eine eigene Ordination.

„Ich habe auch schon so etwas wie einen Finanzierungsplan aufgestellt. Könntet ihr einen Blick darauf werfen?", dabei zog er ein zweifach gefaltetes A4-Blatt aus seinem Sakko.

„Lass anschauen", sagte Theo und nahm ihm das Blatt aus der Hand. Er besah das Werk, das Markus einen Finanzierungsplan nannte, und meinte etwas spöttisch: „Das ist eine Aufstellung der notwendigen Geräte, kein Finanzierungsplan. Hast du schon eine Ordination im Auge? Kassenverträge?"

Markus schüttelte den Kopf.

„Wenn du ohne Kassen auskommen willst, musst du dir einen teureren Standort leisten."

„Ich will ja kein Schickimicki-Arzt werden."

„Und wer wird deine Honorare bezahlen? Hast du schon ausgerechnet, wie viele Patienten du brauchst, um über die Runden zu kommen?"

„Ich könnte anfangs im Spital weiterarbeiten."

„Trotzdem, du wirst Fixkosten haben. Also, wo soll die Ordination sein? Und wie groß?"

„Nicht allzu groß und wo ist doch gleich."

Theo schüttelte den Kopf, stand auf und holte seinen Laptop.

*

Da Theo sich entschlossen hatte, der Sache mit den Anrufen auf den Grund zu gehen, wollte er die Fahrt nicht länger aufschieben. Außerdem stand Ostern vor der Tür und sie wollten vor Beginn der Osterferien wieder zurück sein. So packten sie ihre Schisachen zusammen, Irene delegierte ein paar Verhandlungen und schon konnte es losgehen. Am Vorabend waren sie noch in der Pramergasse gewesen. Paula war gar ganz unglücklich gewesen, als sie hörte, dass die beiden für einige Tage verreisten.

„Da kann ich dieses Wochenende gar nicht schwimmen", hatte sie erst geschluchzt, dann war sie in ihr Zimmer gelaufen und hatte sich unter ihrem Bett verkrochen. Als Theo und Irene kamen, um sich zu verabschieden, saß sie immer noch dort.

Theo bückte sich wortlos und hielt ihr seine Hand entgegen.

Nach einer kleinen Weile kam Paula hervorgekrochen.

„Ich habe deiner Oma gerade den Schlüssel zu unserer Wohnung gegeben und sie hat versprochen, mit dir am Wochenende unsere Blumen zu gießen und schwimmen zu gehen."

Der Trick mit dem Blumengießen war von Irene. Oma Brand wäre sonst nie allein in seine Wohnung gegangen, auch nicht, um Paulas Schwimmleidenschaft zu befriedigen.

„Aber ihr seid dann fort."

„Wir kommen doch wieder."

„Das hat Mami auch gesagt."

„Mag sein. Aber wenn ich sage, wir kommen zurück, dann kommen wir zurück."

* * *

Es war eiskalt, aber sonnig, als sie abfuhren. Irenes Sekretärin hatte ihnen in einem hübschen kleinen Wellness-Hotel bei Wolkenstein ein Zimmer besorgt. Das Hotel war klein, aber gemütlich und hatte Stil. In der Halle brannte Feuer im offenen Kamin und man begrüßte sie mit einem Glas Champagner. Auch das Zimmer war hübsch eingerichtet. Sie hatten beschlossen, erst einen Schitag einzulegen, bevor sie ihre Mission antraten. Dem ersten Schitag folgte ein zweiter, weil das Wetter gar so schön war. Erst am Sonntag fuhren sie an den Gardasee.

Irene fühlte sich schon beim Frühstück eigenartig nervös, selbstverständlich sagte sie das nicht. Theo schien es trotzdem zu spüren. „Willst du nicht lieber hierbleiben und dir eine Kosmetik gönnen?"

„Schau ich aus, als ob ich das nötig hätte?"

„So war es nicht gemeint." Das klang gekränkt. Gott, was konnte der Mann kompliziert sein. Nun gut, ihre Entgegnung war spitzer gewesen, als beabsichtigt.

„Du glaubst doch nicht, dass ich dich jetzt alleine lasse."

„Weil du neugierig bist, meine Schöne."

„Warum auch immer, ich bin dabei."

Sie fuhren über Bozen, Trento und waren für Irenes Begriffe viel zu schnell in Riva. Da die angegebene Adresse etwas außerhalb lag, mussten sie mehrfach danach fragen. Das Haus lag in einer sehr gepflegten Siedlung.

„Ärmlich sieht's hier nicht aus", meinte Irene beeindruckt.

„Ein Hinweis mehr, dass wir sie hier finden. Sie hat ja bekanntlich Geschmack."

„Weil sie sich einen Grafen Nestelbach geangelt hatte?"

„Richtig."

Sie stiegen aus und gingen den gepflegten Kiesweg entlang zum Eingangstor. CHARLES DE MUNIQUE stand in gezierter Schreibschrift auf einer blank polierten Messingtafel.

Kein Schultze, aber immerhin ein Karl.

„Aber de Munique hat mit Schultze eher wenig zu tun?"

„Vielleicht doch", Theo hatte den Finger bereits auf der Klingel.

Das Tor öffnete mit einem leisen Summen.

So betraten die beiden das Haus, ohne dass ihnen jemand entgegenkam.

„Seltsam", murmelte Irene, der nicht ganz wohl war in ihrer Haut. Sie sah auf Theo, doch den schienen keinerlei Skrupel zu plagen. Die Eingangshalle war an Boden und Wänden mit weißen Marmorplatten belegt. Eine gewendelte Treppe, ebenfalls aus weißen Marmorplatten, führte ins Obergeschoss. Sehr hell, sehr kühl, sehr gediegen.

Die Kleiderablage war schlicht und modern und bildete einen aufregenden Gegensatz zum schmiedeeisernen Stiegengeländer. Eigenwillig, aber nicht störend. Am sonnigsten Platz stand ein Flügel, davor ein Klavierschemel, vor dem Fenster eine Grünpflanze, sonst nichts.

„Ist hier jemand?", rief Theo und seine sonore Stimme hallte in der Halle wider.

„Bin ja da", kam es zurück.

„Komiker", sagte Theo halblaut und Irene flüsterte: „Immerhin, menschliches Leben."

Die Stimme war aus dem Obergeschoss gekommen, also machten sich die beiden auf den Weg.

„Bin in der Bibliothek!"

„Wo immer die auch sein mag", murmelte Theo und folgte dem Klang der Stimme. Die Tür zur Bibliothek stand offen und Theo und Irene waren schon mittendrin, als Charles endlich in seiner Arbeit innehielt, nun doch aufstand, um sie mit einem kurzen „Sie wünschen?" zu begrüßen.

„Entschuldigen Sie unseren Überfall und gestatten Sie, dass ich mich vorstelle: Mein Name ist Doktor Nestelbach."

„Wie schön für Sie."

Das war nicht gerade die Antwort, mit der Theo gerechnet hatte, dennoch parierte er, ohne mit der Wimper zu zucken:

„Ich freue mich auch, Sie kennen zu lernen."

„Habe ich etwas Ähnliches gesagt?"

„Ich habe es so verstanden."

„Wie schön für Sie."

„Das sagten Sie bereits."

Irene gluckste.

Theo fuhr scheinbar ungerührt weiter: „Habe ich die Ehre mit Charles de Munique?

„Mein Künstlername. Ich bin Schriftsteller. Kriminalromane."

„Daher ist mir der Name so bekannt vorgekommen. ‚Die Tote vom Lago di Tenno'", murmelte Irene.

„Mein vorletztes Werk", antwortete Karl Schultze nicht ohne Stolz. „Hat es Ihnen gefallen?"

„Ich fand den Roman sehr spannend", antwortete Irene.

Die Antwort schien Charles de Munique zu gefallen, denn noch bevor Theo erklären konnte, weshalb sie eigentlich gekommen waren, eilte er zum Fenster und rief: „Cherie! Wir haben Gäste."

Als Charles seine Gäste auf die Terrasse führte, kam ihnen Yvonne in einem wallenden, bunten Gewand entgegen. Plötzlich blieb sie wie angewurzelt stehen.

„Theo – du?"

„Ihr kennt euch?" Erst schien Charles erstaunt, er hatte sich bisher offenbar keine Gedanken gemacht, warum die beiden gekommen waren. Yvonne war blass geworden und stammelte: „Ja Schatz. Das sind … Freunde. Freunde … aus Wien. Das ist Theo und … seine Freundin", stotterte sie.

„Ich freue mich sehr, endlich Freunde von ma Cherie kennen zu lernen", sagte Charles und schien es so zu meinen.

„Was darf ich Ihnen anbieten? Kaffee? Oder lieber ein Glas Prosecco?"

Irene entschied sich für den Prosecco, Theo für Kaffee.

Nachdem Yvonne keine Anstalten machte, das eine oder das andere zu holen, machte sich Charles auf den Weg.

„Was ist passiert?", flüsterte Yvonne, sobald er die Terrasse verlassen hatte.

„Was passiert ist?", wiederholte Theo gedehnt. „Du bist davongelaufen und hast deine Kinder zurückgelassen, das ist passiert!"

„Wie habt ihr mich gefunden? Warum seid ihr hier? Charles hat keine Ahnung."

„Ja, das dachte ich mir fast schon. Aber wenn du glaubst …"

Weiter kam Theo nicht, Charles kam mit dem Prosecco zurück.

„Wie schön Sie es hier haben", sprang Irene hilfreich ein und wies auf den See.

„Ja, nicht wahr. Ma Cherie war auch gleich begeistert, als ich sie hierherbrachte."

Damit verschwand er wieder. „So begeistert, dass sie darüber ihre Familie vergaß!", fauchte Theo.

„Charles weiß nichts von den Kindern", flüsterte Yvonne zurück. Theo gab keine Antwort. Er stand an der Terrassenbrüstung und starrte in den weit unter ihnen liegenden See. Nein, er würde sich kein Blatt vor den Mund nehmen, er würde reinen Tisch machen. Dazu waren sie gekommen. Das war er Paula schuldig – und Max – und Oma Brand.

Doch vorerst kam Charles mit dem Kaffee zurück. Alle anderen hatten Prosecco gewählt und prosteten sich nun zu.

„Kommen Sie direkt aus Wien?", nahm Charles die Konversation wieder auf.

„Nein, wir kommen aus Wolkenstein. Wir sind zum Schilaufen da."

„Ein herrliches Gebiet. Ma Cherie fährt ja leider nicht Schi, aber ich war schon gelegentlich dort. Wo sind Sie abgestiegen?"

So ging das eine ganze Weile zwischen Charles und Irene hin und her, während Theo auf eine Gelegenheit wartete, die Katze aus dem Sack zu lassen, und Yvonne ihn unverwandt anstarrte, als könne sie dadurch einen Eklat verhindern.

Theo ließ sie nicht aus den Augen. Ihre Nerven schienen zum Zerreißen gespannt und sie bemühte sich verzweifelt, nur ja keine Gesprächspause aufkommen zu lassen, bis Theo unvermittelt sagte: „Im Grunde sind wir gekommen um Yvonne die neuesten Nachrichten aus Wien zu bringen."

Und an Yvonne gewandt: „Offenbar interessiert dich ja doch, wie es deinen Kindern geht. Oder weswegen hast du angerufen?"

Stille. Als keiner sich rührte, fuhr er fort: „Diese anonymen Anrufe, das warst doch du?"

„Kinder, anonyme Anrufe, was soll das? Ma Cherie, sag doch was!" Yvonne war jetzt noch blässer und hauchte: „Ja. Ja, das war ich."

„Jo Herrschoft Seiten", donnerte Charles. Wenn er aufgeregt war, vergaß er offenbar sein gepflegtes Hochdeutsch, „bin i denn plötzlich unter lauter Depperte?"

Das also war Karl Schultze, aus München.

*

Als sie eine gute Stunde später wieder im Auto saßen, hatte sich das erste Durcheinander einigermaßen gelegt.

Charles brüllte nicht mehr und Yvonne schluchzte nur noch hie und da. Als sie ihre ungebetenen Gäste wieder zum Auto brachten, hatte er seinen Arm um sie gelegt.

„Alle Achtung", meinte Irene, die sie im Rückspiegel beobachtete: „Das nenn' ich Größe."

„So? Ich nenne es Dummheit!"

„Dabei hat er mit Kritik nicht gespart."

„Kritik ist gut", freute sich Theo. „Er hat gebrüllt wie ein Stier. Aber das kann man ja verstehen. Das musst du dir einmal vorstellen: Du lebst ein dreiviertel Jahr mit einem Menschen zusammen und erfährst plötzlich, dass der zwei Kinder hat. Kinder, für die er verantwortlich ist. Ich hätte sie an seiner Stelle zum Teufel gejagt."

„Wie gut für Yvonne, dass du nicht an seiner Stelle warst. Jetzt tut sie mir fast leid."

„Sie tut dir leid?"

„Na ja, irgendwie schon. Alles schien so harmonisch, als wir gekommen sind. Sie ist eben ... " und während Irene noch nach Worten suchte, sprang Theo hilfreich ein: „Sie ist eine verdammte Närrin. Und bevor du vor Mitleid vergehst, überleg dir lieber, wie wir die Nachricht schonend nach Wien bringen."

„Wir wissen doch noch gar nicht, ob sie mitkommt."

„Stimmt, und ich weiß nicht, was ich mir schwieriger vorstelle. Den dreien zu erzählen, dass sie lebt, es ihr gut geht, sie im Moment aber nicht kommen kann, weil in Riva gerade so schönes Wetter ist, oder sie in der Pramergasse abzugeben. Wie ein Paket, mit dem keiner mehr gerechnet hat."

„Jedenfalls müssen wir heute noch mit Frau Brand telefonieren."

*

Während sie sich am Montag zum Abendessen umzogen, läutete das Telefon. Theo, der einen Anruf aus Wien erwartete, hob ab. Es war das Mädchen von der Rezeption: „Eine Signora Brand erwartet sie."

„Sie möge an der Bar warten. Wir kommen in zehn Minuten."

„Sie ist da?", fragte Irene aufgeregt.

„Scheint so."

Als sie wenig später in die Bar kamen, wurden sie nicht nur von Yvonne, sondern auch von Charles erwartet.

„Kommt der jetzt auch noch mit?", murmelte Theo.

Doch Charles hatte nicht vor, Yvonne nach Wien zu begleiten. Er hatte sie lediglich nach Wolkenstein gebracht und würde bis morgen früh bleiben, ihr dann noch toi, toi, toi wünschen und dann – traurig und einsam, wie er betonte – wieder nach Riva zurückkehren.

* * *

Yvonne war sehr still an diesem Abend. Theo war anfangs aber auch ziemlich schroff gewesen, fand Irene, die die Aufrichtigkeit und

Leichtigkeit, mit der Charles die Sache behandelte, nur bewundern konnte.

Ja, meinte der, er habe jetzt Zeit gehabt, sich an den Gedanken zu gewöhnen, dass ma Cherie Familie hat, Kinder. Gleich zwei Stück. Nein, er habe keine Kinder. Zumindest wisse er nichts davon. Haha. Nun, er wisse auch nicht, wie es jetzt weitergehen soll. Aber irgendwie ging es ja immer weiter. Das sei wie bei seinen Romanen, da wisse er auch nicht immer, wie es weitergehen soll, und dann ging es doch immer weiter.

„Aber das hier ist kein Roman, es klingt nur wie einer. Ein ganz schlechter dazu", warf Theo ein.

„So kann man das nicht sehen", war Charles jetzt ganz in seinem Element. Es gäbe eigentlich keine schlechten Romane, also vom Stoff her betrachtet. Denn es gab ja im Leben wirklich nichts, was es nicht gab. Wie viele erlebte Geschichten hatte er nicht schon gehört, die konnte man gar nicht schreiben, weil sie so unglaubwürdig klangen. Das, was einen Roman gut oder schlecht mache, sei also nicht der Stoff, sondern die Art und Weise, wie der Autor den Stoff aufbereitete. Die Sprache, die er dazu benutzte, und die Art, wie er die Personen zeichnete.

Unerwarteterweise gab Theo ihm recht und nannte Beispiele aus der Literatur. Komisch, dachte Irene, über so etwas haben wir uns noch nie unterhalten. Immer gab es etwas Reales, das uns beschäftigte. Das wirkliche Leben, das sie umgab und das sie nun schon eine Weile teilten. Eine Welle der Wärme und Zuneigung zu Theo erfasste sie, sie lächelte ihm zu.

In der Zwischenzeit hatte sich seine Laune gebessert.

Vermutlich das gute Essen, der leichte Wein und Charles' gut gemeinte Geschichten, dachte Irene. Kurz darauf bestellte er noch eine Flasche Wein.

Eine kurze Verschnaufpause, bevor das wirkliche Leben wieder begann.

* * *

Hätte Yvonne sich ihre Heimkehr je vorgestellt, dann sicher nicht so. Max machte es ihr am schwersten. Er sprach ihr ganz offen das Recht ab, sich in sein Leben einzumischen. Einmischung nannte er es, wenn sie nach seinen Freunden, seinem Leben und seinen schulischen Erfolgen fragte.

Erst hatte sie versucht, über sich zu sprechen. Aber er schrie sie nur an, dass ihn das nicht interessiere, schließlich hätte sie sich auch nicht darum gepfiffen, wie es ihnen gegangen war.

„Ja, wie ist es euch denn gegangen?", hatte sie gefragt und er hatte geantwortet: „Das geht dich einen Dreck an."

Paula war ihr auch fremd geworden, aber sie ließ sich wenigstens ab und zu umarmen. Yvonne brauchte das, Paula vermutlich auch. Aber wenn Paula von der Schule heimkam und etwas zu erzählen hatte, dann erzählte sie es erst der Oma, und wenn Theo und Irene am Mittwochabend zu Besuch waren, dann war Yvonne für Paula nicht vorhanden.

Bei ihrer Mutter fand sie auch kein Verständnis. Weder für ihr früheres Handeln noch für ihre jetzigen Klagen.

„Wundert's dich? Wir mussten lange Zeit ohne dich auskommen."

Lustlos nahm Yvonne ihre Arbeit wieder auf. In den ersten Tagen hatte sie einmal täglich mit Charles telefoniert, in der Zwischenzeit kam sie auf drei, vier Telefonate pro Tag. Anders hätte sie es überhaupt nicht ausgehalten.

Bei Freunden und Bekannten hatte sie zwar etwas mehr Glück, aber erfüllend war das auch nicht. Je inniger die Beziehungen früher gewesen waren, umso mehr verübelte man ihr, was sie getan hatte. Schließlich hatte sie nicht nur ihre Familie, sondern auch ihre Freunde ohne Nachricht gelassen.

Max hatte verkündet, dass er Ostern auf dem Gut verbringen möchte. Er wollte auf die Driving Range gehen, die Brünette wiedersehen und mit Roy, dem Pro, durch die Gegend ziehen.

„Kein Einwand", hatte Theo gesagt und damit klargemacht, dass er ihn mitnehmen würde. Yvonne hatten sie nicht gefragt.

Paula wollte auch mitkommen.

„Ein anderes Mal", beschied sie die Oma, aber Theo versprach, sie über Palmsonntag mitzunehmen.

Für den Karsamstag hatte Charles seinen Besuch angekündigt. Daraufhin weigerte sich Max, die Wohnung zu betreten, solange „dieser Karl" dort logierte, und zog zu Theo ins Gästezimmer.

Eine Woche später fuhr Charles ab, Max – und mit ihm der Alltag – zogen wieder ein.

Ein Alltag, der für Yvonne nur schwer zu ertragen war. Sie versuchte zu malen. Charles hatte ihre Skizzen aus den Staaten mitgebracht. Vielleicht war es besser, wenn sie nicht ständig Motive vom Gardasee malte. Also malte sie New York, San Francisco, Florida. Sie versuchte es – ernsthaft. Aber je länger sie daran arbeitete, umso öfter tauchte Charles' Gesicht vor ihren Augen auf. Charles in Manhattan, Charles am Strand, Charles verträumt, Charles lachend. Immer nur Charles.

Sorgen

Günther war ratlos. Wieder einmal hatte ein möglicher Käufer abgesagt.

„Und – was machen wir jetzt?", fragte Sandra.

Er zuckte mit den Schultern.

„Ich kann das nicht glauben", Sandra schüttelte energisch den Kopf. „Sie haben doch gesagt, das sei genau das Haus, das sie haben wollten."

„Mag sein, aber ihr Angebot liegt zu weit unter unserem Preis. Damit wären nicht einmal meine Selbstkosten gedeckt."

„Anderseits brächte es trotzdem Bares. Vierhunderttausend."

„Um siebzigtausend zu wenig. Nein, kommt gar nicht in Frage. Außerdem haben wir noch drei Monate Zeit", setzte Günther mit mehr Optimismus hinzu, als er selbst verspürte.

Bis Ende Juni mussten sie eine Million Euro aufbringen. Das war nur möglich, wenn sie einige Wohnungen von Günthers ehemaligem Lieblingsprojekt in Penzing verkauften, das in der Zwischenzeit allerdings zum Albtraumprojekt mutiert war.

Die kleineren Wohnungen waren zwar allesamt verkauft, aber geblieben waren die straßenseitigen Büros und die hofseitigen Reihenhäuser. Fünf aufwändig gestaltete Reihenhäuser mit Pool, Sauna und allem Schnickschnack. Klimaanlage, teure Fliesen, Rundbadewannen, Terrassen auf allen drei Ebenen.

Aber wer wollte schon ein Reihenhaus um fünfhunderttausend Euro? Vierhundertsiebzigtausend war ohnehin schon die Deadline. Wenn sie zwei Reihenhäuser verkaufen konnten, wäre es geschafft. Aber keiner wollte sie haben.

Günther hatte in dieses Projekt so große Hoffnungen gesetzt. Als er mit der Sanierung des bestehenden Altbaus begonnen hatte, war seine finanzielle Lage schon deutlich angespannt gewesen und er hatte alle seine Überredungskünste aufbieten müssen, damit man ihm den Umbau überhaupt finanziert hatte.

In der Zwischenzeit musste er einsehen, dass die Wohnlage eben nicht so gut wie die Ausstattung luxuriös war. Diese Diskrepanz zwischen Superausstattung und mittlerer Lage machte den Verkauf so schwierig.

„Verdammt. Es muss doch unter knapp zwei Millionen Menschen zwei geben, die so ein Reihenhaus haben wollen", brüllte er plötzlich und fegte einen Stapel Papiere vom Tisch. Anschließend bückte er sich, hob sie auf und ordnete sie.

Sandra, die ihm dabei erstaunt zugesehen hatte, griff zu ihrem Allheilmittel: „Lass uns anständig essen gehen, dann sieht die Sache gleich ganz anders aus."

„Deinen Optimismus möchte ich haben", brummte Günther, zog dabei jedoch sein Sakko an und knipste die Schreibtischlampe aus. Es war zwanzig Uhr vorbei und eben war ihm eingefallen, dass er seit dem Frühstück nichts mehr gegessen hatte.

* * *

Katrin hatte ebenfalls Probleme mit ihrer Barschaft. Die Vorstellung, wieder als Bittstellerin bei ihren Eltern erscheinen zu müssen, war ihr, nach ihrem großartigen Abgang im Herbst, wenig angenehm.

Ihr Vater hatte sich nach ihrer Rückkehr bemüht, ihr einen Job im Fremdenverkehrsverband zu vermitteln, doch sie hatte entsetzt abgelehnt. Wie er denn auf die Idee käme, dass sie arbeiten gehen wolle?

„Ja was denn sonst?", hatte er ebenso aufgebracht entgegnet.

„Ich habe doch hier nie gearbeitet."

„Das war ja der Fehler. Ich weiß nicht, was Theo sich dabei gedacht hat."

„Theo? Wieso Theo? Ich bin erwachsen und für mich selbst verantwortlich."

„Das kannst du jetzt beweisen. Von uns bekommst du jedenfalls kein Geld mehr."

Am nächsten Tag war sie damals abgereist. Zu Weihnachten hatte sie eine unverbindliche Karte geschickt und einen Geschenkkarton mit allerhand Leckereien zurückbekommen, grußlos, aber immerhin.

Wenn sich nicht bald etwas änderte, blieb ihr nichts anderes übrig, als doch wieder bei ihren Eltern anzutanzen. Keine sehr angenehme Vorstellung.

Ihre Eltern waren nicht unvermögend, aber sie hatten für ihre Lebensführung nie Verständnis gezeigt. Lange Zeit hatten sie Theo dafür verantwortlich gemacht, aber nach ihrer Eskapade mit Robert hatte sich das geändert. Nun war Theo das Opfer und sie die Undankbare, der man ein Luxusleben zu Füßen gelegt hatte und die zu dumm gewesen war zu erkennen, wie gut es ihr ging.

In der letzten Zeit dachte Katrin manchmal, dass sie damit nicht ganz unrecht hatten, aber das konnte sie nur sich selbst eingestehen – und auch das nur im Dunkeln.

Und Theo? Was sie auch tat, es gelang ihr nicht, ihn wieder für sich zu gewinnen. Er war nicht etwa unhöflich, Theo war niemals unhöflich, aber vollkommen unverbindlich. Seine Unverbindlichkeit war immer schon seine stärkste Waffe gewesen. Wenn sie Streit hatten zum Beispiel. Nie war er laut geworden, nur uninteressiert – und dabei so verdammt höflich.

Höflich war er auch jetzt – und mäßig interessiert. Das schmerzte sie.

Und dann auch noch seine guten Ratschläge, was sie wann und wie tun sollte. Aber nie kam er in diesem Szenario vor.

Du solltest nach Südfrankreich fahren, wenn du dein Restaurant verkaufen willst. Du solltest einen Makler beauftragen, aber trotzdem vor Ort sein. Du solltest es bald tun, bevor die Saison beginnt. Du solltest, du solltest, du solltest. Niemals ein wir.

Niemals: Ich helfe dir dabei. Kein: Wir machen das schon.

Wenn sie daran dachte, kamen ihr die Tränen.

Sie wusste auch, dass sie den Verkauf des Restaurants betreiben musste. Aber sie hatte nicht einmal ausreichend Geld, um nach Südfrankreich zu fliegen. Schließlich musste sie dort auch leben. Die Wohnung hatte sie gekündigt und im Restaurant konnte sie nicht wohnen. Nicht so, wie sie zu wohnen gewohnt war.

Dabei hatte sie immer noch keine Ahnung, was ihr Restaurant überhaupt wert war. Sie wusste nur, was sie selbst bezahlt hatten, aber Theo meinte, sie hätten – möglicherweise – zu viel bezahlt. Damals schien es die Lösung all ihrer Probleme zu sein, da hatten sie nicht erst großartig Preisvergleiche angestellt. Wie hatte sie nur so dämlich sein können? Mit Robert weglaufen! Was hatte sie denn erwartet? Ihr Vater hatte ja recht. Sehr erwachsen hatte sie sich nicht verhalten.

Dabei wurde sie schon bald vierzig. Daran wollte sie schon überhaupt nicht denken.

*

Letztendlich war es doch Theo gewesen, der ihr das Geld für die Südfrankreich-Reise gab.

„Wenn ich dich nicht hätte!", schmeichelte sie ihm, als sie sich am Tag vor ihrer Abreise im Sacher trafen.

„Warum tust du das für mich?"

„Was weiß ich – vielleicht aus Gerechtigkeitssinn."

„Aus Gerechtigkeitssinn?" Das war nicht ganz die Antwort, auf die sie gehofft hatte.

„Du hast damals auf eine Menge Geld verzichtet. Deshalb brauchst du mir die Summe auch nicht zurückzahlen."

„Dank' dir."

Es entstand eine kleine Pause, dann fragte sie: „Was wäre eigentlich passiert, wenn ich nicht darauf verzichtet hätte?"

„Dann hätte dein Robert ein paar Probleme mehr gehabt."

„Er ist nicht mehr mein Robert."

Theo nickte, also fuhr sie fort: „Ich weiß, ich habe dich damals sehr verletzt und es tut mir ja auch leid, aber ich kann es nicht mehr ungeschehen machen." Während dieser Worte legte sie ihre Hand auf seinen Arm. Eine vertraute Geste, die ihr selber guttat.

„Wie du siehst, hab' ich's überlebt", antwortete er und machte sich von ihrer Hand frei.

„Möchtest du noch etwas? Kaffee vielleicht?"

„Nur dich." Das war ihr so herausgerutscht. Doch jetzt beließ sie es dabei.

Theo sagte lange nichts. Katrin spürte ihr Herz klopfen und nach einer kleinen Ewigkeit sagte er: „Du warst die erste Frau, die ich wirklich geliebt habe. Aber Liebe allein ist eben nicht genug."

Dann rief er den Kellner und verlangte die Rechnung.

*

Als Katrin in Saint Paul de Vence ankam, hatte sie zum ersten Mal das Gefühl, dass diese Reise zur rechten Zeit kam. Sie musste sich neu orientieren, brauchte Abstand, auch von Theo. Wie hatte sie ihn nur verlassen können? Jetzt kreisten ihre Gedanken mehr um ihn als in all den Jahren ihres Zusammenlebens, und mehr als ihr guttat. Immerhin hatte er dafür gesorgt, dass sie sich einen entspannten Aufenthalt leisten konnte. Trotzdem mietete sie sich nur in einer privaten Pension ein.

Langsam begann sie zu begreifen, dass sie diesmal vollkommen auf sich selbst gestellt war. Natürlich würden weder ihre Eltern noch Theo tatenlos zusehen, wenn es ihr wirklich schlecht ginge. Aber wollte sie ständig auf andere angewiesen sein? Vielleicht musste sie wirklich daran denken, eine Stellung anzunehmen.

Wenn schon arbeiten, warum dann nicht hier? Würde sie es schaffen, das Lokal ganz allein zu führen?

Was sonst konnte sie tun? Wieder nach einem Mann suchen, der für sie sorgte? Und wenn es auch diesmal schiefging?

Zwei Tage lang streifte sie durch das leere Lokal. Am dritten Tag gab ein Inserat auf: „Kellner und Küchenhilfe gesucht!"

*

Zwei Wochen später kam Katrin nach Wien, um ihre Sachen zu holen. Sie hatte sich entschlossen, das Restaurant vorerst für eine Saison zu öffnen. Dann wollte sie weitersehen. Also packte sie nur jenen Teil ihrer Sachen zusammen, den sie in den kommenden Monaten brauchen würde.

„Und was ist mit dem Rest?" fragte Theo. „Willst du Irene weiterhin Miete zahlen?"

„Wieso? Ich wohne doch jetzt nicht hier."

Theo seufzte. Sie würde es nie lernen.

„Aber Irene kann die Wohnung nicht vermieten, so lange du deinen Krempel nicht ausräumst."

„Was heißt Krempel. Meine Pelzmäntel, meine Wintergarderobe. Das kann ich doch jetzt nicht brauchen."

„Irene allerdings auch nicht."

„Aber das kann sie doch nicht stören. Sie ist ja nie da."

„Eben. Deswegen wird sie die Wohnung vermieten wollen."

„Geht ihre Kanzlei so schlecht?"

Theo schwankte zwischen Wut und Belustigung.

„Bist du so blauäugig oder stellst du dich nur so?"

„Erstens habe ich braune Augen, wie du immer noch sehen kannst, und zweitens kann ich die Sachen zurzeit wirklich nicht brauchen. Aber wenn es dir lieber ist, deponiere ich sie gerne bei dir. Du musst mir nur sagen, wann du sie abholen lässt. Es sollte allerdings noch vor Montag sein, denn am Dienstag fliege ich zurück."

Der Umstieg auf die neue Selbstständigkeit ist eben nicht von heute auf morgen zu bewerkstelligen, dachte Theo gottergeben, und deponierte die Dinge in seinem Dachbodenatelier. Immerhin konnte er sie dazu bewegen, zumindest die Pelzmäntel zum Kürschner zu bringen. Allerdings musste er sie fahren.

„Donnerwetter", murmelte er, als sie mit einem schwarzen Nerzmantel, einer braunen Nerzjacke und einem weißen Nerzcape über dem Arm einstieg.

„Du hast sie mir selbst geschenkt."

„Ich erinnere mich."

Sie ließ sich in den Beifahrersitz sinken und genoss das kurze Stück Fahrt in seinem luxuriösen Wagen. Nur ungern dachte sie an den alten Polo, der sie in Südfrankreich erwartete.

Jochen

Irene war heilfroh, als sie Freitagmittag das Büro verlassen konnte. Obwohl es erst Mitte Juni war, waren die Temperaturen bereits seit zwei Wochen hochsommerlich. Manche mochten sich darüber ja freuen, sie stöhnte unter der Hitze. Wie gut, dass sie das Wochenende auf dem Gut verbringen würden. Wenngleich das Gut nicht den Hauptteil von Theos Vermögen ausmachte, so war es doch dessen Keimzelle gewesen und er fühlte sich verpflichtet, besonders darauf zu achten, wie er sich verpflichtet fühlte, seiner Mutter den wöchentlichen Besuch abzustatten.

„Früher war es mir eine Pflicht, hierher zu kommen, mit Irene ist es eine angenehme Pflicht geworden", hatte er vor einigen Wochen zu ihrer Mutter gesagt – die mochte ihn immer noch nicht besonders.

„Ein schöneres Kompliment hätte er mir doch nicht machen können!", hatte Irene gesagt und ihre Mutter darauf:

„Also ich weiß nicht. Bist du nur dazu da, ihm seine leidigen Besuche schöner zu machen?"

Irene seufzte, als sie an das Gespräch dachte. Nun, das war nicht zu ändern.

Bevor sie die Kanzlei verließ, fragte sie routinemäßig noch ihre Mails ab. Gott sei Dank! Keine neuen Hiobsbotschaften von Klienten, nur ein Mail von Jochen. Sie hatten immer einen losen Mailkontakt aufrechterhalten und seit einiger Zeit schrieben sie sich regelmäßig.

Gut gelaunt öffnete sie die Nachricht. Die letzte für heute. Dann ging's ab nach Hause, duschen, umziehen, Paula abholen, und ab in die Steiermark.

„Liebe Irene! Chris und Mimi sind heute bei einem Autounfall schwer verunglückt. Beide befinden sich in Lebensgefahr. Bitte komm! Jochen."

Irene las die Nachricht einmal. Dann ein zweites Mal. Kein Zweifel. Ein Unglück – und er bat sie zu kommen.

Sie wusste nicht, was sie tun sollte. Sie konnte doch jetzt nicht nach London fliegen. Und warum auch, sie konnte ja doch nichts für ihn tun.

Was würde Theo dazu sagen? Sie mussten doch aufs Gut, Hochzeitsvorbereitungen standen an. Und Paula freute sich doch so darauf, dass sie wieder einmal mitkommen durfte.

Automatisch schaltete sie den Computer ab, holte ihren Wagen aus der Garage und fuhr nach Hause.

Theo war bereits da – Gott sei Dank.

Begrüßung, Kuss, dann zeigte sie ihm wortlos die Mail.

„Hast du schon gebucht?", fragte er, ohne sie dabei anzusehen.

„Nein. Natürlich nicht. Ich habe die Mail gerade erst erhalten. Ich … ich weiß ja noch gar nicht, was ich machen soll."

„Was du machen sollst? Steht doch da."

„Ja schon, aber ich kann doch jetzt nicht nach London fliegen. Zumindest nicht sofort."

„Wann willst du denn fliegen? In drei Wochen? Dein Ex braucht dich jetzt."

„Aber wir wollten doch dieses Wochenende mit Familie Martens alles besprechen – wegen der Hochzeit. Und Paula hat sich auch schon so gefreut, sie war seit Ostern nicht mehr mit uns auf dem Gut. Ich kann dich doch jetzt nicht allein lassen."

„Doch. Kannst du."

„Willst du denn, dass ich fliege?"

„Im Moment geht es nicht darum was ich will oder du."

„Und warum sollte ich das tun? Jochen hat mich verlassen. Für seinen Job – und für eine andere Frau. Und jetzt …"

„Jetzt ist seine Frau verunglückt und er braucht dich. Flieg hin. Du hättest den Kopf sowieso nicht frei für die Vorbereitungen. Außerdem ist unsere Hochzeit erst Ende September. Wenn du zurückkommst, können wir immer noch alles arrangieren."

„Wenn ich zurückkomme? Wie meinst du das?"

„Wie ich es gesagt habe."

„Das klang aber zweideutig."

„Ist mir nicht aufgefallen."

Dann ging alles sehr rasch. Der nächstmögliche Flug ging Samstagfrüh. Während Irene begann, ihre Sachen zu packen, verständigte Theo Oma Brand und Frau Martens, dass er erst morgen früh kommen werde.

Irene gab Jochen ihre Ankunftszeit bekannt. Danach telefonierte sie mit ihrer Mutter, mit Sandra und mit Markus.

Abends ließen sie sich eine Portion Sushi kommen, doch keiner hatte so richtig Appetit und da auch kein richtiges Gespräch aufkommen wollte, gingen sie bald zu Bett, sie mussten ohnehin früh raus. Theo brachte sie zum Flughafen, bevor er Paula abholte und aufs Gut fuhr.

* * *

Irene hatte Jochen das letzte Mal bei ihrer Scheidung gesehen, damals schwebte er auf Wolke sieben, während sie zutiefst unglücklich war. Er hatte sich zwar sehr fair verhalten und versichert, dass sie Freunde bleiben würden und dass er immer auch für sie da wäre, aber das hatte ihr in ihrer Einsamkeit nicht helfen können.

Dann hatte sie Theo kennen gelernt und sich in ihn verliebt. Eine kurze Zeit war es ihnen also beiden gut gegangen, ihr und Jochen, In diesen Monaten hatten sie einen kameradschaftlichen, ja freundschaftlichen Ton zueinander gefunden. Dennoch machte ihr das Wiedersehen mit Jochen Angst. Wie verhielt er sich in Krisensituationen? In den Jahren ihres Zusammenlebens war alles immer planmäßig verlaufen, gerade für ihn. Er stammte aus gutbürgerlichen Verhältnissen, hatte ein liebevolles Elternhaus gehabt, war ein hervorragender Schüler gewesen und ein erfolgversprechender Manager. Probleme waren da, um gelöst zu werden, Kummer hatten andere.

Als sie die Ankunftshalle betrat sah sie ihn sofort.

Mit seinen ein Meter neunzig überragte er alle anderen.

Und dann war alles ganz einfach. Ein Blick, ein Kuss.

„Wie geht es den beiden?"

„Beide sind stabil und die Ärzte meinen, sie werden durchkommen. Ich komme gerade aus dem Krankenhaus."

„Gott sei Dank. Fährst du gleich wieder ins Spital?"

„Ich war die letzten vierundzwanzig Stunden dort. Ich habe ein Hotelzimmer für dich gebucht, ganz in der Nähe des Spitals. Ich nehme an, du willst dich ein wenig frisch machen, und hoffe, du hast ebenfalls Hunger."

„Du hast Hunger?"

„Ich habe in den letzten 30 Stunden nur Kaffee getrunken, ich muss einfach etwas essen."

Sie aßen Fisch and Chips in einem typisch englischen Pub und Jochen erzählte, was sich zugetragen hatte. Christina war keine besonders geübte Fahrerin und der Linksverkehr bereitete ihr immer noch Schwierigkeiten.

„Ich hatte Angst. Mörderische Angst, die beiden zu verlieren, deshalb bin ich auch sehr froh, dass du so schnell gekommen bist. Was hat dein Freund dazu gesagt?"

„Wenig. Er hat mir den Flug gebucht, erster Klasse, und mich heute zum Flughafen gebracht."

Eine Weile schwiegen beide, dann fragte er: „Warst du schon mal in London? Vielleicht möchtest du dir die Tower Bridge ansehen oder den Tower?"

„Ich bin doch nicht gekommen, um mir die Stadt anzusehen."

„Natürlich nicht." Sie schwiegen, dann fragte Jochen:

„Warum bist du eigentlich gekommen?"

„Weil du mich darum gebeten hast, schon vergessen?"

„Natürlich nicht, entschuldige. Ich bin ein wenig durch den Wind und würde jetzt gerne zwei, drei Stunden schlafen. Wie gesagt, ich war die ganze Zeit in der Klinik. Die behandelnde Ärztin hat mir versprochen, mich sofort anzurufen, wenn es eine Veränderung geben sollte, aber sie war optimistisch. Das Krankenhaus ist übrigens hier ganz in der Nähe, aber ich glaube, das sagte ich auch schon, und ich habe mir für diese Nacht auch selbst ein Zimmer hier genommen. Wir wohnen etwas außerhalb und du hast ja selbst gesehen,

London ist eine große Stadt. Es dauert ewig, von einer Seite der Stadt auf die andere zu kommen."

Während Jochen ein paar Stunden Schlaf nachholte, machte Irene einen Spaziergang zur Themse und schlenderte dann doch weiter zur Tower Bridge. Sie wollte immer schon mal nach London. Allerdings nicht unter solchen Umständen. Was konnte sie für Jochen tun?

Sie stand auf der Tower-Bridge, blickte auf die Skyline von London und hatte Sehnsucht nach grünen Fairways, Apfelbäumen und brünettem, leicht gewelltem Haar, das am Hinterkopf schon etwas spärlich zu werden drohte.

Der Zivi

Als Theo mit Paula eintraf, kam Frau Martens im Eilschritt auf sie zu.

„Morgen Herr Doktor. Sie haben uns was an'tan."

„Ich?"

„Also dieser Mario, der ehemalige Zivi vom Doktor Kofler, das ist ein … Also das ist ein unglaublicher Trottel. Ich mag ja den Doktor Kofler, aber den hätt' er uns net antun müssen. Der ist total unbrauchbar."

„Er ist gelernter Koch und Kellner, für irgendetwas wird er doch zu gebrauchen sein."

„Vielleicht finden Sie es ja heraus."

„Doktor Kofler war sehr angetan von ihm."

„Möglicherweise ist er eine Hilfe auf der Kinderstation. Im Speisesaal ist er eine Katastrophe."

„Frau Martens, bitte. Wir verdanken dem Markus Kofler einiges. Ich würde ihm seine Bitte, den Mann zu beschäftigen, nur ungern abschlagen. Und an Ihnen hat er ja eine hervorragende Lehrmeisterin, die beste, die es geben kann."

Theo wusste, dass Helga Martens für Schmeicheleien nicht besonders empfänglich war, aber diesmal schien er den richtigen Ton getroffen zu haben, denn sie nickte und ging davon.

Als er mit Paula den Speisesaal betrat, war Mario gerade dabei, einem Ehepaar mit einer kleinen Tochter einzureden, dass sie doch auf der Terrasse Platz nehmen sollten, weil er doch schon so schön für sie gedeckt hätte. Die Dame hatte aber Bedenken wegen der Gelsen.

„No geh', wegen der paar Gelsen. Für die Kleine ist es draußen sicher auch viel schöner als im verrauchten Lokal."

Eilends trat Theo dazu.

„Mario. Decken Sie für die Herrschaften im Wintergarten."

Mario machte sich eilends davon.

„Darf ich Sie in der Zwischenzeit vielleicht auf einen Drink einladen und mich für die Unhöflichkeit meines Mitarbeiters entschuldigen?"

Das Ehepaar bedankte sich und nahm die Einladung gerne an.

Theo bestellte Prosecco für die Erwachsenen und Limonade für die beiden Mädels, die etwa im gleichen Alter sein mochten. Sie unterhielten sich gut und beschlossen, das Abendessen gemeinsam einzunehmen.

Theo ließ Mario dabei nicht aus dem Auge. Zunächst ging auch alles ganz gut, wenngleich er feststellen musste, dass Mario einen fatalen Hang zur Schwatzhaftigkeit besaß. Am Tisch des Chefs nahm er die Getränkebestellung auf und brachte die Speisekarte, dann brachte er das Körbchen mit dem Gebäck und wandte sich eben zum Gehen, als Paula erfreut vermeldete, sie hätte gerne die durchgeschnittene Semmel.

„Also erstens bieten wir das Gebäck zuerst unseren Gästen an, aber wo bitte siehst du eine durchgeschnittene Semmel?"

„Na die Semmel da, die kleine."

Theo musterte den Brotkorb und wollte eben den Kellner zurückrufen, als er bemerkte, dass dieser neugierig stehen geblieben war.

„Bringen Sie uns doch bitte einen anderen Korb, dieser hier scheint schon etwas derangiert zu sein", bat Theo.

Doch Mario verteidigte den Brotkorb. Mit zwei raschen Schritten war er beim Tisch und rief: „Aber es ist doch alles ganz frisch!", zum Beweis drückte nahm er jedes einzelne Gebäckstück in die Hand und drückte es. Dann stellte er den Brotkorb – unter den staunenden Augen seines Publikums – zurück und schickte sich zum Gehen an.

„Nehmen Sie den Brotkorb mit!", herrschte Theo ihn an.

Jetzt schien Mario verwirrt, hatte er doch die Frische des Gebäcks soeben eindrucksvoll unter Beweis gestellt.

„Aber wieso denn?"

„Nehmen Sie diesen Brotkorb und scheren Sie sich auf Ihr Zimmer!"

„Aber, ich habe doch Dienst."

„Jetzt nicht mehr. Ich beurlaube Sie für heute Abend. Erscheinen Sie morgen wieder – zum Frühstücksdienst, nüchtern und ausgeschlafen!"

„Aber ich bin doch jetzt auch nüchtern."

„Tatsächlich?"

* * *

„Bist du auch sicher, dass es richtig war, Irene allein nach London fliegen zu lassen?", fragte Vilma Nestelbach am Sonntagvormittag.

„Ganz sicher."

„Deine Selbstzufriedenheit und dein Selbstvertrauen sind ebenso bewundernswert wie aufreizend."

Theo zog eine Augenbraue hoch: „Ich dachte immer, es handelt sich um ein Erbstück."

„Du bist unmöglich. Wie kannst du Irene in dieser Situation alleine lassen?"

„Du meinst, ich hätte sie begleiten sollen?"

„Warum nicht?"

„Nun, ich kann mir nicht vorstellen, dass ich besonders willkommen gewesen wäre."

„Seit wann kümmerst du dich um die Gefühle anderer?"

„Wollen wir darüber streiten?"

„Mit dir streiten? Bestimmt nicht. Ich mache dich nur – in aller mütterlichen Besorgnis – darauf aufmerksam, dass dein Handeln unüberlegt war."

Theo lachte.

„Worüber lachst du?"

„Über die mütterliche Besorgnis. Du hattest schon treffendere Formulierungen."

„Wenn du sonst keine Sorgen hast, kannst du mir leidtun. Jetzt hast du endlich eine Frau, die zu dir passt. Und was machst du?"

Theo sah aus dem Fenster und beobachtete Paula, die lustlos ihren Ball gegen die Wand warf und gelegentlich wieder auffing.

„Tja, was mache ich? Ich gehe Ball spielen“, antwortete er und verließ den Salon.

*

Bevor Theo nach Wien fuhr, sagte er zu Frau Martens: „Machen Sie mit diesem Mario, was Sie wollen. Von mir aus teilen Sie ihn zum Erdäpfel-Schälen ein, aber lassen Sie ihn um Himmels Willen nicht auf unsere Gäste los.“

„Nur zu gern Chef. Ich weiß zwar noch nicht, wo ich jetzt, mitten in der Saison, einen anständigen Kellner hernehmen soll, aber ein schlechterer ist kaum vorstellbar.“

Dieser harschen Kritik war ein Vorfall beim Frühstück vorausgegangen, der Theo endgültig davon überzeugt hatte, dass Mario eine krasse Fehlbesetzung war.

Üblicherweise frühstückte Theo in seinem Appartement, aber an diesem Morgen fühlte er sich bemüßigt, den Frühstücksdienst genauer unter die Lupe zu nehmen.

Es war schon neun Uhr vorbei, als er den Frühstücksraum betrat. Als er am Buffet vorbeiging, fiel ihm auf, dass weder ausreichend Schinken noch ausreichend Gebäck vorhanden waren. Stattdessen unterhielt Mario sich scheinbar prächtig mit einer deutschen Familie. Die zweite Servierkraft rannte eifrig hin und her, konnte aber das Defizit nicht wettmachen. Theo entschuldigte sich bei den Gästen und schickte Mario in die Küche, um Schinken, Gebäck und Orangensaft zu holen.

Mario kam wieder. In einer Hand das Schinkentableau, in der anderen – nichts. Strahlend trat er an den Tisch des Chefs und meinte zufrieden:

„Alles paletti Boss.“

„Und wo ist das Gebäck? Wo der Orangensaft?“

„Das bringt die Mareike nachher.“

„Irrtum mein Freund. Das bringen Sie. Und zwar nicht nachher, sondern jetzt. Und außerdem bringen Sie uns bitte noch zwei weiche Eier.“

„Also vier."

„Ich sagte zwei."

„Zwei für sie, zwei für das Fräulein Tochter, macht vier. Haha."

„Eins für mich und eins für meine Schwester, macht zwei."

„Was, die Kleine ist Ihre Schwester? Also, wenn Sie mich fragen, das glaubt kein Mensch."

„Ich frag' Sie aber nicht."

Kurz darauf erschien Mario wieder mit einem weichen Ei und einem Ei im Glas, das er vor Paula hinstellte.

„Ich habe mir gedacht, für die Kleine ist es so besser."

Prompt kam es weinerlich von Paula: „Ich mag aber kein nacktes Ei. Ich möchte so ein Ei wie Theo."

Theo holte tief Luft, zählte bis drei, tauschte sein Ei mit Paula und zischte Mario an: „Den Orangensaft, junger Mann."

„Ach, den habe ich vergessen, ich bring ihn nachher."

„Irrtum. Gehen Sie und melden Sie sich in der Küche – zum Erdäpfel-Schälen!"

Wieder daheim

Irene und Jochen gingen schweigend nebeneinander her. Der Zustand seiner Frau war immer noch ernst, aber stabil, sie wurde in künstlichem Tiefschlaf gehalten. Mimi, die Tochter, war zum Glück wieder ansprechbar, musste aber noch im Spital bleiben.

„Christina ist doch Salzburgerin, wie kam sie eigentlich nach London?", fragte Irene.

„Chris kam nach der Matura als Au-pair-Mädchen. Ursprünglich auf ein Jahr, aber nachdem es ihr in der Familie so gut gefallen hatte und sie noch nicht wusste, was sie studieren sollte, verlängerte sie ihren Aufenthalt um ein weiteres Jahr. In diesem Jahr lernte sie dann den Mann kennen, mit dem sie fünf Jahre hier gelebt hat. Dann war die Luft raus und als ich hier eintraf, war er gerade ausgezogen."

„Da hast du sie getröstet."

„Ich sie und sie mich."

„Du hast auch Trost gebraucht?"

„Was denkst du denn?"

„Und warum seid ihr immer noch nicht verheiratet?"

„Ein lächerlicher Grund. Chris weiß einfach nicht, wen sie zur Hochzeit einladen soll. Ihre Eltern sind total verkracht und gemeinsam gibt's vermutlich eine Katastrophe."

„Kennst du ihre Eltern?"

„Ihre Mutter und ihr Stiefvater haben uns einmal besucht und als wir das letzte Mal in Wien waren, haben wir ihren Vater getroffen."

Jochen schien froh zu sein, ein unverfängliches Gesprächsthema zu haben, und erzählte ihr ziemlich ausführlich die Geschichte seiner Schwiegereltern.

Allem Anschein nach war der Vater ein charmanter, aber unzuverlässiger Weltenbummler, während die Mutter eine sehr resolute Person zu sein schien. Irenes Gedanken schweiften ab, flogen zu Theo aufs Gut, bis sie Jochen sagen hörte:

„Irgendwie erinnert sie mich an dich."

„Deine Schwiegermutter?"

„Ja, sie ist auch so eine Sicherheitsdenkerin, genau wie du. Wenn du damals nicht so sehr auf Sicherheit und Vernunft gesetzt hättest …"

„Hättest du Chris trotzdem kennen gelernt. Schließlich hat sie doch bei Foster gearbeitet. Und was wäre dann geschehen?"

Irene war während dieser Worte stehen geblieben und sah Jochen fragend an. Der lächelte sein alt vertrautes Lausbuben-Lächeln, während sein blondes Haar in der Sonne leuchtete: „Eine unzulässige Frage, Euer Ehren."

„Du weichst mir aus."

„Nein, aber ich kann sie nicht beantworten, ich weiß es nicht."

Sie gingen weiter, schweigend, dann sagte Irene: „Ist ja auch egal. So wie es gekommen ist, ist es gut, für uns alle. Ich wünsche dir von ganzem Herzen, dass deine beiden Mädels wieder ganz gesund werden."

„Und dann, das habe ich mir geschworen, gehen wir zurück nach Österreich. Chris spricht schon so lange davon. Sie ist ja auch nur meinetwegen geblieben. Und sie hat Heimweh. Wäre ich nicht so ein verdammter Egoist gewesen, wäre das vermutlich alles nicht passiert."

„Jetzt redest du aber Unsinn."

„Vielleicht, aber ich habe das Gefühl, ich hätte es verhindern können."

„Jochen, du bist ihr Mann, nicht ihr Vater. Und nicht einmal der wäre dafür verantwortlich zu machen gewesen. Also wirklich. Solchen Schwachsinn lese ich sonst nur in irgendwelchen blödsinnigen Romanen."

Jochen lächelte.

„Es tut gut, dich hier zu haben. So realistisch wie du denken Frauen selten."

„Und ich glaube, Frauen sind realistischer, als Männer es sich denken können."

Während dieses Gespräches waren sie durch den St. James Park spaziert, jetzt waren sie vor dem Buckingham Palace angekommen. Die Wachablöse war längst vorbei, der tägliche Touristenstrom hatte sich bereits zerstreut.

*

Dienstagvormittag wurde Chris aus dem künstlichen Tiefschlaf geholt. Alles war gut gegangen. Mittwochmittag war Irene wieder in Wien. Theo holte sie vom Flughafen ab und wollte sie zum Essen ausführen.

„Geht leider nicht. Um 15 Uhr wartet ein Klient auf mich."

„Kannst du ihn nicht – ausnahmsweise – versetzen?"

„Kann ich nicht. Wir haben ihn schon von Montag auf heute verschoben. Wenn du früher etwas gesagt hättest …"

„Du hättest ja auch selbst auf die Idee kommen können", brummte Theo ebenso missgelaunt wie unlogisch. „Immerhin warst du fünf Tage bei deinem Ex."

Dazu hätte es einiges zu sagen gegeben, aber Irene hielt lieber den Mund, sie hatte jetzt keine Kraft für sinnlose Diskussionen.

Als sie abends heimkam, hoffte sie, die dunkle Wolke hätte sich verflogen und Theo hätte für sie gekocht. Doch beim Betreten der Wohnung drang weder Licht noch verführerischer Duft aus der Küche, die Wohnung war leer.

Typisch Mann. Zuerst war er beleidigt, weil sie keine Zeit für ihn hatte, und jetzt, wo sie sich so beeilt hatte nach Hause zu kommen, war er nicht da. Sie nahm ihr Handy und wählte seine Nummer.

„Wo bist du?"

„Ich habe gerade eingeparkt. Und du?"

„Ich bin schon da. Hast du eingekauft oder wollen wir essen gehen?" fragte Irene heroisch, denn eigentlich war sie hundemüde und nichts schien ihr verlockender, als die Beine hochzulegen …"

„Also hast du auch das vergessen!" Sein Ton war eisig.

Sch…eibenkleister! Heute war Mittwoch. Geschwistertag.

Da sie nicht gleich antwortete, fuhr er fort:

„Typisch. Was hast du in diesen Tagen noch alles vergessen?"

Der war ja eifersüchtig! Das Gefühl beflügelte sie und statt erbost zu sein, rief sie fröhlich: „In einer Viertelstunde bin ich bei dir!"

Vorerst gab es keine Möglichkeit, ihren sinnlosen Streit weiter fortzusetzen. Diesmal gab es Rostbraten mit Krautfleckerl, köstlich. Als Paula dann endlich im Bett war und Max sich zu seinem Computer verzogen hatte, fragte Irene, wann denn Yvonne wieder zurückkommen wolle.

„Wollen? Von wollen kann keine Rede sein. Ich weiß nicht, wohin das noch führen soll. Ein paar Tage nur wollte sie hinunterfahren. Jetzt sind es bereits zehn und vom Heimkommen ist keine Rede."

„Wenigstens wissen wir diesmal, wo sie ist." Das sollte ein Trost sein, aber Theo hatte sich einen gewissen Sarkasmus offenbar nicht verkneifen können. Aurelia Brand schüttelte müde den Kopf.

„Halten Sie mich jetzt nicht für undankbar. Aber als sie plötzlich verschwunden war und wir alle nicht mehr geglaubt haben, sie lebend wiederzusehen, da habe ich um meine Tochter getrauert. Der Kinder wegen habe ich versucht, es mir nicht anmerken zu lassen. Aber seit ich weiß, dass sie die ganze Zeit bei ihrem Geliebten war, ohne sich einen Pfifferling um uns zu scheren, könnte ich sie schütteln bis zum Umfallen. So eine dumme Urschel."

„Was können wir für Sie tun?", fragte Irene.

„Sie? Ach, Frau Doktor. Sie beide haben schon so viel für uns getan. Ich weiß eh' gar nicht, was ich ohne Sie g'macht hätt'. Ich bin wirklich froh, wenn Sie am Mittwoch kommen und die Kinder ab und zu am Wochenende mitnehmen. Es ist ja nicht nur, weil ich manchmal halt auch gern meine Ruh' hätt'. Aber ich bin doch auch zu alt für die Kinder. Für den Max sowieso und Paula erzählt mir auch immer öfter Sachen, da weiß ich nicht einmal, wovon sie überhaupt redet."

„Ich sehe das anders", entgegnete Theo „Wenn wir Sie nicht hätten, dann müsste ich mich gänzlich um die beiden kümmern. Denn – ob es mir passt oder nicht – sie sind die Kinder meines Vaters. Sagen Sie also Bescheid, wenn Sie etwas brauchen. Ich stehe sowieso in Ihrer Schuld."

„Schade, dass meine Tochter das nicht hören kann."

„Sie ist halt verliebt", meinte Irene. „Was hat sie denn bis jetzt gehabt? Eine Wochentagsliebe, kein gemeinsames Wochenende, keine gemeinsamen Feiertage, das holt sie jetzt halt nach. Es ist auch ihr Leben. Und schließlich weiß sie, dass die beiden gut versorgt sind."

„Niemand hat ihr dieses Leben aufgezwungen", hielt Theo dagegen.

* * *

Es dauerte eine weitere Woche, bis Yvonne wieder zurückkam. Kaum war sie da, schmiedete sie Urlaubspläne.

„Gleich nach Schulschluss fahren wir zu Charles. Diesmal alle gemeinsam."

Der Plan musste vorerst scheitern, weil Oma ins Waldviertel wollte und schon gebucht hatte. Max hatte auch anderes vor und Paula wollte ohne Oma und Max nicht nach Italien.

„Musst du nicht arbeiten?", fragte ihre Mutter.

„Arbeiten?"

„Na malen. Du sagst doch immer, das sei auch Arbeit."

„Aber ich habe doch gemalt in diesen drei Wochen. Ich habe gemalt und gemalt. So viel habe ich die ganzen letzten Monate nicht fertiggebracht. Und lauter tolle Sachen. Ihr werdet Augen machen, wenn ihr die Bilder seht."

„Und wo sind diese Bilder?"

„Bei Charles natürlich. Ich werde im Herbst in Riva wieder eine Vernissage haben. Oh Mama, ich bin so glücklich. Und ich kann eben nur malen, wenn ich glücklich bin."

Was gab es dazu noch zu sagen?

Die Zeit läuft

Der Juni verging allen viel zu schnell, aber niemand hätte dies mehr bedauern können als Sandra und Günther, denn Ende Juni lief das Ultimatum der Bank aus. Wenn er bis dahin die Million nicht beisammen hatte, würde man die Restdarlehen fällig stellen und das wäre für seine Firma der Todesstoß.

„Wenn wir nur zwei Objekte verkaufen könnten, wären wir übern Berg."

„Sie sind eben zu teuer", antwortete Sandra.

„Du redest schon den gleichen Schmarren daher wie alle anderen. Allen voran dein Vater."

„Lass meinen Vater aus dem Spiel – und mich auch. Wie komme ich denn dazu? Schufte wie ein Pferd für dich und deine blöde Firma. Und du beschimpfst mich?"

„Ich habe dich nicht beschimpft, ich habe gesagt, du redest Blödsinn."

„Das ist dasselbe."

„Hast du eine Ahnung. Du bist wirklich die Prinzessin auf der Erbse. Außerdem habe ich dich nicht gebeten, mir zu helfen."

Solch sinnlose Gespräche führten sie in letzter Zeit häufiger. Sandra verließ bald darauf das Büro, sie hätte in der Agentur zu tun.

„Wann seh' ich dich?" Günther hatte sich scheinbar wieder beruhigt. Er brauste in letzter Zeit rasch auf, aber dann tat es ihm immer rasch wieder leid, Sandra wusste das, aber bei ihr war es genau umgekehrt. Auch jetzt antwortete sie kurz angebunden: „Keine Ahnung, vielleicht melde ich mich."

Sie fuhr tatsächlich in die Agentur, was sie dort wollte, wusste sie allerdings nicht. Ihr Vater war noch da. Sie setzte sich auf die Schreibtischkante und fragte nach diesem und jenem. Doktor Giller lehnte sich in seinem Chefsessel zurück: „Seit wann interessierst du dich wieder so für unsere Firma?"

„Sei so gut und mach du mir auch noch Vorwürfe."

„Wer noch?"

„Günther."

„Und was hat er dir vorzuwerfen?"

„Nichts Bestimmtes, aber er hat ewig zu meckern."

Ihr Vater stand auf, holte zwei Sektgläser und öffnete eine Flasche Prosecco. Er reichte ihr ein Glas.

„Danke Paps. Du bist der Beste."

„Ich weiß. Deinem Günther musst du das auch recht oft sagen. Männer stehen auf so etwas."

Sandra lächelte schief.

„Wenn's nur das wär'."

„Was sonst noch?"

„Ich glaube, wir packen's nicht. Ich packe das nicht. Ich will nicht immer nur arbeiten und dann noch einen Mann mit schlechter Laune ertragen."

„Welche Laune erwartest du von einem Mann, dessen berufliche Existenz auf dem Spiel steht?"

„Aber es ist alles so sinnlos. Wir schaffen es sowieso nicht."

„Ich weiß nicht, ob ihr es schafft. Aber allein schafft Günther es sicher nicht."

Darüber dachte Sandra eine Weile nach.

„Ich liebe ihn ja auch", murmelte sie schlussendlich.

„Dann hast du ohnehin keine Wahl. Wem habt ihr euer Problemkind denn schon angeboten?"

„Die ganze Palette: Internet, Zeitungen, Schilder, Maklerkollegen. Was man eben so macht."

„Gut, aber für wen könnte euer Projekt interessant sein?"

„Das Problem ist, wir haben eine First-Class-Ausstattung, aber nur eine mittlere Lage."

„Vielleicht seid ihr einfach betriebsblind. Redet einmal mit diesem Theo, der macht doch auch in Immobilien."

„Theo ist aber kein Bauträger."

„Nur so eine Idee. Aber ihr braucht einen unabhängigen Fachmann. Und sag Günther nicht, dass die Idee von mir stammt."

Markus verreist

Die Urlaubssaison hatte begonnen, auch Markus hatte Urlaub, und es zog ihn heuer in den Süden. Er konnte Katrin einfach nicht vergessen. Er hatte lange mit sich gekämpft, doch nun war er unterwegs nach Südfrankreich.

Sie mochte ihn doch auch, er konnte sich nicht so geirrt haben, damals zu Neujahr, damals am Jägerball und als sie in diesem Restaurant waren, das Theo ihm empfohlen hatte. Die Rechnung war übrigens ziemlich geschmalzen gewesen.

Am ersten Tag fuhr er bis an den Como-See, am nächsten bummelte er weiter, besuchte Monaco und kam am frühen Abend nach St. Paul de Vence. Er hatte per Internet ein Zimmer in einer Auberge gebucht, die im Reiseführer ganz besonders romantisch beschrieben war. Sie war rasch gefunden, er bezog sein Zimmer, duschte, zog sich um und nahm sich – ausnahmsweise – Zeit für seine Garderobe. Er wusste ja, dass die meisten Frauen auf solche Dinge Wert legten. Warum, konnte er nicht sagen. Aber bitte, wenn Katrins Glück davon abhing, ob er das Hemd außen oder innen trug, an ihm sollte es nicht scheitern. Er musste ja auch keine geblümten Hemden tragen, wenn schon Irene nur ein „Igitt" dafür übrighatte, und auch ohne weiße Socken konnte er leben, wenn die angeblich gar so grauslich waren. Er hatte sogar eine Krawatte mitgebracht. Wenn es Katrin glücklich machte, würde er – ab und zu – eben Krawatte tragen. Diesen Liebesdienst hatte er auch für Irene gelegentlich erbracht und vor seiner Abreise hatte er in ihrem Beisein ein paar Klamotten erstanden, sie kannte sich in solchen Dingen ja aus.

Die Auberge war an die dreihundert Jahre alt, hatte riesige Zimmer und himmlische Betten. In der Halle brannte ein gemütliches Kaminfeuer, denn wenn es auch draußen heiß war, in die alten Mauern war die Wärme noch nicht gedrungen.

Er bestellte einen Café au lait und danach noch einen kleinen Kognak, bevor er sich auf die Suche nach dem „Chez Cathrine" machte.

Bei ihrem letzten Zusammentreffen in Wien hatte er angekündigt, dass er sie besuchen würde, wann genau, hatte er nicht verraten. Jetzt hatte er so ein komisches Gefühl im Magen, als ob eine Million Ameisen darin herumkrabbeln würden, und seine Handflächen waren leicht feucht.

Eine halbe Stunde später war alles wie weggeblasen. Katrin schien sich aufrichtig zu freuen. Sie sah wie immer blendend aus, dennoch vermutete er, dass eine harte Zeit hinter ihr lag, seit sie Wien so siegessicher verlassen hatte. Sie war noch schlanker, fast schon dürr, dachte Markus und wenn ihm ihr schön geschminkter Mund auch ausnehmend gut gefiel, so gefielen ihm die leichten Ringe unter den Augen deutlich weniger.

„Das Lokal ohne Robert zu führen ist kein Honiglecken", sagte sie spät am Abend, als die anderen Gäste längst gegangen waren.

„Und wie geht das Geschäft?"

„Gut. Aber wenn du glaubst, dass bisher auch nur einer meiner Freunde gekommen wäre, die es mir in Wien alle so vollmundig versprochen haben, dann irrst du!"

Er war also der Erste, der sein Wort gehalten hatte. War ihre Freude nur deshalb so groß?

Als er am nächsten Morgen erwachte, war es bereits neun Uhr vorbei. Er hatte himmlisch geschlafen. Das Fenster stand weit offen und herrlich frische Luft drang herein. Langsam registrierte er, dass es draußen regnete. Aber das störte ihn nicht. Nichts störte ihn heute. Er war auf Urlaub, er war in Südfrankreich und Katrin hatte ihn sehr, sehr herzlich willkommen geheißen.

Nach dem Frühstück schlenderte er durch die Stadt und kaufte Blumen für Katrin. Sie waren für die Mittagszeit verabredet, da konnte sie sich ein paar Stunden freimachen. Sie fuhren in der Gegend herum und Katrin erklärte ihm, was er sich unbedingt ansehen müsse, wenn er schon mal hier war.

„Wie lange bleibst du?"

„Zwei Wochen – und du?"

„Ich? Ich bin hier zu Hause."

„Bist du das wirklich?", fragte Markus leise.

„Vorübergehend."

„Aber das Restaurant alleine zu führen ist doch bestimmt wahnsinnig anstrengend."

„Schon, aber immerhin ist es etwas, das ich kann. Ich habe keine besondere Ausbildung. Das bisserl Kochen und Buchhaltung, das wir in der Knödelakademie gelernt haben, reicht gerade mal für das Restaurant hier. Aber eines habe ich begriffen: Ein Leben, wie ich es an Theos Seite geführt habe, könnte mich heute nicht mehr reizen, ich will etwas tun. Zugegeben, es muss nicht gleich so heftig sein wie das hier, aber was kann ich in Wien schon anfangen?"

„Ich mache im Herbst meine eigene Praxis auf. Ein guter Geist für die Betreuung meiner kleinen Patienten und deren Eltern wird noch gesucht. Es müsste halt jemand sein, der mit Kindern und mit Erwachsenen umgehen kann."

„Und du meinst, das könnte ich sein?"

„Warum nicht?"

„Und unter welchen Bedingungen?"

„Bedingungen? Keine Bedingungen. Du bekommst ein Gehalt. Wenn du willst, kannst du dir eine Wohnung suchen."

„Und wenn nicht?"

„Meine Wohnung ist groß genug für uns beide. Ein Schloss ist es allerdings nicht."

Sommer am Gardasee

Max war sauer, denn seine Mutter bestand darauf, dass ihre Familie sie am Gardasee besuchte. Also musste Oma neuerlich packen, diesmal auch für ihn, den der musste mitkommen. Yvonne war mit Charles bei seinen Eltern in München gewesen, auf dem Rückweg wollte man sie nun mitnehmen.

„Zu fünft in einem Auto. Die hat doch einen Knall", tobte er.

„Du sprichst von deiner Mutter", wies Oma ihn zurecht.

„Ich kann ja nichts dafür, dass meine Mutter liebeskrank ist", argumentierte er.

„Außerdem soll das doch Gepäck per Bahn reisen", ergänzte Oma.

„Nicht notwendig. Wegen der paar T-Shirts. Länger als eine Woche bleib ich sowieso nicht in dem Kaff."

Am Tag vor der Abreise war Familien-Mittwoch, diesmal beim Heurigen. Yvonne und Charles waren dem Treffen ferngeblieben.

„Das kann man ihnen wirklich nicht vorwerfen, so wie der Bub sich aufgeführt hat, seit die beiden gestern angekommen sind", meinte die stets gerechte Oma.

Theo hatte das nicht kommentiert, doch beim Abschied hielt er Max zurück und sagte: „Ich erwarte von dir, dass du dich wie ein ,Nestelbach' verhältst."

„Und wie verhält sich ein Nestelbach?"

„Souverän und mit Anstand."

„Du meinst, ich soll mir von dem Trottel alles gefallen lassen? Ich denk' nicht einmal dran."

„Jetzt hör mir mal zu: Es handelt sich um den Freund deiner Mutter, ob es dir nun passt oder nicht. Außerdem ist mir nicht bekannt, dass er dir bislang irgendetwas antun wollte, wogegen du dich hättest wehren müssen. Nach meiner Meinung ist er zwar ein eitler Laffe, aber harmlos. Wahrscheinlich sogar gutmütig, sonst hätte er dich vermutlich bereits in der Donau ertränkt. Sieh also zu, dass er das nicht im Gardasee nachholt."

Max versuchte in den beiden nächsten Tagen tatsächlich sich mit destruktiven Wortspenden zurückzuhalten. Außerdem gefiel es ihm in Riva ganz gut. Es gab eine Menge junger Leute und in der kleinen Stadt war um diese Zeit mächtig was los. Auch gegen das Haus, in dem Charles wohnte, ließ sich nichts sagen, außer dass es ein wenig abseits lag. Aber Charles besaß ein Fahrrad, ein ganz ordentliches sogar, das er ihm überlassen hatte. Nur als er mit Paula in ein Zimmer gesteckt werden sollte, rebellierte er kurz, aber mit Erfolg, denn Oma bot an, ihr Zimmer mit Paula zu teilen.

Dagegen hatte er nichts einzuwenden. Charles zeigte ihnen Riva, sie machten eine Fahrt um den Gardasee, besuchten Malcesine und bummelten durch Sirmione.

Am Sonntag fuhr er mit ihnen zum Lago di Ledra und weiter zum Lago di Tenno. Dort genossen sie einen faulen Nachmittag am See und aßen in einer urigen italienischen Trattoria zu Abend. Nichts dagegen zu sagen.

* * *

Aurelia hatte diese Tage nahezu wider Willen genossen, doch am Montag kehrte der Alltag wieder ein. Gleich nach dem Frühstück, das sie für alle auf der Terrasse bereitet hatte, zog Charles sich in sein Zimmer zurück, um an seinem Roman zu arbeiten. Yvonne stellte ihre Staffelei in den Schatten einer mächtigen Platane und Max nahm wortlos Charles' Rad und radelte davon. Als er zu Mittag wiederkam, hatte auch sie es sich mit einer Zeitschrift im Schatten gemütlich gemacht. Paula streunte ziellos durch den Garten und beklagte, dass sie Hunger habe. Dem hatte sich Max angeschlossen. Aurelia hätte ihnen gerne etwas zurechtgemacht, musste aber feststellen, dass keinerlei verwertbaren Vorräte im Haus waren. Paula wollte zumindest einen Apfel, aber Äpfel gab es nicht. Nun hätte Paula auch eine Birne genommen, doch es war gar kein Obst im Haus. Yvonne hatte gestern auf der Heimfahrt für das heutige Frühstück eingekauft, aber das war auch schon alles gewesen.

Listig schickte Oma Brand Paula zu Yvonne, die in einem Skizzenbuch blätterte.

„Mami, ich möchte einen Apfel", begehrte Paula.

„Dann nimm dir doch einen, Schätzelchen."

„Omi sagt, es ist aber kein Obst im Haus."

„Tja dann? Nimm dir doch etwas anderes Mäuschen."

„Ich möchte aber einen Apfel oder eine Birne", beharrte Paula.

„Da kann ich dir jetzt aber auch nicht helfen, Liebling."

„Wie wär's denn mit einkaufen?", schlug Oma vor, die Paula gefolgt war.

„Gute Idee", meinte Yvonne und blätterte wieder in ihrem Skizzenbuch.

„Und wie stellst du dir das vor? Sollen wir die paar Kilometer zu Fuß gehen?"

„Ich kann euch ja später fahren."

„Und warum nicht jetzt?"

„Um diese Zeit schließen die Geschäfte leider schon. Aber um vier machen sie wieder auf. Wenn du willst, fahr ich euch dann in die Stadt."

„Ich muss nicht in die Stadt, aber du wirst einkaufen müssen, denn es ist so gut wie nichts Essbares im Haus."

„Ach, Charles und ich essen mittags nie etwas."

Jetzt platzte Oma aber der Kragen.

„Und was ist mit Paula, Max und mir? Interessiert dich überhaupt irgendetwas auf dieser Welt außer diesen blöden Farbklecksen hier?" Wütend stieß Aurelia mit der Fußspitze gegen eines der Bilder.

„Mutter! Es gibt doch noch mehr auf dieser Erde als Essen und Trinken."

Aurelia sah rot. „Weißt du was, du bist mir zu deppert. Und überhaupt. Was machen wir eigentlich da? Sightseeing? Mal anschauen, wie die Mami so lebt? Und was ist dann? Wann kümmerst du dich endlich mal um deine Kinder?"

Sie wusste auch, dass der Anlass gering war, doch jetzt entlud sich, was sich in all den Monaten aufgestaut hatte.

„Ich versteh' gar nicht, was du für Theater machst. Du kümmerst dich doch sonst auch um den Haushalt."

„Irgendjemand muss es ja tun. Deine Kinder wären längst verhungert oder sonst wie verlottert."

„Unsinn. Natürlich kümmere ich mich um die Kinder."

„Na dann – probierst's am besten glei."

Damit machte sie auf dem Absatz kehrt und ließ eine verblüffte Yvonne und eine weinende Paula zurück.

* * *

So fand Charles sie. Er war durch die lautstark geführte Diskussion angelockt worden, hoffend einen neuen Impuls für seinen Roman zu bekommen, denn er befand sich gerade in einer Sackgasse.

Nun mochte Charles ein Egoist sein, gefühllos war er nicht.

Eine weinende Paula und eine verzweifelte Yvonne konnten ihn jedenfalls nicht kalt lassen. Er setzte sich also hin und versuchte herauszubekommen, was geschehen war.

„Meine Mutter – ich glaube, sie ist übergeschnappt. Oder krank. Ja, das wird es sein. Vielleicht die Hitze."

„Was hat sie denn um Himmels willen getan?"

„Oma ist böse, weil ich einen Apfel wollte", meldete sich Paula.

Er hatte sich bislang nicht besonders mit Oma Brand beschäftigt, aber sie schien ihm ganz normal zu sein. So wie seine Mutter eben. Eine Frau aus dem Volk. Kein Paradiesvogel wie Yvonne, keine Powerfrau, oder zumindest auf eine andere Weise. Aber übergeschnappt? Charles hatte da seine Zweifel.

Oma setzt sich durch

Vierundzwanzig Stunden später machte es sich Aurelia Brand in ihrem Abteil gemütlich. Erster Klasse war sie noch nie gereist. Charles hatte sie zur Bahn gebracht und das Ticket gelöst. Vermutlich hatte er gehofft, dass sie die Kinder gleich wieder mitnähme, wenn er auch nichts Derartiges gesagt hatte. Im Grunde hatte er sich ganz anständig benommen. Dennoch machte sich Aurelia keine Illusionen. Die vier als glückliche Familie, das würde wohl nichts werden.

Warum war sie eigentlich gestern so ausgerastet? Es war ja wirklich nichts Neues, dass Yvonne sich nicht um den Haushalt kümmerte.

Bestimmt wäre ihr bald unglaublich langweilig gewesen, wenn sie nicht wenigstens das bisschen Haushalt übernehmen hätte können. Die Hauptarbeit verrichtete ohnehin eine Frau aus der Gegend. Aber sie wäre gerne gefragt worden. Sie hätte gerne gesagt: Ach komm, ich mach' das schon.

Dazu war es nicht gekommen. Yvonne hatte ihr wortlos alle Arbeit überlassen. Das hat sie gewaltig geärgert. Außerdem war sie froh, dass sie wieder heimfahren konnte. Nur um Paula machte sie sich Sorgen. Die Kleine hatte so geheult, als sie zurückbleiben musste. Sie wollte unbedingt mit nach Wien. Doch diesmal hatte sich Yvonne widersetzt. „Die Kinder bleiben hier", hatte sie kategorisch erklärt. „Wenn du fahren willst, bitte."

„Aber wenn die Kinder doch lieber mit deiner Mutter nach Wien fahren", hatte Charles eingewendet. Warum der sich eigentlich so seltsam nannte? War doch ein ganz anständiger Name: Karl Schultze. Na bitte, ihr Problem war er nicht. Oder doch? Was, wenn Yvonne ernst machte und mit den Kindern ganz nach Italien zog.

Sie fragte sich immer wieder, warum es zu diesem blöden Streit gekommen war. Der Anlass war nichtig gewesen. Yvonne hatte sich noch nie um den Einkauf geschert, warum hätte sie es gestern tun sollen?

Vielleicht, weil sie sich gar so hilflos gefühlt hatte. Sie konnte die Sprache nicht, kannte sich nicht aus, hatte keine Möglichkeit gehabt, irgendwo hinzukommen. Weil sie aber auch nie Autofahren gelernt hatte. Der verstorbene Graf hatte es ihr angeboten, aber sie hatte abgelehnt. Sie und Autofahren? Aber warum eigentlich nicht? Damals war sie Mitte fünfzig gewesen. Heute war sie siebzig. Jetzt war es zu spät. Zu spät, um Auto fahren zu lernen. Zu spät … Wofür war es noch zu spät? Solche Gedanken hatte sie sich noch selten gemacht. Sie hatte doch das Leben geführt, das sie gewollt hatte. Na gut, eigentlich hatte sie Lehrerin werden wollen, aber in den Fünfzigern war das nicht so einfach gewesen. Warum sollte man in die Ausbildung eines Mädels investieren, wo es doch ohnehin heiraten und Kinder kriegen würde?

Immerhin durfte sie die Hauswirtschaftsschule besuchen, das war schon was. Und dann kam ja alles wie geplant. Sie hatte geheiratet und ein Kind bekommen, hatte ihren Mann geliebt, war gerne Hausfrau und Mutter gewesen. Schade, dass ihr Erich so früh hatte sterben müssen. Und warum hatte sie danach ihr Leben nicht in die Hand genommen?

Seltsame Gedanken hatte sie heute. Es war ihr doch gut gegangen all die Jahre. Durch Max und Paula hatte sie wieder eine Aufgabe gehabt, wurde gebraucht und war nicht allein gewesen.

Nun, man würde sie auch in Zukunft brauchen. Und wenn nicht? Wer war Aurelia Brand, ohne Tochter, ohne Enkerl?

Wie viele Jahre blieben ihr noch? Zehn? Zwanzig? Solche und ähnliche Gedanken begleiteten sie auf ihrer einsamen Fahrt nach Wien.

* * *

Drei Tage später war auch Max wieder in Wien.

Er war am Montag Zeuge des Streites zwischen Mama und Oma geworden war und ganz selbstverständlich davon ausgegangen, dass

Paula mit Oma fahren würde. Er selbst wollte noch bleiben, denn er hatte eine ziemlich coole Clique kennen gelernt. Als er begriff, dass Mama Paula verbot, mit Oma nach Wien zu fahren, gab's den ersten Zusammenstoß. Wer sollte sich denn um Paula kümmern, wenn Oma nicht da war?

Am Dienstag hatte sich Mama wenigstens noch Mühe gegeben. Sie hatte mit Paula gespielt, ein kaltes Mittagessen gerichtet und abends Pasta gekocht. Aber das hatte er schließlich nicht wissen können! Da er zum Abendessen zu spät gekommen war, gab es den zweiten Crash mit seiner Mutter. Da hatte Charles wenigstens noch den Mund gehalten, wofür Mama dann auch ihn angefaucht hatte.

Der Mittwoch war ohne gröbere Reibereien abgegangen und da Charles alle zum Essen eingeladen hatte, war auch Mama wieder entspannt gewesen. Ausschlaggebend war der dritte Streit gewesen. Der hatte am Donnerstag stattgefunden. Beim Frühstück hatte Paula schon gequengelt, ihr sei fad, aber das hatte eh keinen gekümmert, erzählte Max.

„Das arme Kind", warf Oma ein.

„Nach dem Frühstück war Charles in sein Arbeitszimmer verschwunden, und Mama, die einen Termin mit irgend so einer Galeristin hatte, war auch in ihr Zimmer gegangen, um sich aufzubrezeln. Ich war mit meiner Clique verabredet und hatte keine Lust, mich um Paula zu kümmern. Also habe ich mir Charles' Rad genommen und mich davongemacht. Na gut, Mama hat mir noch nachgerufen, was genau, habe ich nicht mehr verstanden."

* * *

Aurelia konnte sich die Situation gut vorstellen. Sicher hatte er fest in die Pedale getreten, um ja nichts mehr zu hören, und ebenso sicher hätte das Yvonne ein Achselzucken gekostet, wäre sie nicht verpflichtet gewesen, sich selbst um Paula kümmern.

„Jedenfalls musste sie Paula mitnehmen", erzählte Max weiter. „Als ich zurückkam, waren sie schon wieder da. Natürlich hatte ich einen

Riesenhunger. Da schrie Mama mich an! Seit du abgereist seist, hätte sie das Gefühl, das ganze Leben drehe sich ausschließlich ums Essen und ich solle mich um wichtigere Dinge kümmern. Hat der Mensch so was schon gehört?"

„Tja, für deine Mutter hat Essen keine besondere Bedeutung. Sie isst, wenn sie jemand daran erinnert oder wenn sie Hunger hat, was selten vorkommt. Du weißt doch, meistens mussten wir sie daran erinnern."

„Ich wollte doch nichts anderes als eine ordentliche Portion Spaghetti oder auch Eiernockerl oder eben irgendetwas! Stattdessen hat sie weitergemeckert, wie ich morgens wegfahren konnte, wo sie mir doch gesagt hatte, ich soll mich um Paula kümmern. Na ja, da hab' ich ihr eben Bescheid gesagt."

„Wie genau?"

„Na, das sie sich selbst um Paula kümmern sollte. So was halt."

„Und was hat deine Mutter gesagt?"

„Die hat gar nichts gesagt, aber dieser Obertrottel von einem Charles kam daher und schrie: ‚Nicht in diesem Ton, junger Mann!' Und ich darauf: ‚Mit dir rede ich nicht. Du hast mir gar nichts zu sagen, du bist …' Na und so weiter eben."

„Du bist was?", wollte Aurelia wissen.

„Ein Idiot!", gab Max etwas kleinlaut zu.

„Dafür könnte ich dir jetzt noch eine scheuern!"

„Mama hat natürlich zu ihm gehalten: Wenn du nicht weißt, wie man sich benimmt, ist es besser du gehst!"

„Wo sie recht hat, hat sie recht!", pflichtete Aurelia ihr bei, doch Max beachtete den Einwurf nicht.

„Da habe ich meine Sachen gepackt. Blöderweise fehlte mir das nötige Kleingeld für die Heimfahrt, das hat der Blödmann mir dann gepumpt und zur Bahn hat er mich auch gefahren. Wollte wohl sicher sein, dass ich auch wirklich abhaue."

* * *

Nachdem Charles auch Max in den Zug gesetzt hatte, hat er, zur Feier des Tages, Champagner besorgt und ein paar Leckereien. Sogar an Vanilleeis für Paula hat er gedacht. Als er dann heimkam, saßen die beiden einträchtig aneinander gekuschelt auf der Hollywoodschaukel und Yvonne las Paula aus einem Buch vor. Ein hinreißendes Bild, fand Charles. Na gut, die Kleine konnte seinetwegen bleiben. Zumindest eine Zeit lang.

Der Frieden währte nur wenige Tage. Paula vermisste ihre Oma, vielleicht auch ihre Freundinnen, möglicherweise sogar Max. Immerhin war sie nun schon bald zwei Wochen hier. Charles konnte verstehen, dass Paula sich fadisierte. Gleichaltrige Kinder kannten sie nicht, von den Sprachschwierigkeiten einmal ganz abgesehen. Auch er wäre gerne wieder mit Yvonne alleine. Gott, war das herrlich gewesen, als er von diesem familiären Anhang noch keine Ahnung gehabt hatte!

Zumindest vorübergehend wollte er diesen paradiesischen Zustand wiederherstellen. Als Yvonne später erwähnte, wie leid ihr der Streit mit ihrer Mutter und Max täte, kam ihm die Idee: „Max ist in Wien, deine Mutter ist in Wien und Paula möchte nach Wien. Warum führen wir sie nicht hin? Dann bleiben wir ein paar Tage, du versöhnst dich mit den beiden, und fahren wieder nach Hause."

„Nach Hause …", wiederholte Yvonne sinnend. „Wo ist das denn? Mein Zuhause?"

Charles legte seinen Arm um sie. „Dumme Frage, ma Cherie. Hier, bei mir."

„Das wäre herrlich! Aber zu Schulbeginn muss ich diesmal bei den Kindern sein."

„Schön. Und Mitte September kommst du wieder nach Riva. Schließlich findet Ende September deine Vernissage statt."

Überraschungen

Sommererleichterung, nannte es Irene, wenn sie den Freitag oder den Montag auf dem Gut verbrachten. Sommerurlaub war ohnehin nicht geplant, schließlich wollten sie nach der Hochzeit in die Toskana.

Ein Teil der Feierlichkeiten sollte auf dem Gut stattfinden, und es gab es immer wieder etwas zu überlegen, zu besprechen und zu organisieren.

Die vorzeitige Rückkehr seiner Geschwister hatte Theo mit der Bemerkung: „Das war aber ein kurzer Sommer", quittiert. Schließlich hatte Yvonne doch angekündigt, den ganzen Sommer mit der Familie am Gardasee zu verbringen.

„Sagte ich nicht, das geht nicht gut?"

„Sagtest du. Wenigstens wissen wir diesmal, wo sie ist!"

Für Theo war es eine Selbstverständlichkeit geworden, ein Auge auf seine Geschwister zu haben.

Mitte August kamen Sandra und Günther für ein Wochenende aufs Gut, um ein wenig Golf zu spielen. Die beiden hatten sich längst wieder versöhnt, aber ihre geschäftlichen Probleme waren scheinbar immer noch ungelöst.

Als sie abends auf der Terrasse saßen, kam das Gespräch wieder auf das leidige Thema, wogegen Sandra heftig protestierte.

„Wir sind hier, um auszuspannen, nicht um auch noch unsere Freunde mit unseren Problemen zu quälen. Ich will nichts davon hören!"

„Genauso habe ich mir Freundschaft auch immer vorgestellt", konterte Irene.

Nach einigem Hin und Her erzählte dann Sandra selbst von ihrem Problemobjekt, das immer noch zum Verkauf stand.

*

Am nächsten Morgen brachte Günther ein Prospekt mit, das Theo mit auf sein Appartement nahm.

Erst am letzten Abend, als Irene und Sandra sich noch hübsch machten und die Herren auf der Terrasse schon ein Bier tranken, kam Günther noch einmal auf das Thema zurück.

„Bis Ende August muss ich denen zumindest einen Interessenten namhaft machen. Sonst war alles umsonst."

„Du meinst, die Bank stellt Konkursantrag?"

Günther schüttelte den Kopf. „Die stellen nur alle Darlehen fällig. Den Konkursantrag stelle dann ich."

Theo blieb schweigsam. Nach einigen Minuten nahm Günther den Gesprächsfaden noch einmal auf: „Du weißt nicht eventuell einen Interessenten für mich?"

„Du meinst jemanden, der den Interessenten spielt."

„Notfalls auch das."

„Nein."

Das klang endgültig und Günther kam nicht mehr darauf zurück. Theo erzählte es auf der Heimfahrt Irene.

„Ich habe immer schon geahnt, dass seine Geschäftspraktiken nicht ganz sauber sind."

„In seiner Situation kann man es ihm kaum verdenken."

„Unsauber ist es aber trotzdem."

„Ich habe ihm ja auch eindeutig zu verstehen gegeben, dass ich für so eine Aktion nicht zur Verfügung stehe, aber ich habe mir auch überlegt, wie ich in einer solche Situation reagieren würde."

„Und jetzt?"

„Ich denke, wir könnten uns das Projekt einmal ansehen."

„Wozu soll das gut sein?"

„Vor Ort habe ich immer die besten Ideen."

„Wenn du meinst", seufzte sie. „Zumindest schaden wir damit keinem."

*

Als Markus sich endlich wieder meldete, war er schon mehr als drei Wochen in Wien.

„Na wie war's in Südfrankreich?"

„Heiß."

„Die Tage oder die Nächte?"

„Irene!"

„Jetzt lenk nicht ab und lass dir doch nicht jedes Wort aus der Nase ziehen!"

„Tja, es war tagsüber sehr heiß, abends sehr nett, ich habe bestens gegessen, mich prima erholt und jetzt bin ich wieder da."

„Und weiter?"

„Weiter nichts. Ich bin wieder da, ich arbeite und mache mir Gedanken über die Bekleidungsvorschriften bei eurer Hochzeit."

„Du machst dir Gedanken über Bekleidungsvorschriften? Das ist ja ganz was Neues! Also ich schlage vor, wir treffen uns in den nächsten Tagen mal beim Heurigen und dann besprechen wir den Dresscode, wenn er dir so am Herzen liegt."

„Er liegt mir nicht am Herzen, ich möchte nur nicht komplett danebenliegen. Aber das mit dem Heurigen ist eine gute Idee. Heute und morgen habe ich Nachtdienst, ab Mittwoch sieht's bei mir gut aus."

„Mittwoch ist Geschwistertag, Donnerstag?"

„Es geht auch am Donnerstag, dann allerdings erst gegen acht."

Als Irene und Theo am Donnerstag knapp vor acht ins „Paradiesmandl" einmarschierten, wartete Markus bereits auf sie.

„Stoßt ihr mit mir an?"

„Immer. Etwas Besonders?"

„Ich habe soeben meine Platzreifeprüfung bestanden."

„Ich denke, ich hör' nicht recht. Jahrelang habe ich versucht, dich zum Golfen zu bewegen. Wieso gerade jetzt?"

„Ich dachte, das spielt man so – in euren Kreisen."

„Quatsch. Ich spiele Golf, seit Sandras Eltern mich zum ersten Mal aufs Stadler-Gut mitgenommen haben. Bis jetzt hast du mir immer erklärt, du brauchst keinen Schläger, um spazieren zu gehen."

Markus zuckte nur lächelnd die Schulter und hätte es gerne dabei bewenden lassen, doch Theo sagte: „Moment mal. Du warst doch bei Katrin in der Provence."

Nach dieser allseits bekannten Feststellung setzte Theo umständlich seine Pfeife in Brand.

„Katrin ist eine begeisterte Golfspielerin", fügte er dann hinzu.

Markus' Lächeln vertiefte sich.

Man prostete sich zu und sie tranken auf seine bestandene Prüfung.

„Ich habe gleich noch eine Überraschung für euch. Die Sache mit der Ordination wird jetzt spruchreif. Ich habe nämlich gekündigt."

„Du hast was?"

„Ich habe meinen Spitalsjob gekündigt."

„Sag, tickst du noch richtig?"

„Du hast den Sprung in die Selbständigkeit doch auch gewagt – und bist nicht ertrunken."

„Schon, aber das war von langer Hand vorbereitet."

Während des Essens erzählte Markus von seinem Zoff mit dem Chef und dass er diesmal weder eingelenkt noch nachgegeben habe. Bis Anfang September würde er noch arbeiten, dann waren da noch drei Wochen unverbrauchter Urlaub und per Ende September war das Dienstverhältnis beendet.

*

„Katrin und Markus? Niemals. Das musst du falsch verstanden haben", rief Sandra, als Irene ihr die Neuigkeit erzählte. Die beiden waren auf der Suche nach dem passenden Hochzeits-Outfit.

„Was gibt's denn da falsch zu verstehen? Er hat seinen gesamten Urlaub bei ihr verbracht und jetzt lernt er Golf spielen. Hat er etwa meinetwegen je zum Golfschläger gegriffen?"

„Na ja schon, aber deshalb gleich anzunehmen, dass daraus etwas Ernsthaftes werden könnte? Katrin ist an Goldfische gewöhnt."

„Und was ist Markus? Eine Kaulquappe? Außerdem hat sie zuletzt den Goldfisch gegen einen Raubfisch getauscht. Das war ja auch nicht der ganz große Wurf. Ist dir übrigens aufgefallen, dass sich Markus in der letzten Zeit sichtbar mehr Mühe gibt mit seiner Kleidung?"

„Jetzt, wo du's sagst", räumte Sandra ein, dann wandte sie sich ihrer Pasta zu. Doch als sie später in ihrem Cappuccino rührte, schüttelte sie wieder den Kopf und meinte noch einmal: „Nein. Ich glaub's nicht."

Dann wandte sie sich aktuelleren Dingen zu.

* * *

„Schade, dass ich dir die Prunkstücke nicht zeigen kann", meinte Irene, als sie mit reicher Beute heimkam. Aber hier, die Bluse, die darfst du sehen. Und – Augenblick – ja, die Schuhe, die sind auch neutral. Alles andere ist tabu. Wenn du schon die Braut so gut kennst, soll doch wenigstens das Outfit ein Geheimnis bleiben." Damit raffte Irene ihre sieben Sachen wieder zusammen und verschwand in ihrem Zimmer.

Theo öffnete schon einmal den Champagner. Damit würde er der Würde des Tages wohl gerecht werden. Was Frauen so alles wichtig nahmen.

Als sie wenig später wiederkam, fragte sie: „Und – was hast du eingekauft?"

„Jakobsmuschel, Lammfilet, heurige Erdäpfel, Rosmarin …"

„Das klingt ja köstlich. Wer kocht?"

„Ich natürlich."

„Sehr schön. Dann gehe ich noch eine Runde schwimmen."

Eine Stunde später, als sie eben ihre Vorspeise genossen, läutete es an der Tür. Theo öffnete und sagte mit mäßigem Entzücken: „Was machst du denn hier?"

„Soll ich da stehenbleiben?"

Theo war bereits zur Seite getreten, um Max einzulassen.

Irene hatte sich besser im Griff und lud den ungebetenen Gast ein, etwas zu probieren.

„Was ist denn das?", fragte Max und blickte skeptisch auf die delikaten Muscheln.

„Jakobsmuscheln – à la Harrys Bar."

„Nein, danke. Behaltet sie nur, das sieht ja grauslich aus."

„Schmeckt aber hervorragend", verteidigte Irene Theos Kochkunst.

Auch Theo musste zugeben, dass der Geschmack das Aussehen bei Weitem übertraf. Er hatte sich wieder gesetzt, seinen Unmut über den unerwarteten Besuch mit einem Schluck Chablis hinuntergespült und war nun wieder in der Lage, mit gewohnter Gleichmut nach dem Grund des Besuches zu fragen.

„Ich wusste ja nicht, dass ich einen Grund angeben muss, wenn ich euch besuchen will."

„Musst du ja nicht", antwortete Theo und beendete seine Vorspeise.

„Außerdem müsst ihr mich jetzt ohnehin entschuldigen, ich muss in die Küche."

* * *

Sich anzuschweigen ist blöd, dachte Irene, also fragte sie: „Wie geht's Paula? Und Oma?"

„Und dem Meerschweinchen?"

„Habt ihr denn eines?"

„Kann ja noch kommen."

Irene war ratlos. Max war noch nie unangemeldet gekommen. Sein Besuch musste also einen Grund haben. Einfach zu fragen, erschien ihr sinnlos. Soweit kannte sie Max immerhin schon. Wo war denn nur Theo? Aber der war vermutlich ohnehin nicht weiter hilfreich. Markus wüsste Rat, aber sie konnte ihn jetzt schlecht anrufen. Wetter? Nein, Wetter war blöd.

„Was möchtest du trinken?"

„Was trinkt ihr denn da?"

„Weißwein."

„Na dann. Weißwein."

Max hatte noch nie in ihrer Gesellschaft Wein getrunken, bestenfalls mal ein Bier oder ein Glas Sekt. Aber bitte, er war immerhin schon bald achtzehn. Sie holte ein Glas und schenkte ihm ein. Max rührte das Glas nicht an. Im Hintergrund besang Frank Sinatra gerade New York, schade drum, aber sie konnten ja später darauf zurückkommen.

„Was willst du hören? Musikmäßig, mein ich?"

„Hiphop."

„Hiphop. Ich fürchte …"

„Habt ihr nicht, weiß ich doch. Lass den alten Franky doch singen."

Theo kam mit seinen in Rosmarin gebratenen Lammfilets zurück, dazu dicke weiße Bohnen und Blechkartoffel, das sagte dem unerwarteten Gast schon mehr zu. Also bekam auch Max ein Stück vom rosa gebratenen Lamm.

Das Lamm war gegessen, der Tisch abgeräumt, statt Franky Boy sang nun Barbara Streisand, Theo schenkte Wein nach.

Nachdem auch Irene jeden Versuch, eine angemessene Kommunikation aufrechtzuerhalten, aufgegeben hatte und alle nur noch dasaßen und in ihr Weinglas stierten, sagte Max in die Stille: „Ich bekomme ein Kind."

Theo sah von seinem Glas auf. „Das ist allerdings – bemerkenswert."

„Nicht ich. Sabine."

„Und wer ist Sabine?"

„Typisch überheblicher Kapitalist. Sie arbeitet für dich und du weißt nicht einmal, wer sie ist!"

„Die Brünette aus dem Sekretariat?"

„Gewonnen."

„Bekommt ein Kind?"

„Ja."

Schweigen.

„Also", brach Max das Schweigen „fragt jetzt bloß nicht, wie das passieren konnte!"

„Danke, soweit sind wir noch auf dem Laufenden", entgegnete Theo. „Aber ich hätte immer gedacht, euch kann so etwas nicht mehr passieren – aufgeklärt wie ihr seid."

Max schwieg.

„Weiß es deine Mutter schon?", fragte Irene.

Max schüttelte den Kopf.

„Und du bist sicher, dass du der Vater bist?"

„Was denkst du denn?"

Als Max gegangen war, saß Irene noch immer im Fauteuil, ihr Weinglas in der Hand und sagte: „Ich fass' es nicht."

„Und ich glaub' es nicht", antwortete Theo.

„Du glaubst es nicht?"

„Überleg doch mal. Voriges Jahr hat sie ihn keines Blickes gewürdigt und alle haben gesagt: Klar, sie ist um drei Jahre älter, die lässt sich doch nicht auf einen grünen Jungen ein."

„Ja schon, aber in der Zwischenzeit hat sie sich offenbar mit ihm eingelassen."

„Und bekommt ein Kind, weil sie vielleicht einmal mit ihm geschlafen hat. Max sagt, dass war Ende Juni. Und seither? Die Frau ist einundzwanzig, Max war mit Ausnahme des Italientrips fast jedes Wochenende mit uns auf dem Gut."

„Ja, ihretwegen."

„Eben. Aber sie war doch fast nie da. Da stimmt doch irgendetwas nicht."

„Das ist allerdings komisch. Und was machen wir jetzt?"

„Max lassen wir einmal schmoren. Aber wir zwei fahren morgen doch hinaus. Ich bin schon sehr gespannt, was Helga Martens dazu meint."

„Du willst es ihr sagen?"

„Wenn uns jemand helfen kann, dann sie."

* * *

„Wie bitte?", hatte Frau Martens gesagt. „Max und Sabine? Die hat doch eh einen Freund. Einen Piloten, soviel ich weiß. Allerdings ist der verheiratet. Der Max ist doch nur der Lückenbüßer, wenn der Pilot nicht da ist."

Theo tippte sich an die Stirn. „Jetzt verstehe ich auch, warum er an manchen Wochenenden überhaupt nicht zu sehen war und an anderen wieder Zeit hatte, mit uns Golf zu spielen, zu essen und meine Mutter zu besuchen."

Als Theo und Irene am Abend nach Wien fuhren, hatte Sabine längst eingestanden, dass Max als Vater kaum wahrscheinlich war. Sie hätte auch nur gesagt, dass sie schwanger sei, behauptete sie. Das mochte stimmen oder auch nicht.

„Natürlich hätte Max den perfekten Vater abgegeben. Und wir hätten auch brav gezahlt", mutmaßte Theo grimmig.

Nun, dieser Teil war einfacher gewesen, als sie vermutet hatten. Etwas ganz anderes war es, Max diese Nachricht zu überbringen. Erst weigerte er sich zu glauben, was man ihm erzählte, aber ein kurzes Telefonat mit der werdenden Mutter konnte diesbezüglich Klarheit schaffen.

Dann aber wurde es wirklich schwierig, denn der Erleichterung folgte der erste, richtige Liebeskummer.

Theo hat eine Idee

Drei Tage vor Schulbeginn kam Yvonne zurück.

Aurelia Brand nahm dies erleichtert zur Kenntnis, nicht zuletzt deshalb, weil Max in seinem Liebeskummer wirklich schwierig war und sie manchmal schon recht ungeduldig. Yvonne, selbst ein emotionaler Mensch, konnte ihn vielleicht besser verstehen.

Die ersten Tage schienen auch recht verheißungsvoll. Voll des guten Willens – und des schlechten Gewissens, wie Aurelia Brand vermutete – widmete sie sich gänzlich ihren Kindern. Sie führte lange Gespräche mit Max, ging mit Paula in den Park und hatte sogar angeboten zu kochen, was Aurelia aber, nach dem es zum dritten Mal hintereinander Spaghetti gegeben hatte, dankend ablehnte.

Als Aurelia die Rede auf die bevorstehende Hochzeit brachte, die Ende September stattfinden sollte, stellte sich heraus, dass Yvonne zu diesem Zeitpunkt bereits wieder in Italien sein wollte, ja sein müsse, da Anfang Oktober ihre Ausstellung beginnen würde. Selbstverständlich müsse sie in den Tagen vor der Vernissage vor Ort sein.

Aurelias Mut sank. Sie hatte so gehofft, dass Yvonne nach dem ausgiebigen Urlaub beständiger zu Hause sein würde.

Außerdem stellte sie fest, dass Yvonne zwar Max' Verzweiflung besser verstehen konnte als alle anderen, dass ihr Mitleid und ihr Bedauern jedoch wenig hilfreich waren.

Also rief sie Theo an und vereinbarte ein Treffen in seinem Büro.

„Können's net mit ihr reden?", fragte Aurelia und Theo antwortete in seiner ruhigen Art: „Natürlich kann ich mit ihr reden, aber es wird nichts nützen."

Und nach einer Pause: „Wie lange will sie diesmal in Riva bleiben?"

„Ich hab' schon gar nicht mehr g'fragt. Wenn's erst einmal unten ist, sind drei, vier Wochen gar nichts. Aber das kann doch nicht immer so weitergehen."

„Solange es keinen zwingenden Grund gibt zu bleiben, wird es aber so weitergehen. Was wäre denn auch die Alternative? Charles zieht in der Pramergasse ein?"

Aurelia schüttelte so energisch den Kopf, dass sich eine Haarsträhne aus der Frisur löste.

„Oder Ihre Tochter zieht mit den Kindern nach Riva. Wollen Sie das?"

„Na, wirklich net", antwortete sie voller Inbrunst.

„Was also dann?"

Aurelia seufzte und zuckte mit den Achseln.

„Ich bin zu alt für die Kinder. Zum Beispiel jetzt die Sache mit Max, ich hab' einfach keine Geduld mehr für seine Faxen. Und ich versteh' ja auch kaum, was er mir erzählt. Ja, Liebeskummer, das haben wir auch g'habt. Aber sonst?"

Theo legte die Fingerspitzen aneinander, wie immer, wenn er intensiv über etwas nachdachte, dann sagte er:

„Vielleicht habe ich eine Idee."

* * *

„Und? Hast du eine Idee?", fragte Irene abends, als er ihr von dem Gespräch erzählte.

„Hab' ich." Theo stand auf, holte von seinem Schreibtisch den Prospekt, den Günther ihm vor einigen Wochen gegeben hatte, und legte ihn vor Irene auf den Tisch.

„Das ist die Lösung."

Sie besah sich den Folder: „Das ist doch Günthers Ladenhüter."

„Mag sein, aber für uns ist er perfekt."

„Muss ich das jetzt verstehen?"

„Du wirst es sofort verstehen. Also: Wir haben hier drei wunderbar ausgestattete Reihenhäuser samt Pool und PKW-Abstellplätzen sowie fünfhundert Quadratmeter Büros im Vordertrakt, ebenfalls bestens ausgestattet, eines davon mit straßenseitigem Zugang. Wir kaufen zwei der Reihenhäuser sowie den gesamten Vordertrakt. Wir zwei könnten das Eckhaus bewohnen, das hat den repräsentativsten Wohnsalon, daneben quartieren wir Oma Brand und die Kids ein und natürlich Yvonne, so sie gerade bei ihnen weilt. Im Vordertrakt haben wir Platz für unser beider Büros und im Erdgeschoss kann Markus seine Ordination einrichten. Noch dazu mit straßenseitigem Zugang."

„Ich dachte, die Objekte sind zu teuer."

„Im Hinblick auf die Gegend ja, im Hinblick auf die Ausstattung nein."

„Sagt Günther."

„Womit er auch recht hat, ich habe mir das Objekt doch mit ihm angesehen und er hat seine ursprünglichen Preisvorstellungen längst revidiert, den jetzigen Preis halte ich für angemessen."

„Kannst du denn so etwas beurteilen?"

„Wir werden selbstverständlich noch ein Gutachten einholen, das verlangt die Bank ohnehin."

„Apropos Bank. Wie werden wir das alles finanzieren? Nebenbei glaube ich nicht, dass Markus an Wohnungseigentum gedacht hat."

„Muss er ja auch nicht, wir können es ihm vermieten, oder auch jemand anderen, wenn er nicht will. Aber ich hätte ihn gerne als Mieter und ich glaube, für seine Ordination wäre es die perfekte Lage. Die Gegend hier ist genau das, was er sucht. Die Leute sind nicht so reich, dass er zum Schickimicki-Arzt werden könnte, wie er das genannt hat, aber auch nicht so arm, dass sie sich die Behandlungskosten für seine alternativen Heilanwendungen nicht leisten können. Er will ja Traditionelles mit Alternativem zu verbinden."

„Und wie sollen wir das finanzieren? Soweit es mich betrifft, kann ich zwar meine Wohnung verkaufen, aber das ist auch schon alles, was ich dazu beitragen kann."

„Kannst du, musst du aber nicht."

„Entschuldige, aber als du ‚wir' sagtest, dachte ich, du sprächst von uns beiden."

„Natürlich, ich habe allerdings nicht erwartet, dass du die Hälfte des Projektes finanzierst."

„Ich dachte ohnehin nur an den gewerblichen Teil und an unser Reihenhaus. Vielleicht könnte ich das Büro mieten und meine Mittel in das Haus stecken", überlegte sie weiter.

„Glaube mir, ich kann das Haus auch alleine kaufen."

„Um mir anschließend die Hälfte zu vermieten? Das ist auch blöd."

„Allerdings. Warum soll ich dir denn die Hälfte vermieten?"

„Na, ich dachte, jetzt, wo wir heiraten, sollten wir auch zusammenwohnen."

„Daran habe ich allerdings auch schon gedacht. Bisher wohnst du doch auch in meiner Wohnung und in ein paar Wochen bist du meine Frau, da kannst du doch wohl auch unter meinem Dach leben."

„Ich würde aber lieber unter unserem Dach leben."

„Sei jetzt bitte nicht kompliziert. Sag' mir lieber, was du von meiner Idee hältst?"

„Also erstens bin ich nicht kompliziert, sondern emanzipiert. Zweitens finde ich die Idee gar nicht so schlecht, aber unter der Voraussetzung, dass ich für mein Büro Miete zahle und die Hälfte von unserem Reihenhaus finanziere. Was hältst du davon?"

„Darüber muss ich erst nachdenken."

Zum Zeichen dafür, dass er das Gespräch für beendet betrachtete, schaltete Theo wortlos den Fernseher ein. Irene kannte das schon und wusste, dass es im Moment keinen Sinn hatte, das Gespräch fortzusetzen. Also nahm sie sich ein Buch und begab sich wortlos zu Bett.

Auch am nächsten Morgen blieb Theo einsilbig, vereinbarte aber einen weiteren Besichtigungstermin für den kommenden Samstag.

*

Es war ein strahlender Herbsttag, als sie die Objekte in der Penzingerstraße besichtigten. Irene gefielen sowohl die Reihenhäuser als auch die Büros ausnehmend gut. Auch lagen die Vorteile klar auf der Hand: keine Wegzeiten zum Büro und Theos Geschwister im Nachbarhaus.

Es wäre ihr auch ganz recht, dass sie ein Haus hätten, das ihnen gemeinsam gehörte. Theo mochte es nicht verstehen und ihre Mutter hatte sofort gesagt: „Ich dachte, Theo ist reich genug, ein Haus für euch beide zu kaufen?" Irene blieb dabei. Sie wollte ein Haus haben, das ihnen beiden gehörte.

„Ich will es so", beschied sie ihre Mutter.

„Ich weiß, dass du es nicht verstehst, aber akzeptiere es bitte", sagte sie zu Theo.

„Wieso kannst du nicht einfach etwas annehmen, wenn man dir etwas schenken will?"

„Das stimmt doch gar nicht, ich freue mich über jedes deiner Geschenke!"

„Dann schenke ich dir zur Hochzeit das halbe Haus."

„Du kannst mir Blumen schenken oder einen Ring, von mir aus sogar ein Kleid, aber doch kein Haus!"

„Aber ich bin doch dein Mann, ich kann dir schenken was ich will!"

„Ich will aber nicht von dir abhängig sein, warum verstehst du das nicht?"

„Wäre das so schrecklich? Sag, liebst du mich eigentlich?"

„Dumme Frage. Natürlich liebe ich dich, aber ich will weiterhin für mich selbst sorgen. Denkst du, ich heirate dich, damit ich versorgt bin?"

Irenes Stimme nahm zunehmend einen gereizten Ton an.

„Damit könnte ich leben."

„Aber ich nicht! Kannst du das verstehen?"

Theo zeichnete mit seiner eleganten Schuhspitze aus braunem Wildleder Muster in den Kiesweg: „Nein, aber ich werde darüber nachdenken."

Schweigend gingen sie zum Auto zurück.

* * *

Am darauffolgenden Montag unterschrieb Theo das Kaufanbot.

„Ich danke dir", sagte Günther feierlich. „Damit hast du nicht nur eine gute Investition getätigt, sondern auch meine Firma gerettet. Sandra wird tanzen vor Freude!"

„Irene tanzt leider nicht, aber sie wird die Kaufverträge machen."

Günther sah überrascht auf: „Das verstehe ich nicht. Ich dachte die Objekte gefallen ihr."

„Schon, aber sie möchte ihr Büro und das halbe Reihenhaus selbst finanzieren."

Als Günther ihn nur fragend ansah, stieß Theo hervor: „Aber ich will das nicht! Ihr Büro von mir aus, aber nicht das halbe Haus!" Dabei war er so abrupt aufgestanden, dass er beinahe den Sessel umgeworfen hätte.

„Und was ist so schlimm daran?"

Es dauerte eine ganze Weile, bis Theo antwortete: „Sie hat einfach kein Vertrauen zu mir."

„Kann es ein, dass du ein wenig traditionell denkst?"

„Ja, das kann sein. Aber so bin ich eben und angeblich liebt sie mich so, wie ich bin!"

„Liebst du sie nicht auch, so wie sie ist? Mit ihrer Selbständigkeit und ihrem Stolz."

Darauf gab Theo keine Antwort.

* * *

Am Mittwochmorgen hatte sich die Stimmung zwischen Theo und Irene immer noch nicht gebessert. Sie sprachen nur das Notwendigste und Irene empfand Theos überkorrekte Höflichkeit beleidigend. Sie hätte gerne geschrien oder irgendetwas gegen die Wand geworfen, aber da er ihr dazu auch nicht den geringsten Anlass lieferte, blieb ihr diese Art der seelischen Erleichterung versagt.

„Kommst du heute Abend mit in die Pramergasse?"

„Bin ich irgendwann einmal nicht mitgekommen?"

„Dann werte ich deine Antwort als ein Ja. Kommst du direkt oder soll ich dich abholen?"

„Danke, ich komme direkt."

„Dann wünsche ich dir bis dahin einen schönen Tag!"

Kein Kuss, kein Lächeln, fort war er. Jetzt pfefferte Irene das Handtuch gegen die Wand, aber auch das verschaffte ihr nicht die gewünschte Erleichterung. Also schrie sie ihm noch „Macho!" hinterher. Dann hob sie das Handtuch auf, hängte es über den Trockner, nahm ihre Aktentasche und verließ ebenfalls das Haus.

*

Als Irene kurz nach sechs Uhr in der Pramergasse läutete, war Theo schon da. Vor den anderen begrüßte er sie mit einem Küsschen, dann setzten sie sich zu Tisch und genossen Oma Brands Krautrouladen. Erst nach dem Essen bat Theo um Aufmerksamkeit und stellte ihnen seine Umzugspläne vor, wobei er nicht versäumte, auf die netten Gärtchen und den überdachten Swimmingpool hinzuweisen.

Natürlich war Oma dafür. Der schöne Garten, das wäre natürlich herrlich und erst der Pool, wo Paula doch so eine Wasserratte war.

Auch Paula schien der Gedanke zu gefallen. Wohnen neben Theo wäre cool, meinte sie und veranstaltete eine Art Freudentanz.

Irene vermutete, dass es Paulas Begeisterung war, die sowohl Max als auch Yvonne verstimmte. „Die Wohnung in der Pramergasse hat dein Vater für uns ausgesucht und liebevoll hergerichtet, sie ist ein ständiges Andenken an ihn", argumentierte Yvonne dagegen.

„Ich hoffe, du wirst dich auch so an meinen Vater erinnern", konterte Theo.

„Du kannst doch nicht verlangen, dass wir einfach irgendwo anders hinzuziehen, nur weil es dir in den Kram passt!", assistierte Max.

Theo schien nachzudenken, bevor er ihr mit ziemlicher Deutlichkeit klarmachte, dass genau genommen Yvonne es war, die den ganzen Umzug notwendig machte.

„Aber wenn du hinkünftig zwölf Monate im Jahr hier bist und deine Mutter mit der Verantwortung für deine Kinder nicht monatelang allein lässt, können wir auch alles so belassen wie es ist."

Daran schien Yvonne nicht zu denken, also lenkte sie ein.

Max blieb hart. Er dächte nicht daran, in die Vorstadt zu ziehen und überhaupt. Ob Theo ihn kontrollieren wolle? Max blieb ein Gegner dieses Planes, aber er wurde überstimmt.

„So ist das eben in einer Demokratie!", meinte Theo lehnte sich behaglich zurück: „Du wirst dich mit der Zeit daran gewöhnen."

„Du und Demokratie, dass ich nicht lache! Alle müssen nach deiner Pfeife tanzen, das ist es doch, was du willst. Du bist und bleibst ein elender Blaublütler aus dem vorigen Jahrhundert!" Theo nickte und goss sich noch einen Schluck Weißwein ein. „Stimmt, du allerdings auch!"

* * *

Markus bat sich Bedenkzeit aus. Natürlich war es ein gutes Angebot, das man ihm da machte. Die Gegend war wirklich ideal, der Mietpreis fair, auch der Grundriss entsprach seinen Vorstellungen. Aber was, wenn Katrin wirklich kam und mit ihm arbeitete. Würde es sie stören, im gleichen Haus mit Theo und Irene zu arbeiten? Zwei Tage dachte er darüber nach, dann führte er ein langes Telefonat und am dritten Tag ließ er Theo wissen, er sei dabei. Vorerst möchte er mieten, aber wenn sich die Sache gut anließe, könnte er vielleicht zu einem späteren Zeitpunkt kaufen. Könne er, hatte Theo erwidert und seinen Verwalter mit der Erstellung des Mietvertrages beauftragt.

* * *

Ungetrübte Freude herrschte bei Günther und Sandra. Der Konkursantrag war wie ein Damoklesschwert über Günthers Haupt gehangen und hatte sich wie ein undurchdringlicher Nebel über sein Gemüt gelegt. Ein Nebel, der sich nun langsam lichtete.

„Ohne dich hätte ich es niemals geschafft!", hatte er zu Sandra gesagt und sie erst auf die Nase und dann auf ihren schön geschminkten Mund geküsst.

„Wir hatten nicht nur Glück, auch unsere Zähigkeit hat sich bezahlt gemacht", fuhr er fort. „Hätten wir zu einem früheren Zeitpunkt die Flinte ins Korn geworfen, wäre der Deal mit Theo nur noch der Konkursmasse zugutegekommen. Manchmal muss man auch warten können."

„Das stimmt zwar, aber manchmal muss man auch etwas tun. Deswegen nehme ich mir jetzt mal Irene vor. Ich will auf dieser Hochzeit tanzen, verdammt noch mal, und ich will, das meine beste Freundin ebenso glücklich ist wie ich!"

Sie setzte sich wieder hin und wählte Irenes Nummer, aber Irene, so sagte man ihr, sei bei Gericht und käme erst gegen siebzehn Uhr in die Kanzlei.

„Sie möge mich zurückrufen, aber presto!"

* * *

Irene meldete sich erst am Nachmittag des folgenden Tages bei Sandra und das, obwohl ihr Frau Zimmer Sandras Rückrufwunsch im Originalton und per SMS übermittelt hatte.

„Ich weiß, ich sollte dich gestern noch zurückrufen, aber ich hatte einen total vollen Terminkalender und abends waren wir in der Pramergasse. Das hat natürlich diesmal länger gedauert, weil wir doch über den geplanten Umzug gesprochen haben."

„Heißt das jetzt, ihr habt euch wieder versöhnt?"

„Genau genommen haben wir nicht einmal gestritten. Leider."

„Günther hat mir aber erzählt, dass Theo ziemlich wütend war, weil du die Kosten für eine Haushälfte übernehmen willst."

„Wütend? Ich würde eher sagen gekränkt."

„Dann lass ihm doch die Freude! Heiliger Bimbam! Sei doch froh und mach mit deiner Kohle, was du willst."

„Du verstehst mich also auch nicht", stellte Irene mit Grabesstimme fest. „Im Übrigen mache ich mit meinem Geld genau das, was du mir empfohlen hast. Ich mache damit, was ich will und ich will nun einmal in unser Haus investieren. Die Verträge sind fertig. Alles hängt davon ab, ob Theo sie unterschreibt."

„Und wenn nicht? Ich befürchte, er ist um nichts weniger starrköpfig als du."

„Darüber habe ich noch nicht nachgedacht!"

Als Irene wenig später auflegte, ging es ihr kaum besser. Sie war schon den ganzen Tag über nervös gewesen. Heute Abend wollte sie Theo die Vertragsentwürfe präsentieren und darin schienen hinsichtlich des Hauses mit der topografischen Nummer 12 sie beide als Hälfte-Eigentümer auf. Darüber hinaus hatte sie auch einen Mietvertrag für ihr Büro vorbereitet. Sie erledigte automatisch ihre Post, war aber zu unkonzentriert, um den komplizierten Schriftsatz aufzusetzen, den sie sich vorgenommen hatte. Nach mehreren sinnlosen Versuchen verließ sie gegen siebzehn Uhr das Büro. Sie hatte schon beim Frühstück angekündigt, dass sie heute Abend kochen würde, also fuhr sie auf den Markt und kaufte einen Strauß bunter Sommerblumen, herrlich frische Steinpilze und Salat. Sie wusste, wie sehr Theo gebackene Steinpilze liebte. Angeblich ging Liebe ja auch durch den Magen und Steinpilze zu panieren, war nun wirklich ein Liebesbeweis!

Als Theo etwa eine Stunde nach ihr nach Hause kam, hatte sie bereits den Tisch gedeckt und war damit beschäftigt, die Sauce Tartar zu rühren.

„Selbstgerührte Majonäse, Steinpilze und Blumen – gibt es etwas Besonders?"

Sie nickte. Sie wollte ihm ja entgegenkommen, aber das war so verdammt schwierig. Wenn es ihm nun ebenso ging? Es schien ihr so, aber sie wollte sich lieber nicht zu früh freuen. Während des Essens sprachen sie nur wenig und lauschten der CD, die Theo aufgelegt hatte.

Erst als sie den Tisch abgeräumt hatten, fragte sie scheinbar nebenher: „Ich habe die Vertragsentwürfe mit. Willst du sie jetzt ansehen?"

„Das mache ich morgen, heute ist doch Fußballmatch, das möchte ich gerne sehen."

Irene konnte sich nicht erinnern, dass Theo je besonderes Interesse für Fußball gezeigt hätte.

„Sollten wir nicht noch einmal über unser Problem reden?"

„Ach so, daher der Aufwand. Das wäre nicht notwendig gewesen. Ich habe mich damit abgefunden, dass du es dir nicht in meinem Haus gemütlich machen willst. Also werden wir es uns eben in unserem gemeinsamen Haus gemütlich machen müssen."

Sie sah ihn erstaunt an. „Heißt das jetzt, dass du einverstanden bist?"

„Das heißt, dass ich nicht bereit bin auf dich zu verzichten, auch wenn du das sturste Frauenzimmer bist, das mir je untergekommen ist."

Sie belohnte ihn mit einem ausgiebigen Kuss und Theo vergaß, dass er doch eigentlich ein Fußballmatch anschauen wollte.

*

Endlich konnte sich Irene wieder den Problemen des Alltags widmen. Gleich am nächsten Vormittag erledigte sie den Schriftsatz, der ihr tags zuvor nicht von der Hand gehen wollte. Zu Mittag hatte sie sich mit Markus verabredet, der unbedingt mit ihr reden wollte.

„Was kann ich zu deinem Glück beitragen?", fragte sie beschwingt, nachdem sie ihre Bestellung aufgegeben hatten.

„Dir scheint's ja gut zu gehen!"

„Ich kann nicht klagen!"

„Das ist gut so, denn ehrlich gesagt, weiß ich nicht genau, wie du auf meine Neuigkeit reagieren wirst."

„Das klingt ja spannend. Du warst am Telefon schon so geheimnisvoll!"

Sie nahm gut gelaunt einen Schluck Soda-Zitrone und sah ihn erwartungsvoll an.

„Wie du weißt, war ich im Juli bei Katrin. Sie wird mit Saisonende ihr Lokal verkaufen und nach Wien zurückkommen."

„Na wie schön für dich! Was habe ich damit zu schaffen?" Irene fühlte sich plötzlich so säuerlich, wie das vor ihr stehende Getränk.

„Die Sache ist etwas komplizierter, als du denkst. Katrin wird nach ihrer Rückkehr in meiner Praxis arbeiten."

„Das heißt im gleichen Haus wie Theo und ich?"

„Im gleichen Haus."

Zum Glück kamen gerade ihre Salate und Markus machte sich freudig über die Salatschüssel mit den knusprig gebratenen Speckstreifen her. Auch Irene nahm eine Gabel von ihrem Thunfischsalat, aber eigentlich war ihr der Appetit vergangen.

Erst am nächsten Abend erzählte sie Theo von ihrem Gespräch mit Markus.

„Das könnte sogar funktionieren. Katrin hat ein Händchen für Kinder und ich zweifle nicht daran, dass sie auch mit den Eltern zurechtkommen wird."

„Ist das alles, was du dazu zu sagen hast?"

„Traust du es ihr nicht zu?"

„Deiner Exfrau trau ich alles zu!"

„Nur nichts Gutes, ich weiß. Aber wenn du schon Katrin nicht traust, solltest du wenigstens zu mir Vertrauen haben."

Endlich Hochzeit

Drei Tage vor der Hochzeit verließ Yvonne Wien in Richtung Gardasee. Zuvor hatte sie noch ein Glückwunschbillet für das Brautpaar geschrieben und eine ihrer Zeichnungen rahmen lassen, die ihre Kinder zeigte. Die sollte Paula den beiden als Hochzeitsgeschenk übergeben.

Paula schien betrübt, weil Mami wieder fort war, aber sie freute sich auch auf die bevorstehende Hochzeit. Sie konnte sich zwar noch nicht viel darunter vorstellen, aber es musste eine tolle Sache sein. Außerdem hatte sie, mit Mamis Hilfe, ein so schönes Kleid ausgesucht und sie durfte die Zeichnung übergeben, die Mami von ihnen allen gemacht hatte. Und dann war da ja noch die Sache mit dem Umzug. Ein neues Kinderzimmer würde sie bekommen, hatte Theo versprochen, denn das jetzige wäre etwas für kleine Mädchen und nun nicht mehr das richtige für sie.

* * *

Max hatte sich weder einen neuen Anzug gewünscht noch brannte er darauf, diesen anzuziehen. Kam dazu, dass das Fest auf dem Gut stattfinden würde, ein Ort, den er lieber gemieden hätte. Zu seinem Erstaunen wurde allerdings sein Kummer um die verlorene Liebe in dem Ausmaß kleiner, als sein Groll über Umzug, Schule und die bevorstehende Hochzeit zunahm. Nicht, dass er etwas gegen die Hochzeit an sich einzuwenden gehabt hätte. Irene war ganz okay und ob sein Stiefbruder nun verheiratet war oder nicht, war ihm ziemlich schnuppe. Aber die Feierlichkeiten als solches waren ihm zuwider. Doch es schien kein Entrinnen zu geben.

Was die neuerliche Reise seiner Mutter betraf, so war er anfangs fuchsteufelswild gewesen. Aber als Theo ihn fragte, ob es ihm lieber wäre, wenn Charles alle paar Wochen hier auftauchte, schrie er entsetzt: „Nur über meine Leiche!"

Das erträglichste von allen Events erschien ihm noch das Golfturnier, das eine Woche vor der Hochzeit anstelle eines Polterabends stattfinden sollte. Nur dass er zum anschließenden Buffet in angemessener Kleidung zu erscheinen habe, das stank ihm gewaltig. Ursprünglich hatte er ja vorgehabt, diese Veranstaltung einfach in seiner zerrissenen Jeans zu besuchen, aber die Gräfin hatte vielleicht nicht unrecht, wenn er meinte, Theo würde auf so einen Fauxpas regelrecht warten, um ihn wieder vor allen anderen abzukanzeln. Nun, da konnte Theo warten, bis er schwarz wurde!

* * *

Ein würdiger Formalakt, nicht mehr, hatte Irene zuvor gesagt. Aber als sie das Ja-Wort sprach, hatte ihre Stimme gezittert und als der Organist das Ave-Maria spielte, hatte sie Tränen in den Augen. Theo war im Stresemann erschienen und gab einen ausgesprochen würdigen Bräutigam ab.

„Der sieht ja richtig gut aus, gib nur ja acht auf ihn", spöttelte Sandra liebevoll während des anschließenden Empfanges.

So richtig gefeiert wurde tags darauf auf dem Gut, mit Freunden und der Familie. Aber auch das war aufregend, denn auf ihren Wunsch hin sollte es ein richtiger Ball werden, die Damen im langen Abendkleid, die Herren im Smoking.

Sie selbst trug ein korallrotes Abendkleid, das Oberteil enganliegend, ein ausladender Kragen, der Rock leicht schwingend und eine Brosche aus funkelnden Swarovsky-Steinen am Kragen.

„Wenn du nicht schon meine Frau wärest, würde ich dir auf der Stelle einen Antrag machen."

„Trotz meines Starrsinns?"

„Trotz deines unglaublichen Starrsinns", antwortete Theo und gab ihr einen Kuss.

„Und du meinst, unsere Liebe hält das alles aus?", fragte sie und warf ihm einen liebevollen Blick zu.

„Liebe allein wäre nicht genug. Aber gepaart mit Freundschaft und Verstand sollte es für ein gemeinsames Leben reichen."

ENDE

Ein herzliches Danke-schön ...

an alle Leser.

Wenn es gefallen hat, würde ich mich über eine kurze Rezension sehr freuen. Sind Fragen oder Wünsche offen geblieben, so können Sie mir diese gerne über das Kontaktformular meiner Website mitteilen.

Ein weiteres Danke-schön

gebührt meinen Testlesern und allen, die am Zustandekommen des Buches beteiligt waren.

Der Reihe nach:

Der erste, den ich mit meinen Ideen in den Ohren liege ist mein lieber Mann Manfred, ihm obliegt es später auch Logikfehler etc. aufzuspüren.

Das vorläufig fertige Manuskript geht dann an meine Testleser und sobald deren Anregungen eingearbeitet sind, geht der Text ins Korrektorat, diesfall zu Maja Kunze nach Berlin, dann weiter an die Alster, zu Melanie Jungierek, die den Text in Form bringt, in die E-Book-Formate konvertiert und mich auch sonst stets unterstützt, wenn meine Computer-Kenntnisse wieder einmal nicht ausreichen.

Für alle, die Irene und Theo lieb gewonnen haben darf ich ankündigen, dass es im Herbst ein Wiedersehen mit den beiden geben wird, denn in meinem nächsten Buch treffen die beiden auf die Wienerin Thessa und ihre Lieben aus „Humor und Hausverstand erwünscht".

Wien, im August 2014

„Humor und Hausverstand erwünscht"

Die alleinerziehende Thessa ist froh, einen neuen Job gefunden zu haben, auch wenn sie ihren Chef Michael einen eitlen Laffen nennt. Da ist ihr Exmann Wolfgang, der als Förster im fernen Vorarlberg lebt und mit dem sie immer noch eine ,Urlaubs-Ehe' führt, aus einem ganz anderen Holz. Doch als sie zu Weihnachten ins Forsthaus kommt, muss Thessa erkennen, dass Wolfgang eine Affäre mit seiner Praktikantin hat.

Für Thessa ein Grund mehr, sich in ihre Arbeit zu stürzen. Sie meistert den turbulenten Alltag und stellt langsam fest, dass Michael auch sehr nette Seiten hat. Langsam entwickelt sich eine Beziehung zwischen den beiden, aus der Liebe werden könnte. Doch Sohn Nicky will davon nichts wissen und Michaels Geschäftspartnerin Judith hat auch andere Pläne …

Von Hochzeiten, Schwiegermüttern und eifersüchtigen Mäusen

Seit Thessa - die toughe Hausverwalterin, die sie vielleicht noch aus „Humor und Hausverstand erwünscht" kennen – Michaels Verlobungsring am Finger trägt und der Hochzeitstermin feststeht, könnte ihr Leben total perfekt sein – wäre da nicht ihre Schwiegermutter in spe, ihr pubertierender Sohn und diese kleine Eifersucht auf ihre Lieblingsfeindin Judith.

Aber auch mit ihrem Exmann und dessen Freundin hat sie es nicht immer leicht, halten die beiden sich doch für Experten in Sachen Erziehung.

Da Thessa gerne kocht, sind die einzelnen Kapitel nach Speisen benannt, die für die Regionen, in denen die Geschichte spielt (Wien, Hamburg und Salzburg) typisch sind. Hobbyköche finden im Anhang die dazu gehörigen Rezepte.